吴嘉纪诗箋校

〔清〕吴嘉紀 著
楊積慶 箋校

下

上海古籍出版社

吴嘉紀詩箋校卷十

逋鹽錢逃至六竈河作

草舍不盈丈，乃在鹵壤中。濛濛黑壒飛，户外起秋風。何能免沾汙？已覺改形容。居人若鬼魅，衣食常不充。往昔遇汝曹，心魂悸且恫。今予獨何辜？栖止與汝同。

稱貸鹽賈山西人。錢，三月五倍利。傷此饑饉年，追呼雜胥吏。其奴喫竈户，牙爪虎不異。腐儒骨稜稜，隨俗受駡詈。秋清發茱萸，償錢期已至。空手我何之？鄉廬聊棄置！

日傍故園落，洲洲蘆花開。新鴈此時至，孤鳴夕悲哀。我亦始離群，行坐無好懷。長謡思同心，道阻不可偕。風末聞櫂歌，何人遠溯洄？呼兒匿草中，叱咤債主來！

鹽貴賈歡甚，索鹽不索錢。黽勉更東去，牽船買鹵還。中夜起披衣，牢盆賃人煎。蟋蟀無宇托，愁音遍野田。北斗低照地，我在霜露間。賈子爾何人？使我夜不眠！

曠野風又起，葦乾葉颼颼。海岸欲下雨，狼鳴五更頭。衰年近異類，驚定淚旋流。眼中無蘐草，何以忘我憂？土室絶親愛，雪窖長淹留。往哲已如此，老夫復誰尤？

故里水蕩蕩，垣傾巷無扉。吾妻此卧痾，終日謝餔糜。甑上澤蛙躍，牀前秋蘚肥。無金可糴米，病腸幸不饑。壯年鮮共林，衰疾更分飛。何當似萊子，織畚隱翠微？

海水東北徙，新沙細草緑。稍稍蕪鹽池，紛紛買耕犢。煮海每絶糧，有地因播穀。雨多鹵氣消，露白禾苗熟。芳香炊在釜，子粒散如玉。珍産不擇鄉，何須地土沃？

苾茀秋原菊，平生海水濱。花葉誰采采？腰鐮來樵人。束縛衆莽中，爨烟漸相親。當其花發時，野意何清新！蒿艾各自得，孰知汝邁倫？托根近下愚，豈不同錯薪！

雄雉徘徊飛，羽毛何陸離！孤蹤傍潮汐，文采欲奚施？豈無山澤侶，道遠不可追。入草聊自潛，尾長人易知。隨鴻苦無力，變蜃非此時。常愁觸羅網，顧盼心驚疑。

北風凋萬族，蒼蠅氣先靡；横飛力何微？仰蹶鳴不已。時衰物態醜，患遠人情喜。念我初來時，鹵鄉聚如蟻。帶聲到盤餐，遺穢霑巾履。驅除恨無術，悶悶杖自倚。

氣臭行若飛，俗呼曰鼈蝨，匾身藏木榻，穢種散書帙。齧人膏血飽，伺夜昏黑出。拙哉一愁人，於此來抱膝。啍囈羨僮僕，爬搔增老疾。何能久食音嗣。渠？海岸望朝日。

鬌公郝羽吉。似靈均，情性受芳馨。籬下蘭茝多，常使醉人醒。要我此聚會，焚香掩軒檽。香氣何氤氲，夜深燈影青。山泉流入渭，一半流入涇。分離曾幾日，清濁倏異形！

伯子汪長玉。對債主，瓊花糞壤前。丘樊縶雲鶴，不得飛翩翩。人小但争利，虎饑寧避賢！丈人氣蓋世，乃不如一錢。乾坤悲枳棘，湖海夢蘅荃。惟予實同病，相望徒相憐！

夫子孫豹人。不可測，置身夷惠間。今日被華衮，昨日把釣竿。泊如塵壒内，流水與高山。驅車方北上，鋤口又南還。帝王好詩賦，妻子足饑寒。奔走更誰嚮？自歌行路難！

老人立樹下，遲客來秋原。原上雨初霽，麥芽青到門。笑謂牧牛豎，好持沽酒樽。酒未知濃否？乃沽自遠村。佐飲虀鹽味，無拘山野言。顧瞻及窮困，愧我非王孫。

誰送一樽來？河涯嘷瘦狗；遥知舉案人，嗟我乘桴久，自抽頭上簪，暫質店中酒。僮抱入鹽烟，鷺鷥起荻藪。銷憂味必醇，寄遠懷何厚！欲飲轉躊躇，月痕在甕牖。

【箋】

〔竈河〕重修揚州府志：「竈河在東臺縣治，范堤東各場竈户辦煎運鹽之河。東抵海濱，西抵場垣，支河汊港，名目甚多，總名曰海河，實與海隔。各場界以土壩，彼此亦不相通。」

案第六首「故里水蕩蕩，垣傾巷無扉」之句，當作于庚申（一六八〇）七月安豐場堤決之後。

呈四兄賓國

歲潦野無實，餒烏繞塍飛。遲回挈空筐，我亦望廬歸。里閭漲始落，藻荇掛垣扉。鴈鶩帶居人，烟火一何稀！吾兄棲廢宅，恬憺自忘機。蕭蓬新物態，寒暑古絺衣；閉門秋樹裏，反照夕微微。

朔風散昏霧，天地廓無涯。回瞻桃李樹，顏色今若何？逐艷氣節靡，過時憔悴多。吾兄乃種梅，寒極林發花。濃霜如雨露，肅殺容轉和。始知冰霰中，此是真繁華。疏枝影盤罣，新月出我家。

少年兄尚勇，壯亦悦聲音；牀頭掛古劍，席上横清琴。詎能適人意？時命違寸心。絃斷不更續，鐵鋒埃壒侵。猛虎爪縮縮，單鴛淚涔涔。盛衰情不易，缺陷恨常深。空餘漸離筑，拂拭自沉吟。

曩時慕雲霄，棄去爲樵牧。膏腴讓他人，藿食我不足。志氣誠清虛，受禍則腸腹。驅走傷薜衣，滯淫夢茅屋。骨肉成枯葉，紛紜謝寒木。只今存一兄，歲暮淮南曲。吾道在桂叢，連枝雪中綠。

紫蘭怡深山，錦鯉戀澄潭。窮鄉味如荼，吾兄心獨甘。腰鐮遺歲時，花藥翳茅檐。阿弟曷舍此？舟車北與南。問年兄七十，弟亦六十三。出户涕霑灑，臨風髮藍鬖。浮雲野冉冉，離別老何堪！

【箋】案第五首有「問年兄七十，弟亦六十三」之句，嘉紀生於明萬曆四十六年戊午（一六一八），此詩當作於康熙十九年庚申（一六八〇）。又首章有「里閭漲始落，藻荇掛垣扉」句，當爲是年七月堤決之後所作。

題程雲家拾橡圖

簞豆不屑盼，先生得無饑？里舍笑商歌，愁然欲焉之？青青竹筥手提攜，山谷清風早已知。辛勤吹橡樹，其實下離離。安用身受仁祖米，不須口茹黄公芝。攀石林，陟雲陂，前路狙公是我師。

采掇望雲山，古人餓未了。老夫努力追前修，一笑覯君東海道。頳陽清夕原，單鵠響秋昊。君齒壯盛吾髮皓，褰裳各自詠懷抱。君願逢林類，捃拾腹同飽；我願遇韓終，烟霞顔更好。

懷羅大 字有章。

世人漫結交，其後每多悔。誰能二十年，猶是舊交態？壺醞醇易醉，饜瑜潤堪佩。憶昨渡揚子，扁舟坐相對。潮長石磯低，花深村犬吠。回首望南徐，江中山靄靄。

懷羅仲 字懷祖。

仲也躭苦吟，亦復有禪癖；釋子滿四座，詩人爲上客。結納東淘老，笑言廣陵陌。憶昨還家時，灣頭李花白。餔糜我則無，解贈君不惜。儻非鮑子金，安得凶年麥？

【箋】〔羅有章、懷祖〕見卷二十月六日羅母初度贈詩六首箋。

〔南徐〕即今江蘇鎮江市。嘉慶丹徒縣志：「宋元嘉八年，以江北爲南兖州；江南爲南徐州，治京口。」

移菊復歸陋軒，喜戴岳子過訪

家貧傷轉徙，漲落見丘樊。起抱籬邊菊，言歸廡下軒。荒階仍散影，故土倍宜根。已有攜尊客，看花到蓽門。

暫寄他籬下，重尋舊路回。隨人秋渡水，勸我老銜杯。扶杖依依看，當門緩緩開。寒芳嫌俗物，之子不妨來！

【箋】

〔戴岳子〕淮海英靈集：「戴勝徵字岳子，休寧人。康熙間，居泰州之東淘及河皐，因家焉。愛遊白岳，以舟載其石歸，因號石桴。窮居海濱，吟咏自適，與吴野人同歌嘯于寒蘆野水間。著有石桴詩鈔上下二卷，又名河干草堂集。」戴夢麟石桴詩鈔序：「岳子，吾宗之雋也。少孤貧力學，以期芥拾青紫，乃不得志於有司，奉母而隱。過江卜居，遷徙于東淘、河皐斥鹵之鄉，樂其地僻而釣遊可適，非逐魚鹽利也。胸中奇氣鬱鬱無所吐，發之于詩，積而久之，至二十卷之多。袖一帙正余，玩味之下，和而能峻，博而不繁，風格直追漢魏；寓鮮濃於澹遠中，誠逸響也。」

案首章有「家貧傷轉徙，漲落見丘樊」之句，此詩當作於康熙十九年庚申（一六八〇）水災後也。

水退後，同戴岳子晚步，因過季園。時季秋九日

細草垂桑柘，紛紜如薜蘿。村莊寒水出，樵牧夕陽多。澤國年頻饉，殘秋氣轉和。廢園蕪莽莽，尋路與君過。

水中微徑出，沙石白粼粼。枯柳不棲鳥，空亭始受人。東淘漁火聚，西寺磬聲新。吹帽風何急，蕭蕭落葉頻。

【校】

〔與〕嘉慶東臺縣志引作「共」。

〔粼粼〕東臺縣志引作「鱗鱗」。

【箋】

〔季園〕嘉慶東臺縣志：「季園，在安豐場，季大來孝廉讀書別墅也。」

〔西寺〕東臺縣志：「西林禪寺，舊名西寺，在梁垛場。」

案詩中「水退後」當指庚申七月十四日堤決之後也，此詩亦當作於是年。

題戴岳子深秋圖

湖濱楓摵摵，巖際菊斑斑。瀟灑戴安道，形容宛在深秋間。秋深隴畝天欲寒，乃補茅屋，乃葺柴關。羡君躬耕安宜田，羡君家住松蘿山。稻粱亦已穫，婦子亦已閒，正好騎牛與泛艇，江北江南獨往還。

【箋】〔松蘿山〕見卷四松蘿茶歌箋。

悲髯公　歙縣郝士儀。

悲髯公，冬之夜，魂車鬼馬門外駕，不待東方高，倉皇辭館舍。館中有詩書，舍中有兒女妻孥。疇昔歡樂地，奈何兒女妻孥于此哭公，弗於此歌？歡樂成悲摧，堂上母，耄何依？尋常出户負米，老人額蹙聲欷！只今口不甘簞中之菽水，手但撫椸上之斑衣。垂涕望兮開扉，膝下人兮歸不歸？

悲髯公，在中年，瑶樹不結實，疾風吹華落野田。野雲飛片如鷺鷥，白衣白冠，公之親知。親知到門思曩時：雪積地上，影我疏梅；宵深月出，童子炙醅。往往與公，吟詩舉杯。今夕是何夕？秉燭望公回。夜色冥冥照不開，公乎公乎幾時來？

悲髯公，肺肝厚，二十五年事老友。老友歲寒，棉布迢遥寄宛谿。老友歲荒，洪水漂屋，霪霖没畦，妻兒叫呼魚鼈内，徙宅青錢寄竹西。老友好遊，絶巘躋攀。江流吴楚際，人立天水間。幾峰流泉會一峰，千折萬折聲潺湲。老友於此，濯纓滌顔。但見東海日出團殷殷，醒鶴呼子鳴深山。公偕老友，坐澗石，弄松雲，吟嘯不知還。

【箋】

〔髯公〕謂郝羽吉，見卷一郝羽吉寄宛陵棉布箋。

案溉堂集亦有哭郝羽吉七律二首，編入庚申。又黄湄詩選亦有哭郝山漁三首，自注有云：「庚申冬，屢夢山漁，次年三月始聞訃，逆計之，則見夢之夕，山漁撤瑟之日也。」嘉紀此詩當作於康熙十九年庚申（一六八〇）。

舟中贈王于蕃

萍蹤空傍水邊鷗，鷗自忘機我自愁。歲儉業蕪皋廡下，天寒人在楚江頭。渚風亂聒群飛鴈，野日斜熏獨去舟。時晏路長多謝汝，酒錢攜共老夫遊。

田父開顔對雪花，豐年氣色到桑麻。忽驚草屋埋雲内，又見江梅發水涯。點點火來垂釣艇，飄飄旗動賣漿家。黄昏阡陌人歸盡，凍殺難栖繞樹鴉。

回念去冬冬已殘，同君吟嘯適江干。溝頭楓立海雲蕩，湖上鴨飛淮水寬。范蠡遊船宜偃蹇，孟郊詩境只清寒。樽空燈黑夜將半，雪止月來人坐看。

平生猛氣向誰陳？擊筑高歌意未伸。虎步支離傷老大，鶡冠凋敝怨風塵。城中細雨春求友，江上洪波晚問津。閲歷少年輕薄態，始知君是可憐人！

【箋】

〔王于蕃〕見卷八古鏡詞贈王于蕃箋。

送劉希岸歸吕四場　吕神仙四至此場，故名。

南梁南去可移情，處處蘆洲有鴈聲。半畝卧雲懷舊業，一舟如月在歸程。寒宵緑酒須盈盞，鄰榜黄金任滿籯。山驛梅花海岸雪，令君詩思峭然清。

何能更一降純陽？風景翛翛吕四場。天際白雲人盼望，水邊玄鶴自翱翔。吕四鶴稱仙種。兩三鄰舍蒹葭住，五百程途雨雪長。去去酒錢安用數，流霞早已熟仙鄉。

逸興應知中路增，紫狼碧漢樹層層。偕僧松壑霽浮櫂，乞火竹鑪寒煮冰。萬里潮聲江海合，千尋石路杖藜登。何當共宿翠微裏，夜半開門看日升。

樹上烟霜鳴曉雞，燈前機杼憶山妻。如萍如梗有何事？一載一回尋舊栖。擁棹遠看村靄靄，出門猶記草萋萋。歡顔想見到家日，竹徑茅檐黄口啼。杪秋，希岸生子。

【箋】

〔劉希岸〕未詳。

〔吕四場〕讀史方輿紀要：「吕四場在通州東百二十里，俗傳以吕仙四至此而名。有白水蕩，其地寬闊，魚鳧鶴鹿之所泳游也。」

留别汪梅坡二首

我生如蜻蛚，草間吟不休；思欲吐悲憤，不鳴復何由？林薄白露瘦，野風宵颼飗。群物怡四時，我獨當窮秋。含情將安適？挾瑟海西頭。喧喧十萬户，誰者爲我儔？歡場厭商音，賤伎矜俚謳。褰裳語同調，蘭欲化爲蕕。

藹藹古貧士，孤雲不可攀。爨火絶七日，詠歌有好顔。伊予懷清芬，骯髒葭蘆間。士生立百行，先欲堪饑寒。如何缾罍罄，勝引乃相關？手持糴米錢，送我歸考槃。考槃東海上，門開野雪寬。對此思仁祖，何敢漫加餐！

【箋】

〔汪梅坡〕見卷九四月一日送汪梅坡之東亭箋。

南梁泛舟 正月四日，同程雲家、戴岳子、方喬友。

櫂向柳堤邊，漿沽茅店裏。春風蘇萬物，已在河之涘。枯容變好顔，先自酒人始。

酒人頗忘機，不繫中流船。晴光暄入水，波動清鮮鮮。鳧鷖爾何慕？浮到樽罍前。

前谿是安豐，小築橋邊住。相思北郭生，佇望南梁樹。白雲幽意多，往往隨人去。

【箋】

〔方喬友〕未詳。

案嘉慶東臺縣志載有程雲家同吴嘉紀南梁泛舟詩三首。其一：「春水欲緑時，雲中叫歸雁。斜日喧林皋，垂楊細堪綰。倚棹待歸人，沽酒來何慢？」其二：「夜夢溪上客，曉寄園中梅；梅花折在手，故人翩翩來。一笑放野艇，香風滿樽罍。」其三：「輝輝沙渚暄，泛泛鳬鷺陣。此地昔曾游，風景不可認。杯到忽躊躇，清波見蓬鬢。」

詩四首爲隆皐戴節婦賦

婦汪氏，戴勝徵之母。

隆皐樹湛湛，鹿車遊其中。雙情共一娱，所向多春風。奈何時命衰，黄壚没爾雄。没者良已矣，寧知生者恫！朝爲並栖燕，暮作單飛鴻。鴻飛金天寒，人泣玉鏡圓。遂甘堇荼味，乃自桃李年。

隆皐月遲遲，入門復上堂。悄然見公姥，衰疾須扶將。新婦起爲子，忍心稱未亡。虎嘯山頭風，鷄鳴樹上霜。酸辛百年養，黽勉二人喪。鄉鄰争嘆羨，舉動合禮儀。事親有如此，不弱親生兒。

隆皐雪深深，夜闌寒寡婦。餔糜活赤子，紝織勞纖手。堅冰齊泰華，母德共高厚。兒今如古士，踽踽米自負。人皆笑兒迂，母不謂兒醜。百計存藐孤，艱難力轉堪。不慚嬰與杵，嬰杵猶是男。隆阜泉泠泠，雲濡徧遐邇。於中有賢豪，聳若江峰峙。身自持門户，義仍及桑梓。得穀即飯饑，有錢頻救死。宗族子憑藉，周親墳崐嵎。人今多緩急，尋問魯朱家。朱家是婦人，鬒髮猶未華。

【箋】〔隆阜〕休寧縣志：「十八都十二圖，其村：隆阜、博村、油潭、黎陽、葉祈、閔口、奕淇、高梘、珠里。」

〔戴勝徵〕即戴岳子，見前。

寄答席允叔

淮瀆海浦路迢遥，記得蘭舟繫板橋。多少離憂人不見，鳩鳴桑柘雨瀟瀟。

嘯咏如今已白頭，賞音人遇葦花洲。滄浪銷我雄心盡，一曲漁歌涕泗流！允叔選時賢詩，采及拙作。

欲上平山春未能，杖藜西望白雲層。灣頭柳色多情甚，爲爾青青過海陵。

【箋】〔席允叔〕江蘇詩徵：「席居中字允叔，遼東錦州人，僑居江都，著卧石山房稿。」案席允叔所選時賢詩，名昭代詩存。屈大均翁山詩外題席允叔册子詩，題下自注云：「允叔有詩存一書，選予詩至五十餘首。」

送汪以言

魚目競入市，隋珠豈應藏！斑騅駸駸欲安往？長安之日多輝光。遥指西山是别業，白雲一片塵埃接。逢世家傳劉向經，千人獨耻馮驩鋏。昨朝相見笑開口，今夜屏營又分手。落月斜摇銀燭花，歌兒低壓玉缸酒。可憐少年輕别離，不聽江南黄鳥啼。欲問歸時何敢問，天涯芳草正萋萋。

【箋】〔汪以言〕汪楫長子。林佶樸學齋稿文學恒若汪君傳：「君諱守衷，字以言，吾師悔齋公之長子也。師以言語文章妙天下，所交遊，皆當世豪雋；所議論，皆古詩書六藝之遺。故君之學，得之庭訓者多。後師舉博學鴻儒，官詞林，君因侍遊京師，就補太學生，日從名卿巨公，所學益進。而詩尤工，其古體所著紀將軍歌、候閘行、過朝市米灘、食新栗諸作，尤爲人傳誦，無愧吾師之家學也。」

燕子巢陋軒十年矣！今春余適在家，值雙燕來，内人顧之色喜，乞余賦詩

雙燕來，舊巢在，柴門海日白藹藹。補巢雨後憐泥軟，逐伴園中嗔樹礙。緑樹空梁隨意栖，年年此時驢馬嘶，閨中顔色獨顦顇，與郎離别范公堤。雙燕來，鳴且盼，頹垣僻巷往來慣。戀故寧知家計貧，慵栖不怪門開晏。簷際春梅又發花，郎君今歲未離家，匹偶但得長如爾，不妨相對鬢毛華。

【箋】

〔范公堤〕見卷三與汪伯光二首箋。

雨中栽菊

枯野得春雨，芳草青過河，籬落既霑濕，可以種黄花。小童荷鋤立，看我着笠蓑。

筋力誠已衰，爲勞苦不多。細荄倚篠筴，翠葉清泥沙。薆然寒秋色，頃刻遍貧家。琴書從此托，吾願亦有涯。

去秋漲入門，抱菊登舟航；離立家人中，影比稚子長。故土一朝別，悲如客去鄉。嬌鳥銜林花，東風銷天霜。籬落得重寄，枯根又發萌。藝植倘及時，不難英蒼蒼。荒谿閉門户，九日偕友生。倘能免飄轉，何必醉壺觴？

【箋】案第二章首句「去秋漲入門」，當指庚申七月堤決時也。此詩當作於康熙二十年辛酉（一六八一）。

李家孃 已下二首補詠舊題。

乙酉夏，兵陷郡城，李氏婦被掠，掠者百計求近，不屈。越七日，夜聞其夫歿，婦哀號撞壁，顱碎腦出而死。時掠者他出，歸乃怒裂婦尸，剖腹取心肺示人，見者莫不驚悼，咸稱李家孃云。

城中山白死人骨，城外水赤死人血。殺人一百四十萬，新城舊城内有幾人活？

一解。妻方對鏡，夫已墮首；腥刀入鞘，紅顔隨走。西家女，東家婦，如花李家孃，亦落强梁手。二解。手牽拽語，兜離笳吹，團團日低，歸擁曼睩蛾眉。獨有李家孃，不入穹廬栖。三解。豈無利刃，斷人肌膚，轉嗔爲悦，心念彼姝，彼姝孔多，容貌不如他。四解。豈是貪生，夫子昨分散，未知存與亡。女伴何好，髮澤衣香，甘言來勸李家孃。五解。李家孃，腸崩摧，箠撻磨滅，珠玉成灰。愁思結衣帶，千結萬結解不開。六解。李家孃，坐軍中，夜深起望，不見故夫子，唯聞戰馬嘶悲風；又見邗溝月，清輝漾漾明心胸。七解。令下止殺殘人生，寨外人來，殊似舅聲。云我故夫子，身没亂刀兵。慟仆厚地，哀號蒼旻。八解。夫既殁，妻復何求？腦髓與壁，心肺與讎。不嫌剖腹截頭，俾觀者觳觫若羊牛。九解。若羊若牛何人？東家婦，西家女，來日撤營北去，馳驅辛苦。鴻鵠飛上天，毚兔不離土。鄉園回憶李家孃，明駝背上淚如雨！十解。

【校】

明詩紀事引，删去第三解、第七解，及第十解首句。

〔亦落强梁手〕明詩紀事引作「不辱强梁手」。

〔兜離、穹廬〕四字夏本原缺，據陳本補。

〔旻〕諸本均誤作「雯」，據明詩紀事校正。

〔歿〕明詩紀事引作「死」。

〔俾〕明詩紀事無。

〔若羊若牛何人〕明詩紀事無。

王解子夫婦

如皋王解子，酷嗜酒。里有義士妻某氏，罪當遣戍，縣官差役往送，解子與焉。歸，悲惋終夜，爲之罷飲。其婦詢知，願以身代義士妻，解子許之。送至戍所，值鄉人以金贖義士妻還，不知其爲解子婦也。姚潛爲余言，命余賦詩。

張羅待黄鵠，鴛鴦乃罹咎。義士妻遣戍，解子罷飲酒。慘愴還家門，色驚糟糠婦。漿醞寄性命，今何不入口？問訊執壺前，解子起摇手：汝曹婦女流，中懷豈堪語！若欲知其繇，汝且將壺去！漿醞非刀劍，能平不平事，汝亟將壺去；義士妻遣戍。其婦毅然謂：堂堂義士妻，此去爲奴婢，羞辱儂念之。面貌外不識，他人可代伊。何人可代伊？搔頭惱阿公。公也無庸惱，願代者是儂！解子得聞之，歡喜涕還墮。汝曹儻如此，我拜汝曹坐。未明肩輿出，曉至官衙裏。鞴鞍遣戍人，點名及解子。銀鐺繫馬上，戈挺荷馬前。意氣火伴中，寧知路險艱。蕭森北林樹，黤黮黃河烟；蘆葦隱漁火，宿鴈雙雙鳴。回首睞鄉土，夫婦欲何言！月落别黃河，日出見戍樓，來日關塞外，永辭我故夫！高情生惻怛，淚下如連珠。無端故里客，邂逅他鄉陌，深悲義士妻，遽解黃金贖。仁義感道路，見者欣相告。誰知有匹偶，天暗全骨肉！西風吹歸騎，東皋指茅屋。解子婦言旋，義士妻免辱。團團臺上鏡，皎皎匱中玉。解子樂何如？滿引杯中緑！

【校】

〔題序〕「以身」二字，夏本原缺，溉堂集引「願」下無缺字，據遺民詩補。如皋縣續志引此詩，詩後注云：「按義士許元博也；以金贖者，冒襄也。」

【箋】

〔王解子〕留溪外傳王義士傳：「王義士者，失其名，泰州如皋縣隸也。雖隸，能以氣節自重，任俠好義。甲申亡國後，同邑布衣許元博德溥不肯薙髮，刺臂誓死，有司以抗令棄之市。妻當徙。王適值解，高德溥之義，欲脱其妻而無術，乃終夜欷歔，不成寐。其妻怪之，問曰：『君何爲徬徨如此耶？』王不答。妻又曰：『君何爲徬徨如此耶？』曰：『非爾婦人所知也！』妻曰：『子毋以吾爲婦人也而忽之。子第語我，我能爲子籌之！』王語之故。妻曰：『子尚德溥義而欲脱其妻，此豪傑之舉也。誠得一人代之可矣！』王曰：『然！顧安得其人哉？』妻曰：『吾寧成子之義，願代以行！』王曰：『然乎，戲耶？』妻曰：『誠然耳，何戲之有！』王乃伏地頓首以謝。隨以告德溥妻，使匿於母家，而王夫婦即就道。每經郡縣驛舍就驗時，儼若官役解罪婦也。歷數千里抵徙所，風霜艱苦，甘之不厭。於是皋人感之，斂金贖歸，夫婦終老於家焉。」

〔許元博〕留溪外傳：「許德溥字元博，如皋人。父國欽，母前死，事後母盡孝。有宗人名直者，甲申國難，德溥壯其節，日哭之。明年，揚州破，德溥不肯薙髮，然重違父意，乃翦其半如頭陀。他日讀唐史，感張令監故事，即刺字兩臂曰：『生爲明人，死爲明鬼。』又刺其胸曰：『不愧本朝。』未幾，讎人摘以告，縣令捕得德溥，詰其情。即慷慨自陳曰：『吾實不忍忘先朝，故爲此。』令曰：『汝不識時務一布衣耳！未食前朝升斗之祿，何爲若此？』德溥厲聲曰：『忠義之心，人皆有之，有何布衣縉紳之分？』令曰：『然則爾欲何爲？』德溥曰：『今天下大定，我一書生，有何能爲？但求速賜一死，得爲明朝鬼，則含笑快心九原耳！』令又逮其父，德溥曰：『吾萬死不辭，但無累吾父足矣！』初，庭立不肯跪，至是乃爲父一屈膝。令感其誠，釋其父，止論德溥死，遂絶粒十數日，獄卒恐爲法受過，泣以請，乃幡然食，曰：『餓與殺，等死耳！吾豈畏一刀乎！』在獄自得如平常。同里故郎官李之椿大生，亦以論在繫，服其器量，曰：『德溥，子真義士也！』臨刑，殊從容，四顧觀者曰：『毋爲争識我！使天下人皆如我心，大明安得便亡？』徐引頸北向曰：『吾今日得爲明鬼矣！』遂死。妻子當入旗，胥王姓者感其義，陰以妻代行；久之，得贖歸。」

〔姚潛〕遺民詩：「姚潛字後陶，原名景明，字仲潛，歙縣人，家於江都，前廷尉諱思孝仲子也。少爲博士弟子，甲申後棄舉子業，以詩酒自豪。值其妹家被禍，没入戚里爲奴，不惜罄毁家貲，走京師，極盡謀慮，贖妹氏及孤甥以歸。中年妻子俱喪，不嘆無家，遨遊自適，世稱達者。晚年曹寅館於幸舍二十年，年八十有五終。有遺稿一卷。」

案陋堂後集有王解子夫婦和吴賓賢詩，編入康熙二十年辛酉（一六八一），此詩當作於是年。

我昔五首，效袁景文

我昔客途逢敗兵，弓弦旆影風秋鳴；殘騎如狼散草莽，居人雜兔奔縱横。漁船貪利夜賣渡，金大乃許載人去。瞑色潛行曙則隱，口乾腸饑我能忍。

我昔攜家亟逃難，海雲霪霿晝昏晏。野空蹄響賊馬近，我船欲速行轉慢。須臾燔燒閭里紅，風漂船入蘆港中。蘆葉菰葉蔽男婦，引衣掩塞啼兒口。

我昔避亂走三夜，蕪塍倦魂碧藉藉。道路梗塞不得前，莫莊寺外僦草舍。半間草舍日百錢，夜傍主人雞彘眠。壁隙臭蟲餒俟血，齧人不待爇火滅。

我昔兵過獨還家，畦上髑髏多似瓜。鴨毛滿蹊舊狗死，籬菊自放霜中花。天南伯兄天北季，驚魂棄絶故園地。又聞土賊聚稍稍，細雨夜啼九頭鳥。

我昔有鄰怒開扉，崔省之。提刀堰東入重圍；手誅群賊氣力盡，身委萬鋒肌肉飛。頭兒聚馬觀好漢，相誡勿近虎墩畔。虎墩燈火秋樹間，妻妾夜望丈夫還。

【校】

此題明詩紀事、國朝詩引入第一、二、四等三首，題作我昔三首效袁景文。

〔弓弦句〕明詩紀事、國朝詩作「弦聲旆影魂俱驚」。

〔金大句〕明詩紀事、國朝詩作「金多方許載人去」。

〔霮䨴〕明詩紀事、國朝詩作「漫漫」。

〔鴨毛句〕明詩紀事引作「空村無聲鷄犬盡」；國朝詩作「空村無人雞犬静」。

〔又聞土賊〕明詩紀事、國朝詩作「夜寒鬼語」。

〔夜啼〕明詩紀事、國朝詩作「還聞」。

〔丈夫〕明遺民詩作「丈人」。

【箋】

〔袁景文〕袁凱字景文，洪武中爲御史，後以疾罷歸。明史卷二八五有傳。

案袁凱海叟詩集卷三有老夫五首，其一云：「老夫避兵東海頭，海風吹衣夜颼颼。黃蒿斷岸少人迹，飢鳶無食聲啾啾。狐狸向人呼姓名，兩脚直立當前行。自信從來膽力壯，此日對之魂欲喪。」其二云：「老夫避兵荒山側，三日無食在荆棘；韈韤破盡皮肉碎，血破兩踵行不得。於時瘦妻實卧病，十聲呼之一聲應。夜深困絶倚枯樹，逐魂啼來雨如注。」其三云：「老夫避兵三江口，江中夜夜蛟龍吼；砉然一聲腦欲裂，千尺長堤忽如走。須臾海門風雨來，江水震蕩如奔雷；同行百船半沉溺，無力救之空嘆息。」其四云：「老夫避兵黄浦上，八月秋濤勢逾壯。蛟龍變化不自謀，鯨鯢偃蹇還漂蕩。船中小兒懼且泣，婦女嘔吐無人色。我獨不坐面向天，篙師疾呼更索錢。」其五云：「老夫避兵三泖邊，泖水隔絶無人烟。惡風三日天正黑，濕雲臭霧相盤旋。草頭飛蟲嚙人肉，更有青蛇口尤毒。小兒無知恣奔走，我欲近前捉其手。」嘉紀我昔五首當即效此。

〔莫莊〕莫家莊，在東臺縣南七十里，見縣志。

過金山寺

屢向征途見此山，興來維艇一躋攀。忽開襟抱魚龍際，況載樽罍水石間。吳楚千年流白日，風塵半世損朱顔。留雲亭上人微醉，坐看江帆暮往還。

雨後山清鐘磬新，松窗栖宿白鷗親。江雲飛近郭公墓，海月蕩來揚子津。馳騁於今無馬路，舊傳，人騎馬上山。興衰不問有漁人。誰知勝地仍擐甲，嗚角嗚嗚愴客神！

【箋】

〔金山寺〕在鎮江市西北金山上，舊名澤心寺。見京口山水志。

〔留雲亭〕在金山絶頂。明景泰中，郡守白仲賢建。見京口山水志。

〔郭公墓〕方輿勝覽：「金山前有三島，號石簰。俗稱郭璞墓，大水不能没。」

〔揚子津〕見卷三宿從容庵箋。

望焦山

砚砚中流見石屏，波濤蕩激坐來聽。曾聞冰雪卧高隱，但有松杉留户庭。雲起南徐群壑動，潮連東海半江青。回風明日吹船去，山脚先尋瘞鶴銘。

【箋】

〔焦山〕在鎮江城東大江中，與金山對峙，相距十里許。京口山水志：「本名譙山。潤州圖經云：『焦山，焦先所隱，故以爲名。』」

〔南徐〕即鎮江，見本卷懷羅大箋。

〔瘞鶴銘〕江南通志：「瘞鶴銘在丹徒縣焦山水中。有銘并序，華陽真逸撰，上皇山樵人逸少書。此碑斷殘剥落，久在江中，摹搨殊難。國朝郡倅鄭康莊做而刻之，勒石於山。後蘇州糧儲副使王燠，令善没者縋險而下，探取得之，繪焦麓剔銘圖，一時傳爲盛事。湘潭陳鵬年爲置焦山寺中。」

寄學憲田綸霞先生

炎炎秦焰後，經學乃在齊。邈矣子莊氏，嵬然漢帝師！家風久勿墜，天際軒車來。作人江南北，一鳳毛輝輝。文采非無徒，楷模世所稀。山桐入爨下，賈鐸沉路蹊。賞識今日遇，永辭燔與泥。冬暉始及春，寰宇忽生氣；層冰失其堅，啼鳥亦稍至。陽和詎有私，寒者先得意。我聞攬芳人，辛苦仍樹藝。桃花李花開，復好淮南桂。夜明野雪晴，醇酎熱觴觶。坐遲薜蘿衣，蘭舟艤林際。

【箋】

〔田綸霞〕文獻徵存録：「田雯字綸霞，號山蘊，德州人，順治己亥進士，由中書歷官户工二部，校順天鄉試。旋出爲河督提學副使，累遷貴州巡撫，改江南巡撫，終户刑二部侍郎。著有黔書七十六篇、長河志籍考、古歡堂集、山蘊詩選。其移居詩有『墻角自放山薑花』之句，因以爲號。山蘺詩才力既高，取材復富，山左詩另開一徑。」

案蕫齋年譜：「庚申，四十六歲，六月，陞提督江南通省學政，按察使司僉事。」此詩似作於康熙庚申、辛酉間。

送新安程文中之江右

去國愁隨江水長，林猿噭噭月蒼蒼。何時客路入新建？到處雲山似故鄉。菽水荒年謀養親，風波遠涉問迷津。田間稼悅荷鋤叟，江上花迎負米人。

【箋】

〔程文中〕未詳。

嗟老翁

弔黄周星也。字九烟。汪扶晨云：「九烟於庚申五月五日，投錢塘江死。」

嗟老翁！徵聘來。翁應稱疾卧鄉里，不則遯迹異縣，雲山之内，烟壑之隈。徵聘來，未及翁。翁避地已三十有六載，曷爲一旦謝人群，捐軀體，不待天年終？吁嗟哉！翁閲世間，亦有翁隱南山，亦有翁隱北山，求賢詔書下，龐眉皓髮紛紛乘車騎馬別松關。童稚識翁顔，儒生誦翁文詞，當代遺老非翁誰！年七十，立路歧。出不可，處不可，嵬嵬一老，不死復安之？吁嗟哉！翁求死，死何方？海内久無家，首丘奚所望？月輝不藉星，孤莒能芬芳。丈夫蹈義，寧必牽衣灑泣妻孥旁！延頸睞遠峰，晻晻茸茸，中有人兮飲飛瀑，依長松。要欲躡其蹤，披蘭帶蘅佗自適，志士難與言心胸。嗟老翁！浙江嗚，高潮低潮忽怒生。思悄悄兮人抱石，來瞻狂瀾兮眦血霑纓。願見彭咸，願從屈平。野雨溕漎沙渚暮，浪啾啾兮江鬼迎。嗟老翁！幾時還？清儀癯影行企企，乾坤迫窄罷留連。歌嗚嗚兮酒伴，色愴愴兮漁船。嶂微陰，月半圓，林花發紅水蒲緑，歲歲年年啼杜鵑！

【箋】

〔黄周星〕明詩綜：「黄周星字九烟，晚居湖州，布衣素冠，寒暑不易。年七十，忽感愴於懷，仰天嘆曰：『而今不可以死乎？』自撰墓誌，作解脱吟十二章，與妻孥訣，取酒縱飲盡一斗，大醉，自沉於水。時五月五日也。」

〔庚申〕康熙十九年（一六八〇）。

案溉堂集亦有聞黄九烟自投水死哀且異之賦二詩紀其事，編入康熙二十年辛酉（一六八一），此詩當作於是年。

重過鄰家廢園

過橋市井隔，觸石杖藜響。低風吹豆花，亂落芒鞵上。
客到草亭坐，叢叢憶桂花。昔年秋未了，露水白蒹葭。
四望没藩籬，蟲鳴曠野冷。斜陽隔水來，草上行人影。
主人歡樂場，今日牧童在；枕石自謳吟，羔羊齧青菜。

茶絶懷郝二

三徑蓬蒿一老身，愁聞穀雨是今晨。自從郝二夜臺去，空椀空鐺乾殺人！
箬篗鉛瓶封且題，頻年千里寄柴扉。數錢今日與山店，買得松蘿茶名。忍淚歸！

【箋】

案此詩懷郝羽吉也。作於康熙二十年辛酉（一六八一）穀雨日，羽吉殁後之一年。

重寓六竈河聞鴈

不覺淚如雨，鴈聲聞草中。栖遲仍此地，摇落又悲風。霧出鹽場黑，潮翻海浦紅。稻粱東去少，與爾共途窮！

【箋】〔六竈河〕見本卷逋鹽錢逃至六竈河作箋。

寄吴昌言

江雲變爲水，日暮聲潺湲。引領攬衣袂，清風吹澤蘭。搴芳曾有期，涉遠思古歡。一從索居來，幾易暑與寒！予髮既已禿，聞君鬢亦斑。紫芝欲笑人，去日殊不還。祝鷄壽松下，種秫烟隴間。安能共長往，不見俗士顔？鹵壤昨行賈，高情誰可比？無心一沙鷗，飲啄群鳧裏。蕭葦怡泳游，魚鹽静棲止。即事有仁義，刀錐安足鄙！一朝聚老幼，焚券别海市。只今舊門庭，薜荔滴露水。巷思倜儻生，家祝鴟夷子；感人以德音，歌詠何能已！

芳躅復何在？乃在宛之濱。碧浮岫遠遠，白折溪沄沄。依稀桃源洞，容與釣弋群。瞿硎避世翁，此地昔嘗聞。廬舍弗可見，山山起白雲。白雲足娛人，賞弄今有君。汪倫里貰酒，謝朓亭爲鄰。醉來便高卧，庶不弱先民！

【箋】

〔吴昌言〕未詳。案詩中「鹵壤昨行賈，高情誰可比？」「芳躅復何在？乃在宛之濱」句，意吴乃宛陵人而賈於東淘者。

〔瞿硎〕嘉慶寧國府志：「瞿硎石室在宣城縣西三十里文脊山中。山有門，一名山門。瞿硎先生隱居於此，洞有瞿硎，因以自號。」

〔謝朓亭〕寧國府志：「謝公亭在宣城縣北二里。九域志：『齊太守謝玄暉置。』舊經云：『謝玄暉送范雲内史，此其處也。』」

客夜寄汪少文

瓜瓠纏草屋，旅人卧屋中。乾葉四壁鳴，夜深起颾風。颾風愁予心，兩載獨行吟。曠野不可處，披衣望城陰。去去無車輪，苦思黄叔度。復願爲飄蓬，轉向隋宫路。莫笑老年人，叙説多往昔。記得爾啼時，石池藕花白。纔見弧懸門，旋聞冠加首。冰雪清肺腸，日月過户牖。杜若及時榮，雲松自言青；歲寒有顏色，終讓爾芳馨。

【校】六卷本卷五迄於此詩。

【箋】按汪舟次有懷長玉、叔定、闇先、殿居、少文諸兄弟詩。少文，當爲舟次兄弟行。

吴嘉紀詩箋校卷十一

贈别李艾山

送君返興化，予亦歸安豐；灣頭南北帆，各受鄭公風。釣弋葭蘆中，平生願相從。如何一見面，蹤迹又西東？野鶻掠枯草，水鴈上寒空；側望緑楊湖，烟雪晚濛濛。

哀樂不能已，寄情詩與歌。時俗昧其本，紛紛競詞華。盛極詩乃亡，徒爾如鳴蛙！江河流滚滚，何繇挽逝波？醇意謝糟粕，高文唱岩阿；黽勉扶正始，如君良足多！

薄命憂患多，悲歌天地小。攄懷若嘯虎，轉眼成飢鳥。詩書辭家園，揖讓見朋好。人情嚮風雅，我意營温飽。林亭花灼灼，江湖月皎皎。昔年娱性情，今日作傭保。

年年淮南漲，淼淼昭陽田。既鶩里爲沼，又苦家無饘。出門亦暮齒，問字逢少年。豈難拜白髮，不易解青錢。歲盡繁華地，罍空風雪天；何似舊茅屋，樂飢湖水前？

鴈鴻思共渚，芝朮思共岑；聲氣倘相同，離居情益深。嘆息各年耄，杖藜難遠尋。安得似栗里，何能如竹林？蘭香老友至，鶯語春醪斟；此懷弗克愜，惝怳羅浮陰。

【箋】

〔李艾山〕陳瑚離憂集：「李沂字子化，別字艾山，南京興化人。李沛從弟。亦不仕。常言古文不師八大家，詩不宗唐人，皆非其正也。有舊詩百餘首，已付梓，一旦裂而焚之，更爲新作。沂少於沛二十餘歲，恂恂謹飭，閉户株守，兩人者，一狂一狷焉，顧又深相知也。」國粹學報袁承業明隱士周遜之先生七十壽諸名人祝詩墨迹姓氏考：「李沂字子化，號艾山，別號壺菴道人，興化人。幼孤，而事母孝。少補句容縣學生，鼎革後，遂謝去，而隱於野，與從兄沛訂詩社。王文簡漁洋先生司理揚州，聞沂名，願一見不可得。會行縣至興化，命駕訪於門，沂固辭不見，王益以爲重，不强見，人皆兩賢之。沂不多交友，惟與同里陸廷掄、寶應王巖、泰州吳嘉紀爲莫逆。廷掄住郭外，十年不入城，沂日親廷掄飲小樓上，吟嘯狂歌。著有鸞嘯堂集二卷。」

〔昭陽〕即今江蘇興化。

按李沂有廣陵贈吴野人詩云：「把君詩句忽驚呼，便欲追隨賣酒壚；裁得相逢又分手，北風吹雪滿江湖。」當爲同時贈答之作。

贈陸懸圃

水雲深荻花，望君長相思。今夕是何夕？道途攜手時。顧盼各涕下，君老吾更衰。蓬蒿銷志氣，慷慨亦徒爲！地主俞錦泉。悦賓客，玉佩出羅幃；歌聲何婉轉，舞袖復蕤蕤。紛紜朱顔中，白髪人徘徊。忽驚君在眼，心胸豁然開。冰蟲不向日，蓼蟲不嗜葵。或泣或愉悦，我心惟君知。

山泉流到澗，滋味還相同。李杜韓蘇後，吾曹氣頗雄。何心冀名世，哀怨寫心胸。鄙人安足言，君文亦已工。靡靡草茅内，肅肅挺孤松。誰知握毛穎，不若佩吴鈎；毛穎困豪傑，吴鈎報恩讐。寒野月黯黯，老木風颼颼。草殷敵人血，腰懸讐家頭。平盡世間路，絃歌從去聲。君遊。

【校】

〔題〕興化縣志引作吴陵即席贈陸懸圃二首。

〔蕤蕤〕原作「狔狔」，據興化縣志校改。

〔安足〕興化縣志引作「何足」。

〔草殷二句〕興化縣志引作「草殷亂血色，誰擲讐人頭」。

【箋】

〔陸懸圃〕陳瑚離憂集：「陸廷掄字懸圃，别號海樵子，南京興化人。成童時，才鋒横出，吾師湯司理以國士目之。經國變，坐卧一室，授徒養母，惟與同邑李平子講昜，李艾山談詩，宗子發論史，三人外，跫然足音也。」

〔俞錦泉〕見卷十二音隱歌贈俞錦泉箋。

案陸廷掄陋軒詩序云：「辛亥，館海陵，以爲必識吴子，越十年，不識如故。今年癸亥夏四月，始定交於館舍。」此詩當作於康熙二十二年癸亥（一六八三）。

卒歲

履冰返故里，倦身獲稍閒。村墟多積雪，凛凛生暮寒。烏鵲亦懷栖，各認舊林還。車轍復誰顧？詩書聊自看。維爐則有堵，維井則有榦；老年逢卒歲，布褐無一端。晚暉檐下來，梅影落我冠。家人進簞豆，肘見容色歡。借問何爲爾？門外追呼寬。

勸酒歌，贈喬功偕

臘梅開花醞香發，親戚攜觶造門闌。造門闌，來勸翁，念翁遯迹楚雲東。皁帽布裙臨大海，蘆花蒲葉多清風。清風吹，吹塵起奈何？未若蟻浮鸚鵡螺。謡來醉鄉可避世，請翁聽我勸酒歌！

燭光漾漾酒殷瓢，雪飛入簷見酒消。瓢與杓，引翁嘗，念翁辛苦容貌蒼。汾河恒岳家鄉遠，吳樹淮堤歌思長。長歌復短歌，古調清泠泠，不如濁醪注瓦缾。謡來醒者多智慮，勸翁一醉安性靈。

桑田變易城市改，翁家書卷年年在。東壁卷，西壁書，中間惟應置酒壺。萊衣芰裳膝前侍，偉節慈明天下無！門户須開，明月欲來，甕中又漉新熟醅。有書有子願已足，翁不痛飲胡爲哉？

【校】

〔多清風〕國朝詩作「生清風」。

〔吹吹〕國朝詩作「蕭蕭」。

〔燭光〕國朝詩作「燭花」。

〔殷〕國朝詩作「滿」。

【箋】

〔喬功偕〕未詳。

送何龍若

無事坐谿上，青天度白雲；光采殊可攬，聊與盡殷勤。如何賞弄懷，倏忽思紜紜？關山妒良會，舉步即離群。影散悲落葉，心焦近燔薰。路側戀親昵，斑騅鳴夕曛。

駕鵝下田間，飲啄同鸒鳩。洲渚怡野性，顧盼以遨游。得展聚會情，翻因稻粱謀。大風催勁翮，將舉復夷猶。去程方汗漫，感子念舊儔。舊儔欲安適？桑柳趣悠悠。非惟毛羽小，心實好林丘。

【校】

〔妒〕王本作「度」。

【箋】

〔何龍若〕張符驤何鐵傳：「何鐵字龍若，鎮江人。幼從學陳太史維崧，工元人詞曲。任俠負氣。善畫及秦漢金石刻，常持刀筆出遊，所在醵金求之。或不願作，有力者强之，終不肯竟作。好昌谷詩，其自作亦往往多鬼氣。諸老宿皆畏其才。其僑居吾州特久。老年從宦河南，入柳縣令文署中，感暴疾死。鐵或名金雨，别號忍冬子云。」

篆隸印章歌，贈何龍若

幾十年間工篆隸，布衣獨數黄雉皋。書須毫楮黄不然，以石爲紙筆則刀。白日照牖石飛几，孤情卓犖思嘲嘈。丞相中郎李斯、蔡邕。微妙意，脱然出手心不勞。户外車馬忽雲集，是時頭顱已二毛。厥初推重豀櫟下，迺獲聲價來蓬蒿。父執相呼者何人？南徐何郎今髻髦。熟精其技弗嘗試，偶試便爲時賢褒。田産蕪盡仍下帷，門東無奈兒啼號。新坑石名。入匰質衣購，鈍鐵錋口行路操。寧知賤貧趾逾踴，市井輕薄身頻遭。精製漫受不與錢，旅甑塵壓烟難高。行李冰霜問北闕，道途坎壈尋東洵。俗方譏客類寒鴰，我獨愛君如駿鷙。從來金臺會鑒賞，此日上谷尤風騷。况君少年善詞賦，才藝俱足稱世豪。詎乏知音若櫟老，吹笙擊筑傾松醪。簷際落花向座飄，歌童舞妓娱我曹。興酣起作猛虎步，籬下豺狗誰敢嗥？

【箋】案江蘇詩徵引潤故云：「忍冬子（何龍若别號），工鐵筆，名重宇内，與程穆倩相埒。吳野人作篆隸歌贈之。寓居泰州牛市，自號牛市長者。」〔黄雉臯〕謂黄濟叔，如臯人。見卷六讀印人傳作歌贈周金谿先生箋。〔櫟下〕謂周櫟園，見卷二答櫟下先生箋。

廣陵送黄秀楚歸新安

稚子歡攜酒，山妻厚製衣。鄉園生未識，書劍老言歸。飲伴天寒密，行人歲暮稀。渡江雲岫見，杉檜影微微。漸與漁樵偶，休嫌鬢髮華。泉聲扶杖聽，酒釀到村賒。鳥聚冬林語，梅開雪谷花。行裝入仙境，何處是君家？閭閻無宅在，家世有棺存。時歸葬令高祖母、曾祖、曾祖母。古骨青山得，新鄰柏樹繁。月明林見鶴，雲冷岫聞猿。不信隨風梗，飄飄近本根。

【箋】

〔黄秀楚〕未詳。

訪田綸霞先生

冰雪稍已盡，蘆中僵卧醒；慨然念所思，曉月上漁艇。氣象來草木，歌謡越鄉井。春風鶴髮受，野鶩羊裘領。峨峨江上山，擊汰頻延頸。

【箋】

〔田綸霞〕見卷十寄學憲田綸霞先生箋。

案蕫齋年譜：「壬戌，四十八歲，四月交代卸事，七月二十四日抵里門。」此詩及以下田綸霞先生見示方園雜詩次韻奉答八首，皆當作於康熙二十一年壬戌（一六八二）。

渡江

近江心忽曠，獨坐泛小航。雪水蜀山來，吴楚天洋洋。晚晴亦烟霧，春氣增混茫。櫂歌徐自發，鳧子漾人旁。流波不暫住，中帶日月光。萍轉何時寧？我髮今已黄。落水鳴嶺岫，紅霞壓松篁。徒羨瘦仙鶴，山巔棲且翔。

句曲道中

未明開店扉，星斗巖樹上。捨舟逐侶伴，入山穿林莽。泉堙鳟隙咽，驢走犖确響。松風來吹衣，客意何蕭爽！曾讀父老歌，仙鄉積夢想。將身轉塵埃，如鳥嬰羅網。華陽愁殺人，咫尺不能往！

【箋】

〔句曲〕見卷二酒間口號答句曲張鹿牀箋。

〔華陽〕乾隆句容縣志：「華陽洞在大茅峰，其洞有二，西洞在崇壽觀後，南洞在元符宫東。其門有五，三顯二隱。三茅君、二許君俱得道於此。」

傷程梅憨

如客浮蹤苦易湮，客中爲客更悲君。卧看海岸度明月，病望鄉山深白雲。藥餌在筐蛾拍拍，藤蘿垂牖蝶紛紛。旅魂從此謝羈絆，芳草寒烟淮水濱。

澗水嶺雲猶往時，家人望信啓荊扉。故山已有青松待，久客惟將白骨歸。任昉溪邊醅欲熟，嚴陵灘下鱖初肥。平生痛飲高歌地，愁聽寒鴉噪落暉。

山色葱葱是紫霞，誅茅相對遠移家。數峰雲滿鶴尋樹，三月雨晴人採茶。嘗擬閒身衰里巷，曾偕鄰叟話桑麻。春風今日依然好，開遍潛川川上花。

范公堤上欲黄昏，疇昔同君一笑言。積雪北銷淮樹出，斜陽東逼海潮翻。會心景物成孤賞，轉眼情親隔九原。除夕酒錢穀雨茗，更誰相餉到柴門？

【箋】

〔程梅憨〕未詳。

〔任昉溪〕康熙歙縣志：「昉溪在縣北四十里，梁太守任昉行春至富資，緣源尋幽，累日不返，人因名爲昉溪，其村曰昉村。唐大中間，刺史盧潘改爲任公溪、任公村。溪上有石屹立，爲任公釣台。」

〔紫霞〕紫霞山，見卷三寄答汪扶晨箋。

廣陵舟中寄許蔭錫

海氣作東風，藹然吹片席；逸興托虚舟，飄飄隨所適。雨驟谿聲懸，草新岸影碧。籬犢勇之野，澤鵝慵避客。昔者早春夜，五塘水月白；泛艇偕素交，除憂命歡伯。荏苒西逝景，依稀舊遊迹。攜手復何時？愁看梅蕊坼。江蘺北渚發，辟芷南林榮；臭味雖相似，幽蹤不獲并。渴士夢澄波，醒客須濁醪；引領望所思，鷄鳴樹膠膠。吴榜情何愜，漁竿老勿抛。叔度是我師，公瑾令人醉。終焉往從之，湖海以肆志。

【箋】

〔許蔭錫〕未詳。

寄吴靈稚

我思扶杖去遨遊，良友佳山古歙州。嶺上日斜樵箇箇，澗中雲起鹿呦呦。村無災沴人難老，里接松杉地易秋。白水碧巖尤勝絶，先生家在石橋頭。

結交何必手曾攜，卓卓芳蹤我所思。薇蕨味甘虞夏後，綺園身老漢秦時。泉聲欲熟煎茶竈，草色初來洗藥池。却笑伯休稱大隱，姓名翻使俗人知。

鵝公習静緑谿灣，掃石焚香日月閒；履不出門四十載，雲同住屋兩三間。滄江有路多修阻，白社何人共往還？真趣玄言君獨會，宛然支許在塵寰。

【箋】

〔吴靈稚〕未詳。

寄澄塘吴仁夫

一鴈南飛乍失群，江湖雨雪夜紛紛。去留共值歲云暮，老大還悲手易分。歙浦幽懷臨積水，揚州舊夢隔浮雲。黄金散盡歸鄉邑，惟有貧交不忘君。

【箋】

〔澄塘〕靳修歙縣志：「十五都十二圖，村曰：班塘、古塘、澄塘、潛口、水界山、松明山、莘墟、唐貝、西山。」

〔吴仁夫〕未詳。

〔歙浦〕乾隆歙縣志：「邑以歙浦得名。浦會三江，江瀦衆水，其濫觴於浦而東注者曰新安江。」

贈趙雷文儀部　時榷税揚州。

豐饒自古説江淮，此日惟聞澤鴈哀。莫嘆疲民全少力，須知長者善臨財。東風扇野銷霜雪，好雨當春换草萊。賈舶商船歌頌起，一河清水伯開來！

自慚蓬鬢日東西，又值邗關花滿枝。餬口塵泥應到老，置身傭保久相宜。舟航接尾潮生夜，歌吹無聲月白時。袁虎開襟聊詠史，清音却被謝公知。

【箋】

〔趙雷文〕即趙吉士，字天羽，休寧人，著籍浙江。順治辛卯舉人，知交城縣，陞户部郎中，榷關揚州。見乾隆兩淮鹽法志、清史列傳。

案溉堂集有同題詩編入康熙二十一年壬戌（一六八二），此詩當作於是年。

田綸霞先生見示方園雜詩，次韻奉答

幽偏負郭地，靉靆過江雲。堤緑新栽樹，沙黄昔駐軍。季長來税駕，仲彦與去聲。論文。坐見烟塵静，絃歌足解紛。

道途存暇日，心迹寄閒園。山對竹西屋，人憑花下軒。新辭方和郢，醇酒一留髡。矯矯九皋鶴，何勞籠與樊！

竹籬臨野水，柳樹接谿田。雪大頻飛絮，寒生欲入氊。風光故鄉似，懷抱尺書傳。幾夜王孫夢，萋萋芳草邊。

軒車殊罕到，偃息復何辭？窗下羲皇客，案頭韓杜詩。自然成獨往，不顧屢違時。桃李栽培倦，清霜已滿髭。

我亦思逃俗，年來懶入城。放歌村釀濁，把釣海天清。自曳看雲杖，僮攜煮茗鐺。祇應共夫子，人外聽啼鶯。

影園鄭超宗先輩園名。即此地，何處認荆扉？冷落廢墟在，一雙新燕飛。草香過細雨，峰遠帶餘暉。回首思賢主，賓來每似歸。

隋樹立如客，淮流青若苔。園中春已暮，城裏舫還來。遊興當年好，名花滿地栽。芳菲催酩酊，百朵牡丹開。

壬子春，同孫豹人遊方園，時堂前牡丹發花一百枝。

野月晴茅舍，汀烟壓板橋。鸕鷀歸泛泛，薜荔掛條條。一榻更何日？三江正落潮。只愁仙櫂去，松菊意無聊。

【箋】

〔田綸霞〕見卷十寄學憲田綸霞先生箋。

〔影園〕淮海英靈集有施朝幹題影園圖詩，序云：「園爲鄭超宗先生別業，其址在今天寧門外。」

〔鄭超宗〕揚州府志：「鄭元勳字超宗，號惠東，先世歙人，祖景濂，占籍江都，遂爲江都人。元勳舉天啓四年鄉試。庚辰，江淮大飢，約族人捐麥千餘擔，爲粥於天甯寺，以食飢者。搆影園，以集天下名士。崇禎十六年進士，明亡，破産招集義旅，高傑將攻揚城，揚人疑其黨傑，露刃圍之，遂及於難。杭世駿爲作傳，見道古堂集。」

按田雯古歡堂集有方氏園林四首及方氏園林後四首，兹附録如下：其一：「睡穩竹邊屋，坐看溪上雲，波平風有暈，花艷午如醺。可笑田京兆，翻憐鄭廣文，春駒飛不定，衣桁亂紛紛。」其二：「蜿蜿長堤好，何人築小園？官蛙皆給廩，老鶴亦乘軒。空闊巢賓爵，頹唐卧醉髡；吾廬高津水，恨少此丘樊。」其三：「白勃通溪柵，山雌入麥田；柳花飛似蝶，荷葉小于錢。水調聲初歇，蕪城賦又傳；來朝掛帆去，二十四橋邊。」其四：「肘後懸何益？尊前興莫辭。門人争送酒，小吏解吟詩。春筍登盤日，河豚入饌時；堂堂三月盡，白盡使君髭。」後四首其一：「抱病眠西郭，牽船並水城；罷官吏人少，避地客懷清。江上回飄鼓，花邊煮藥鐺；園林好風日，深樹一聲鶯。」其二：「紅亭一溪繞，白板兩重扉；漁艇有時入，水禽無數飛。理琴過小雨，看畫立斜暉；但住爲佳耳，言歸未肯歸。」其三：「僕馬須長避，休教蹋緑苔；魚沉緣屐響，鶴静怪官來。草屋三層好，畦葵二畝栽；桃花開未了，又報牡丹開。」其四：「書案排幽閣，花棚繫短橋；竹根穿户檻，柳絮没人腰。風雨白門樹，帆檣揚子潮；秦郵木瓜酒，鎮日醉無聊。」

題韓醉白行樂圖

醉白修禊日初度，圖繪蘭亭景物。

修禊曾傳王右軍，青山邈邈水沄沄。當時風景誰留得？少長人中喜見君！
憶昔屠城慘不堪，尸骸堆裏出奇男。不祥之事易除去，聞道君生三月三。
落地已知逢上巳，置身今始在蘭亭。良辰美景宜行樂，我友何曾一日醒！
林泉安得久追隨，爾我朱顔道路衰。别後登山與臨水，暮春天氣倍相思。

【箋】

〔韓醉白〕詩觀：「韓魏字醉白，江南江都籍，山西臨汾人。有獨存堂詩、日删集、湖上吟。」

案溉堂集有題韓醉白小像詩，題下注曰：「醉白以上巳日生，寫生者因爲作修禊圖。」溉堂集編入康熙二十三年甲子（一六八四），此詩當作於是年。

雨後

蒼天施雨澤，赤地洗塵埃。鵝掌挐新水，蟬聲咽濕槐。霑濡存晚稼，時節過黄梅。猶喜黑雲在，斜陽熏不開。

送汪悔齋使琉球

異域需新命，朝端餞遠行。路從雲際下，人過竹西榮。悔齋家廣陵。鴈鶩歡徒御，關河别弟兄。中原樹𩆜𩆜，回首若爲情！

使命儒臣重，推尊衆議同。節臨尚氏國，帆滿鄭公風。忠信魚龍衛，遐荒雨露通。舟人笑相指，黿鼉海波中。黿鼉嶼，在琉球國西。

渺渺仙舟遠，翩翩彩旆揚。東南心眼闊，中外姓名香。始快鯤鵬意，誰言天海長？共瞻上國使，文德布殊方。

波濤休遠駕，島嶼繫孤楂。傍日承恩國，含烟迓客花。蔗馨濃酒熟，螺飾舞衣華。景物争芳夜，歡娱未有涯。

漢字咸來問，雲車試一停；教行守禮俗，人祝使臣星。海色三峰秀，松陰四境青。廉名知久著，不羡却金亭。

舉步中山頂，披襟四望時；看君何縹緲，念我未追隨。痛飲婦人釀，其俗，婦人嚼米釀酒。獨吟才子詩。藩王供翰墨，醉態想淋漓。

雲路達三島，王程經兩淮；素交猶在目，緑酒暫相偕。自愧星霜鬢，餘生齷齪懷。煩君語仙鶴，雞鶩戀藩柴。

亦既竣公事，願言還故郊。祖筵精製饌，嬌媛自臨庖。海舶飛天際，閩峰見樹梢。囊中蕉布在，歸以贈貧交。

【箋】 案汪楫詩有出門二首，紀其奉使離家時事。其一：「勞勞息無時，忽忽歲云暮。老父呼我言：『家宿難久住。王程幸未迫，閩疆應早赴。』老母拍我肩：『兒無憂内顧，孃今頗强飯，爺又齒牙固。及此勉王事，爲喜勿爲懼！諸弟漸成立，幼弟行當娶，衹此仗作計，其他勿復慮！』聞命敬再拜，氣塞語難吐。俯仰真跼蹐，出處總乖忤。忍淚作大言：『乘風兒所慕！』」其二：「天王大神聖，天使百靈護。夏至七日風，大海直飛渡。曰歸寧久淹，屈指在寒露。春正開八袠，歸來慶初度。相風憑木鳶，計程報尺素。下堂不盡觴，趦趄猛虎步。」 案汪楫父汝蕃康熙甲寅年七十，見卷七題圖詩十二首。汪詩其二有「春正開八衮，歸來慶初度」之句，則計歸來之日，當爲出使之明年，即康熙二十三年甲子（一六八四），汪汝蕃八十初度時，則此詩當作於康熙二十二年癸亥（一六八三）。

戴岳子載白岳之石來遊海濱，自題曰石桴。桴止東淘，復適河皋，與之晨夕既多，褰裳臨流。於其行也，贈以言

吾道屬滄浪，辭山適海澳。浩歌求我桴，采石不采木。石是山中石，浮石如浮山。持此巖壑趣，漾入菰蘆間。蘆花秋氣來，洲渚日欲晚。獨坐依海天，人隨片雲遠。

麋悦口銜苹，客悲身近人。讀書淘之市，笑殺東西鄰。蠅虻上樹喧，不讓孤鳴蟬。吞聲移櫂去，海動沙灘烟。烟中秋草生，野色熒熒碧。生意雖違時，淒涼情自適。

河皋露已白，鷺鷥飛皚皚。翁然禾黍鄉，游子泛宅來。谿水秋更澄，垂手摘鮮

菱。茅店婦賣酒，鄰船漁舉罾。客路風景佳，晤言親戚少。斷石有本根，終念故山好。

【箋】〔河阜〕嘉慶東臺縣志：「何垛場，在西門外，一名河阜，屬泰州分司。」

旅夜寄吴符五

歲云暮矣河水冰，夢到家園身未曾。涉遠忽驚人已耄，驅愁深恨酒無能。烏啼欲落樓頭月，鼠鬬微明壁上燈。不寐夜殘情兀兀，笑言安得共良朋？

燕城鶴唳客停舟，懷古悲吟帝子丘。見示勸影軒集。明遠賦情何婉麗，牧之詩態最風流。充庖夜炙黄雞美，勸影春醪緑蟻浮。昨日見招成爛醉，老身輕泛似江鷗。

【箋】〔吴符五〕乾隆兩淮鹽法志：「吴嶽字符五，歙人，湖廣江夏籍。康熙三十三年甲戌科進士，有淳發堂詩稿。」

題吴楷士新築别墅

已在山中住，入山還卜居。老松主人至，積莽小童鋤。結構如看畫，栖遲但讀書。雲來爲二仲，絶勝蔣生廬。

可憐晞髮處，谷口石橋頭。茅屋人家遠，桃花澗水流。烟霞資飲食，麋豕共林丘。我亦忘機者，願言從子遊。

縹緲軒轅氏，騎龍去不回。愁雲常似海，丹竈尚留灰。閣對黄山築，窗臨碧水開；心胸豁霄漢，三十六峰來。

潛川汪岸舫，痛飲一先生。身老渌醽味，人存赤子情。偕君稽古昔，有鶴守柴荆。新館舊明月，花間甕甕盈。

【箋】案詩觀汪舟有同題深柳堂詩四首爲吴楷士賦，鄧孝威注曰：「雙溪山勢嵸巃，泉石清婉，爲歙西最勝地。楷士築室讀書其中，性好賓客，名流贈詩成帙，梓有專集。虚中詩此其一。」

贈郡伯崔蓮生先生

薜衣芒屩老槃阿，擊劍觀書只嘯歌。海岸蘆花空荏苒，柴門草色孰來過？亦知廣廈階庭近，偏是貧家雨雪多。自分苦寒同竹木，何期今日值陽和！

淮南纔見駐車輪，十邑絃歌俗一新。久識文翁能造士，誰知杜母更臨民？花開城郭禽聲囀，秫熟村莊酒味醇。飽食醉謳千萬户，先生笑看太平人。

【箋】

〔崔蓮生〕雪橋詩話：「崔華一字蓮生，號西嶽，真定平山縣人。己亥進士，以開化令擢揚州府。甲子，諭舉廉能備擢用，廷薦者七人，推爲天下清官第一。兩江總督缺，以郡守得列會推；越一歲，擢兩淮鹽法道，轉陝西涼莊道，未任卒。」

案崔華始任揚州府爲康熙十九年庚申（一六八〇），此詩第二章有「淮南纔見駐車輪」之句，意當作於康熙二十年辛酉（一六八一）左右。

黄孝昭招同吴岱觀、介兹、蔣前民、魏廓功飲集幽齋，限真、氣二韻

鴻鴈夜鳴悲，群飛過城闉。燈燭今何夕？照君堂上賓。念君方盛顔，賓客皆老人。夙昔或緤組，平生或垂綸。此日願頗同，願同賤與貧。腴瘠任人擇，錦褐入夜均。萍梗偶相遭，言談情倍親。林寒樹謖謖，徑白石粼粼。歌呼以適意，誰復嫌我真？

澗水清泠泠，河水有滋味；豈不好甘美？要欲辨涇渭。中情倘灼然，形穢亦足貴。不悟邂逅間，俾我襟懷慰。夜深月將出，烟霜色㲲氉。衆客如蕙蘭，鄙人若蒿蔚。杯酒作陽春，一時俱有氣。

【箋】

〔黄孝昭〕詩觀初集：「黄天嗣字孝昭，江南江都人。有澹山集。」

〔吴岱觀〕石修歙縣志：「吴山濤字岱觀，號塞翁，歙縣人，仁和籍。崇禎舉人，爲成縣令。有西塞詩。」

〔吴介兹〕見卷一吟詩秋葉黄圖爲吴介兹題箋。

〔蔣前民〕光緒重刊江都縣志：「蔣易字前民，又字子久，江都瓜洲人。少補諸生，即棄去。家有洲田數十頃，坍于江，遂致窮餓。爲詩不取時好，五言得少陵風格。無子，晚年益窘，賣畫自給，人争寶之。有石閭集。」

〔魏廓功〕國粹學報第八十一期袁承業明隱士周遜之先生七十壽諸名人祝詩墨迹姓氏考：「魏衛字廓功，儀真人。精書法，長于詩，著有西陴詩稿六卷。詩境澄淡，時以匹吴嘉紀。然嘉紀稱揚於當事，魏名不出白沙。説者謂陋軒詩朴勁有法，少生新之意；西陴詩鬱鬱古色，如孤霞映日，淡然塵表。蓋其神識烺鑒，絶纖俗塵。生平不妄交當世顯者，讀其詩，知其夷然不屑也。」

贈張蔚生先生 興化縣令，時署泰州分司。

天邊涔水下淮揚，興化波濤接海長；魴鱖成群游里巷，槐榆露頂認村莊。未知樂歲逢何日？尚有餘民戀故鄉。召杜藹然來税駕，陰森雪窖見朝陽。日熏城闉漲落散湖雲，原隰村墟次第分。已見夏畦歸復業，還偕寒士坐論文。桃樹庭無訟，風入蘭叢室有芬。兹邑舊稱儒雅俗，家絃户誦又紛紛。早夜煎鹽鹵井中，形客黧黑髮鬔鬔；百年絶少生人樂，萬族無如竈户窮！海色昏昏啼怪鳥，榛聲獵獵起悲風。此中疾苦誰曾問？今日張君昔范公。

清晨徒隸掃官衙，安穩閭閻飛落花。僻壤何緣近琴鶴？往時相望隔蒹葭。恤災不覺垂雙淚，續命真能活萬家。惆悵仙舟歌返棹，無繇借寇使人嗟！

【校】

〔題〕嘉慶東臺縣志引作贈張蔚生分運。

〔張君〕東臺縣志引作「張公」。

〔無繇〕東臺縣志引作「無緣」。

【箋】

〔張蔚生〕國粹學報第八十一期袁承業明隱士周遜之先生七十壽諸名人祝詩墨迹姓氏考：「張可立字蔚生，奉天鑲黄旗人。康熙十六年，爲興化令。二十一年，攝篆泰州鹺運分司。」案獨善堂文集張蔚生德政詩歌序云：「康熙之十六年出宰興化，越五年，攝篆鹺運，來泰州。」此詩當作於康熙二十一年壬戌（一六八二），張署分司時也。

題方嘉客撾鼓遺像

主人撾鼓，左右列三美人：一執檀板，一捧酒壺，一吹笛。

蝦蟆競鳴埃壒裏，夜來聒聾老翁耳。伊誰擊鼓鼓逢逢，赭顔皁帽長鬚公。俗物擾人公色怒，手握雙枹驅使去。大聲勢逐蒼崖崩，小聲韻倚橫笛度。世上賢豪何足論，醉懷轉向兒女吐。一自庸奴殺禰生，至今山岳不曾平。微技定須存氣象，不悟斯人移我情。亦復骯髒就長夜，腥烟血燐燒枯野。朧朧月落靈鼉鳴，魑魅咽喉一時啞。

【箋】

〔方嘉客〕兩淮鹽法志：「方國賓字嘉客，歙人。家無恒産，乃從事鹽筴，往來江淮間，雅與文士周旋，月夕花晨，嘯歌不輟。國賓善撾鼓，能爲漁陽三疊聲。推官王士禛作七言長歌贈之。」

挽崔凌岳先生

志士心懷苦，躬行尤艱難。芰荷以爲衣，荼蘗以爲餐。一身集百憂，要使二親歡。愛弟親已歡，枕被霜雪寒。提攜兼教誨，脊令生羽翰。翩然蒞邦郡，民歌政教寬。發揮皆家學，何必自爲官！況復膝下人，一一俱鳳鸞。汝子如我子，高堂語不刊。縉紳頌令德，行路意悲酸。平生如夫子，生順死亦安。

【箋】

〔崔凌岳〕名崑，揚州知府崔華之兄。崔華，見本卷贈郡伯崔蓮生先生箋。

案溉堂後集亦有輓崔凌岳崑兼呈令弟揚州太守蓮生華詩，編入康熙二十二年癸亥（一六八三），此詩當作於是年。

崔宗爲妻葛氏挽詩

雙鵠俱南遊，翱翔得所棲。飄飖遇回風，雄鵠忽北飛。南北會當逢，分飛情苦悲。豈知時運乖，雌鵠翼低垂。年壽有早暮，嗟哉永别離！雄歸惟見雛，雄歸不見雌；死者腸已斷，生者若爲歸？

【箋】〔崔宗爲〕未詳。

題吴九霞雪夜山行圖

積雪已踰尺，飄落猶絮絮。茫然夜山中，攬褐適何處？老父在天涯，緩急往相助。身體爲親有，艱難肯自顧？林冰膠宿鴉，見人飛不去。暗澗駭左逢，側巖愁右度；魑魅亦斷絶，向誰問前路？

晝行畏讐家，夜行懼虎狼；虎狼或可脱，人意難堤防！石觸指爪裂，棘纏肌肉傷，行路何其難，況在雪中央。皇天生一草，必令榮且芳；人子有用身，豈遂委道旁！前林榛莽動，颯颯風氣涼，髣髴有人來，不覺生彷徨。

【箋】

〔吴九霞〕未詳。

寄贈程孝常新婚　雲家之子。

翰墨程生善，聲名一郡傳。里人因擇婿，弱冠已稱賢。壁上龍唇在，鑪中雞舌然。含毫復何嚮？新婦翠眉邊。

江村二月半，沙白草萋萋，林樹水雲聚，人家山鳥啼。室香巾漉酒，烟煖甑蒸梨。喜煞含飴者，孫兒今有妻。

已識才華美，還憐德性温。廈誰棄梁棟？珉自讓璵璠。夫婦雙栖廡，絃歌獨閉門。伯鸞雖可學，何必戀丘園！

谿晴流活活，山夕翠微微。棲宿鴛鴦喜，去來樵牧稀。留賓催煮醞，喚婦學烹薇。新舊意飛動，而翁正遠歸。

【箋】

〔程孝常〕袁承業東臺詩徵：「程之宸字孝常。」

〔雲家〕謂程雲家，見卷一菖蒲詩箋。

〔江村〕見卷九初春送程雲家歸江村三首箋。

題許山人白描畫鳳，送王山史歸華陰

翩翩孤鳳有威儀，問爾翺翔何所之？野翟山雞遍城市，時人只愛羽毛奇。

湯湯淮水失同遊，無賴誰憐一白鷗？莫道忘機是此鳥，爲君惆悵海西頭！

梧陰竹實滿丘樊，歸去仙厓招旅魂。愧我顛毛都白盡，空思玉女洗頭盆。

分手衰年已自悲，看君雙鬢也絲絲。南京北地三千里，老態相逢更幾時？

【箋】

〔許山人〕未詳。

〔王山史〕明遺民録：「王弘撰字無異，號山史，陝西華陰人。諸生，嗜學；收藏古書畫金石最富，著易象圖述及山志、砥齋集。關中人士之領袖也。康熙戊午，以鴻博徵，不赴。初與李因篤同學甚密，及因篤就徵，遂與之絶。顧炎武嘗曰：『好學不倦，篤於朋友，吾不如王山史。』卒年七十五。」

〔華陰〕陝西通志：「華陰，漢縣名。本禹貢華陰地。寰宇記云：『漢改華陰，以在太華之陰故名。』」

〔玉女洗頭盆〕陝西通志：「華嶽玉女祠前一石突兀，廣二丈，長十餘丈；有坎，可容五斗水，曰玉女洗頭盆。集仙録：『其中水色碧緑澄澈，雨不加溢，旱不減耗。』」

過郝乾行青葵園

深户巷中閉，雨多生蘚苔。客來家醖熟，君指玉蘭開。光采分臨牖，芬馨下入罍。奈何此嘉樹，顧盼轉徘徊。

適遠人無着，追歡夜亦良。絃歌因信宿，酒茗即家鄉。瓦盎栽叢蕙，銅鑪爇妙香。木瓜花欲放，賢主又移牀。

此身忽自勵，題墅曰青葵。履豫常懷懼，方榮已念衰。暄暄春去葉，濯濯露盈枝。節序何妨晚，寒松與爾期。

秋色更堪愛，去年余在家。清明鋤黑壤，籬落種黄花。今日人攜鍤，春風菊長芽。栽培聊共爾，不恨滯天涯。夜話復誰共？門生吴彦懷。燭燈冷林薄，風雨撼江淮。海水月流野，荻花霜覆階。别離幾十載，君不忘荒齋。辛丑，彦懷讀書陋軒。但得羲皇意，寧須山水居。啼林無俗鳥，連屋有遺書。孤咏聲情苦，高眠應接疏。故人謂山漁。芳躅在，念子頗相如。

【箋】

〔郝乾行〕羽吉子，見卷九汪長玉郝乾行過宿陋軒箋。

〔吴彦懷〕郝羽吉甥。卷九蕪城病中謝吴彦懷寄敬亭茶葉自注：「令舅郝二寄布。」

〔山漁〕即郝羽吉，見卷一郝羽吉寄宛陵棉布箋。

案第四章有「去年余在家，清明鋤黑壤，籬落種黄花」之句。辛酉春，嘉紀適在家，卷十有雨中栽菊詩，當即指此。此詩當作於康熙二十一年壬戌（一六八二）。

雨中集樂允諧新築幽居

别墅繁華里，林丘趣轉賒。小齋懸石澗，緑樹接鄰家。卜築還餘地，承歡更買花。老親易菴先生。厭歌吹，從此得烟霞。

漾漾新流漲，莑莑蔓草芟。春催林潤澤，烟引石巉巖。甕釀啼鶯勸，缾花喜鵲銜。追陪願學圃，我亦有長鑱。

更有幽棲地，江村雞犬寧。寒潮流世代，遠岫碧階庭。稚子炊茶竈，漁人抱酒缾。遥知花月夕，宜醉復宜醒。

旅愁徐失去，故舊緑樽前。痛飲須終夜，重逢已暮年。燭燈光照壑，舍宇泛如船。酩酊雨聲裏，聊隨鷗鷺眠。

【箋】

〔欒允諧〕曝書亭集徐州蕭縣儒學訓導欒君墓志銘：「維揚有嶔奇磊落之士欒君，諱又令，字允諧，一字介冰。少能文，學使者試童子，拔置府學名第一。其爲人孝弟，廣交友，輕貨財。闢葙圃京江中，焦山障其下，芰荷葭菼浦樹圍之數重。有橘獨立，結實青黄，足當洞庭百頭。暇招番禺屈大均賦詩，韓畕援琴，鼓羽化之曲，陶然樂其志也。既而海艘深入，戰後廢爲牧馬之場。乃移居江都郭東八十里，築洸心亭，雜樹花柳，比于故園，風景略似」云云。

送吴三劍宜

薊門歸馬一聲嘶，笑指隋堤車又脂；顔色偏增南北路，風光況值艷陽時。村家白墮消鄉夢，驛館倉庚囀樹枝。歌醉不應求勝侶，盧溝橋畔草離離。黄花開遍古揚州，伯氏令兄鹿園。當時此北遊。折柳又看難弟去，臨觴祇益故人愁。迢迢霄漢違青眼，逐逐塵埃到白頭。從此客途誰藉在？春風自攬敝羊裘。

【箋】

〔吴劍宜〕詩觀：「吴荃字劍宜，歙縣人。有花嶼堂存稿。」

〔薊門〕見卷三送汪左嚴北上箋。

〔盧溝橋〕在北京廣安門西十三里，跨永定河上。金明昌初所建，長二百餘步，名廣利橋。見方輿紀要。

〔鹿園〕吴苑字鹿園，見卷九之東亭訪吴楞香箋。

吴嘉紀詩箋校卷十二

題圖詩十首，贈吴君仲述

樂志圖

仲長統字公理，倜儻不矜小節，州郡召不就，思卜居以樂其志。

閒雲戀岡巒，芳蕙怡丘樊。幽人欲安托？夙昔有志存。慮恬生趣味，事熱多競奔。居止遠軒冕，聊以媚雞豚。琴尊親魚鳥，聊以娱心魂。手攜老氏書，坐與故人論。松柏壽吾里，日月在吾門。逍遥樂其志，達哉公理言！

雅量圖

吕文穆公始爲相，有朝士於簾内指之曰：「此子亦參政耶？」同列欲詰其姓名，公曰：「若一知姓名，則終身不能相忘，固不如不知也。」

光芒席上器，中窄外壘嵬。榮貴誠足珍，寡受亦易殆。吕公朝士中，川中之大海；溪澗江河湖，滔滔於此匯。簾下伊何士？妄言使人駭。香穢置一區，氣味各不改。賫菉易知名，任爾侵蘭茝。既知不能忘，長者徽音在。

奉母圖

潘岳閒居賦：「微雨新晴，六合清朗，太夫人乃御板輿，升輕軒，遠覽王畿，近周家園，稱萬壽以獻觴，或一懼而一喜。」

孝子愛年華，亦復愛景物；景物不養親，虚擲良可惜！霏霏靈雨晴，鬱鬱茂林碧。薄薄輕車音，遲遲老人出。禽鳥鳴喈喈，清風左右翼。仰眎天宇澄，遐邇瞻第宅。遊歷忘衰老，徘徊動顏色。承歡及良時，兒也進雲液。

慎交圖

蔣詡舍中三徑，唯羊仲、求仲從之遊。二仲皆挫廉逃名之士。

豪士愛苦泛，座上盈嘉賓。醇酒引情言，居然雷與陳。燭短酒肉闌，主賓意已伸。不待出門户，紛紛皆路人。吾慕蔣元卿，荒廬塞棘榛。闢徑待誰過？羊求乃其倫。俗態何足盼，衰年益相親。砥礪豈必多，一璧勝萬珉。

恤孤圖

張裔與楊恭善，恭早逝，遺孤未成人，裔迎其母子，分屋舍與居。孤長，爲娶婦，置産業，使立門户。時人義之。

人子畏早孤，園花畏晚榮；榮晚霜露欺，早孤情煢煢。昔爲懷中玉，今與瓦石并；時勢一朝異，誰爲臼與嬰？不悟張夫子，視孤若己生。兩世門户計，一堂琴瑟聲。雲巘何峨峨，松巖何巍巍；高山世上有，高義今世稀。

節儉圖

宣巨公爲御史中丞，秉性節約，常布服蔬食瓦器；帝幸其府舍，見而嘆曰：「楚國二龔，不如雲陽宣巨公！」

萬錢供匕箸，列錦衣軒除，侈者一盼睞，猶言無可娱。人生同所願，飽腹與暖軀。何爲恣情欲，不顧家室儲？試看宣巨公，天子過其廬。貴幸世無比，服食唯粗疏。樸誠易厚物，省約則寡須。楚國兩賢人，盛德或不如。

好施圖

北魏李士謙，好施；歲荒，出粟千石貸鄉人。明年又荒，人無以償。公對衆焚券，設粥賑濟，全活萬餘人。或曰：「子陰德大矣！」公曰：「陰德猶耳鳴，人無知者；今子已知，何爲陰德？」

彼蒼者好施，君子亦好施。雨露降霄漢，禾黍以蕃滋。惠澤有時偏，畎畝逢荒年。君子開倉廩，用穀以佐天。饑饉貸且賑，時豐不用償。老幼存活多，頌聲溢故鄉。鄉人徒嘖嘖，李公不爲名。陰德人不知，請自聽耳鳴。

解紛圖

朱冲字巨容，少有至行。鄰村失犢，誤以冲犢歸，後得犢，慚謝以犢還冲。

有牛犯其禾，冲屢芻飼牛，無恨色。居安南，人有争者，冲以禮讓爲訓，親黨化之，村無兇人，路不拾遺，惡蟲猛獸皆不爲害云。

凱風吹林芳，聞者願相從。栖托附麟鳳，寧憂豺與蟲？世俗日已澆，争起骨肉中；不有禮讓訓，何以化頑兇？高士如玉鏡，善惡如形容；醜陋倘自見，羞與佳麗同。山澤患害絶，田園稻粱豐。人生朱公鄉，真有羲皇風。

御下圖

東漢劉寬，性仁恕，雖在倉卒，未嘗有疾聲遽色。恒帝朝，爲廷尉，時當朝會，嚴裝訖，婢持肉羹，翻汙朝衣，寬神色不異；徐曰：「羹爛汝手乎？」

貴人重玩好，小物情每親。勞勞僕與隸，賤之如埃塵。僕隸親生身，貴人親生身；賤者視貴者，形體亦猶人。趨承微有誤，奈何遂怒嗔？爾行固蹇劣，良由褊其中。仁愛寓倉卒，君不見劉公。劉公誠可師，問婢不問衣。

教子圖

韓魏公琦，教子以義方，有五子；忠彦官僕射，封康國公；端彦贊善大夫；粹彦吏部侍郎；純彦徽猷直學士；嘉彦駙馬都尉。

連翩馬上郎，云是弟與兄。弟兄有五人，同時皆顯榮。朝回多輝光，觀者盈路旁。借問爾誰家？云是魏公郎。魏公有德行，厥後自應昌。孰知堂上訓，凜凜惟義方。樹禾須土腴，植菊須篠扶。施厚報亦厚，可爲嚴父模。

【箋】

〔吴仲述〕未詳。

案溉堂續集有壽吴仲述三十韻，編入康熙二十二年癸亥（一六八三），此題當作於是年。

攜美人圖題贈汪梅坡

深山曲水絶塵埃，冰雪層層花亂開。高士此時真快意，手中攜得美人來。妝罷婷婷白玉姿，人間羞煞俗胭脂；胸前欲佩宜男草，林下先成連理枝。

微風吹入水邊林，珠翠梅花香共深。莫怪鴛鴦不相離，世間難得是同心。漫把飛瓊夢裏誇，許渾有夢飛瓊詩。羡君今已到仙家。疏枝弱態影清潤，不識是人還是花？

【箋】

案美人當指蔡婉羅也。衆香詞：「蔡婉羅字仙季，幼失怙恃。年十九，歸錢塘汪梅坡。與梅坡縱遊吴下名山水，又僑寓鴛鴦湖者一載。庚申歲，始移居廣陵。甲子春三月，家中失竊，資財盡失，婉羅怏怏成疾。三月杪，遂不起，年只二十七。婉羅無子，梅坡即以兄子嗣之。適東淘吴野人造訪，遂代命名曰以蔡，字念屺。」

吴陵午日寓袁家庵作

身暇乃知静，城中如遠村。客驚時節換，老畏應酬煩。稚子炊茶竈，新交贈酒尊。今朝鄉思切，只爲近家園。

釣艇歸蒼海，良辰醉緑醽。誰知羈半路，兀坐對高梧？今日老漁父，前生屈大夫。好辭有何益？吟罷獨踟躕。

泛然任栖泊，不敢恨淹留。積雨忽成霽，涼風已似秋。荷香浮遠渚，柳色動行舟。逆旅俗人散，堂空得自愁。

禪室僧皆醉，疏籬鳥自鳴。閒中頭更白，飲罷悶還生。艾葉時當採，槐陰露洗清。故林高卧處，豺狗正縱橫。

【箋】

〔吳陵〕即今江蘇泰州。泰縣志：「唐武德三年，置吳州，更縣曰吳陵。」

〔袁家庵〕泰縣志：「幻竹庵，明兵備副使袁懋貞建，在州治東北。」或即此。

音隱歌贈俞錦泉

君不見曼倩避世金馬門，簪纓袞袞高蹈存。君平卜筮成都市，空簾隔人情似水。沮溺豈必雲山住，乾坤到處身堪寓。君不見俞錦泉，亦棲園圃亦入城。景物盤桓絕係戀，性情寄托惟音聲。海月飛上林樹枝，熒熒華燭照卮匜。長袖窄靴裝未畢，主人已是開襟時。齊心勸緑醑，嬌唱領朱絲。曲精不用周郎顧，調古祇應郢客知。借看門外來公侯，聲入俗耳主人羞。應酬只令杯在手，閨閣争避錦纏頭。獨有漁樵四座多，花前命舞還命歌；蓑笠釣竿及斧柯，雜錯釵鈿與綺羅。老夫城郭走躇躇，招去歡飲不待夕。知我平生嗜泉石，善謳取媚同心客。謳者妙顔我髮禿，宛如桃杏繞古柏。隱居趣味君何深，鴻鵠翱翔懶集林。請聽平聲。今夜絲竹内，盡是先生山水音。

【箋】

〔俞錦泉〕雍正泰州志：「俞瀫字錦泉，號音隱，以廩生膺歲薦，需次内閣中書。躭志林泉，搆漁莊園以處四方賓客，日與名士飲酒賦詩，不減玉山草堂之勝。著流香閣詩詞行世。」

打鰣魚

打鰣魚，供上用，船頭密網猶未下，官長已鞴驛馬送。櫻桃入市笋味好，今歲鰣魚偏不早。觀者倏忽顔色歡，玉鱗躍出江中瀾。天邊舉匕久相遲，冰填箬護付飛騎。君不見金臺鐵甕路三千，却限時辰二十二。

打鰣魚，暮不休，前魚已去後魚稀，搔白官人舊黑頭。販夫何曾得偷買，胥徒兩岸争相待。人馬銷殘日無算，百計但求鮮味在。民力誰知夜益窮？驛亭燈火接重重。山頭食藿杖藜叟，愁看燕吴一燭龍。

【箋】

案此題蓋指康熙二十二年供鰣魚事也。余孔瑞代請停供鰣魚疏：「康熙二十二年三月初二日，接奉部文：安設塘撥，飛遞鰣鮮，恭進上御。值臣代攝驛篆，敢不殫心料理。隨於初四日，星馳蒙陰、沂水等處，挑選健馬，準備飛遞。伏思皇上勞心焦思，廓清中外，正當飲食宴樂，頤養天和；一鰣之味，何關重輕。臣竊謂鰣非難供，而鰣之性難供；鰣字從時，惟四月則有，他時則無。諸魚水養可生，此魚出網即息；他魚生息可餐，此魚味變極惡。因藜藿貧民，肉食艱難，傳爲異味。若天厨珍膳，滋味萬品，何取一魚？竊計鰣産於江南之揚子江，達於京師，二千五百餘里；進貢之員，每三十里立一塘，豎立旗桿，日則懸旌，夜則懸燈；通計備馬三千餘匹，夫數千人。東省山路崎嶇，臣見州縣各官，督率人夫，運木治橋，劖石治路，晝夜奔忙，惟恐一時馬蹶，致干重譴。且天氣炎熱，鰣性不能久延，正孔子所謂魚餒不食之時也。臣下奉法惟謹，故一聞進貢鰣魚，凡此二三千里地當孔道之官民，實有晝夜恐懼不寧者」云云。

〔金臺〕雍正畿輔通志：「黄金臺在大興縣東南十六里。燕昭王置千金於臺上，以延天下士，謂之黄金臺。」

〔鐵甕〕即鎮江。嘉慶丹徒縣志：「郡有子城，周六百三十步，即三國吴所築，内外皆甃以甓，號鐵甕城。」

此詩當作於康熙二十二年癸亥（一六八三）。

自城中歸東淘，哭袁姊丈

海岸淒涼又落暉，出門何處覓相知？如雲如霧客長逝，或哭或歌予自悲。照影螢棲晴草色，呼群鵲噪古槐枝。平生風景依然在，語笑因思曩昔時。

水際閉門青草生，衰年過日有經聲；香燈儼若高僧在，齋館長如古寺清。謖謖寒濤鐺茗熟，菲菲時艷徑花榮。與君來往稱姻黨，不減人間親弟兄。

何曾得見没時顏？百里暌違若萬山。天曉畏看星落落，櫂歸愁聽水潺潺。治塋表聖親朋送，自祭淵明意趣閒。去去夜臺偕我姊，不殊梁孟在人間！

吾衰壯志未銷磨，侶伴嗚嗚對酒歌。蒿里可憐頻悵望，柴門從此罷經過。黄昏形影燈前寄，白首知交地下多。亦識死生無異理，哀來難遣奈情何！

【箋】

案嘉紀姊丈袁漢儒，見卷七臘月四日贈袁姊丈漢儒箋。

望君來 思循良也。

望君來，荷鋤夫，嗷嗷待哺同烏雛。野寬母遠日欲哺，不慰饑渴蒿與蒲。誰念頻年水旱多？隴無黍麥，畝無嘉禾，蛙鄉魃藪仍催科。不有黄穆，奈此赤子何？望君來，君未來，溝塍里巷歌聲哀！

望君來，愚竈户，日蒸野草氣方暑。小舍煎鹽火焰舉，鹵水沸騰烟莽莽。斯人身體亦猶人，何異雞鶩鬻中煮。況復今年春夏雨弗息，沙柔泥淡絶鹵汁；坐思烈火與烈日，求受此苦不可得！不有杜詩，誰與説胸臆？望君來，來何遲，遠見琴鶴人色怡。

望君來，老儒存，眼看十場，愁心自捫。胥徒但徵里閭税，子弟不道周孔言。往時社學那可見？菜花草色海壖遍，於中豈無商歌者，織屨蘆中匿顔面。不有文黨，風俗何繇變？馬聲蕭蕭車轉轉，望君來，君至止，稱詩説禮自今始！

嗟哉行贈錢烈士 名嘉，字麟圖。

嗟哉！田仲郭解，斯人已徂。殘忍者不復有人斷其頭顱。嗟哉！世間道途何處無嶮巇，徒爾按劍太息胡爲乎？不見官人虐人孤，晨箠夕撻，兒無完膚。兒潛身入野雪哭，昨日王孫，今日困辱爲人奴。嗟哉！哭聲一何悲，行路泣下悲哀。行路何人？虞山烈士，遠自彰義門來。慷慨前與官人言：「彼孤王孫，當以金贖。」官人搖手不受金，答言：「雨下勿再入雲，泉出不更還源。彼童子若鵾雞，在吾籬藩，雖有兩翅，豈能得上天飛翻？」烈士聞之，髮豎心意煩。官人宦遊北上，烈士亦徒步入彰義門。疾呼向大廷，誓必贖孤，義欲捐生。黄金臺下，誰不直此不平之鳴！爰有忠烈裔，排患拂衣起，隋珠趙玉，挈還烈士。花開夜樹，月出東水。侶伴舉酒賀，醉歌長安市。雨入雲，源見泉；鵾雞翅，飛上天。獨惜手把龍泉，仍使官人頭，乃與項領聯。回睇官人，車輪轉烈士中腸，且攜孤兒歸故鄉。嗟哉！

【箋】

〔錢嘉〕字麟圖，常熟人。少孤貧，奮欲樹立。後仗劍從軍，署都司，累立戰功，官順德總兵，卒於任。見乾隆常昭合志。

〔虞山〕謂常熟也。山在縣治西北一里。見乾隆常昭合志。

〔彰義門〕嘉慶重修一統志京城引金史地理志：「燕城門十三：東曰施仁、宣曜、陽春；西曰麗澤、顥華、彰義；南曰景風、豐宜、端禮；北曰會城、通元、崇智、光泰。」

夏日題松圓老人畫，寄吴蘭根

海濱三伏亭午時，鴉鵲斂翼匿蒿艾。老夫病熱將安適？牀上展閱松圓畫。庭宇冉冉雲氣來，山川蒙蒙雪片大。巖裂風吼石欲墮，泉衝竇凝霰微灑。遲遲行路者誰子？身縮驢背笠覆蓋。僕夫褐飄步不進，手僵指直難結帶。遥向小橋尋徑往，不知何村有漿賣？伊余卧遊甫未畢，倏覺暍疾盡已瘥。脚赤焉用層冰踏，神寒反思杲日曬。因念白沙吴居士，暑天事佛弗弛懈。遠心西漾隨鯉魚，畫圖寄去草堂掛。清涼趣在炎熱中，此意但有居士會。

【箋】

〔松圓老人〕感舊集小傳：「程嘉燧字孟陽，江南休寧布衣，與牧齋爲友，謚之爲松圓詩老。有耦耕堂、松圓、浪淘等集。」

〔吴蘭根〕未詳。

〔白沙〕見卷三晚發白沙箋。

喜汪簡臣自京口歸東淘過訪二首

東淘柳條向西青，枝上晨鳥飛且鳴；晨鳴暮鳴思無聊，念君西遊適金焦。山月妙高臺，江松三詔洞。沙鷺水花接笑言，漁翁釋子相迎送。范公堤邊舊草堂，累月醇醽乾壺觴。我友直似壺中醽，醒人夜夜不能忘。

雲散碧巖嵓嵓高，拭開老眼看故交。時簡臣病愈。籬落雞犬有歡顏，故交身體安如山。我昔避債匿蘆渚，子解金錢擲債主。虎狼莫敢施爪牙，爲逢仗劍魯朱家。家舍梅開卒歲時，歸來酌酒對花枝。我友直似掌中劍，懦夫日日不能離。

【校】

〔題〕「汪簡臣」王本作「汪生」。

【箋】

〔汪簡臣〕同治兩淮鹽法志：「汪銓字簡臣，歙人，以鹽筴占籍儀徵。父纖，諸生。銓少從父學，涉獵管、商諸書，河渠、鹽法，無不得其要領。康熙中，奉旨濬海口及串場河，命銓司其事。銓以海口雖經疏鑿，而各場運鹽諸河尚苦於淤淺，請併力濬之，御史如其言。四閱月，工竣，富安等二十餘場，賴以濟運。」

〔京口〕即今鎮江。嘉慶丹徒縣志：「三國時，吴主孫權自吴郡徙京口，號曰京城，即丹徒縣西之京口里。後遷都秣陵，京城爲京口鎮。」

〔妙高臺〕京口山水志：「妙高臺在金山絶頂。宋元祐間，釋了元建。有石刻王安國『妙高臺』三字。」

〔三詔洞〕京口山水志：「焦公洞，一名三詔洞，在焦山西南，内有焦公像。」

〔范公堤〕見卷三與汪伯光二首箋。

醉竹先生歌，贈汪長玉

歲寒三友松、竹、梅。昔嘗聞，高趣吾尤念此君；陰低枝斜風雨裏，可憐醉態頻徙倚。仲秋八日弧懸室，先生生逢竹醉日。竹醉世情渾不知，東西南北任人移。先生亦是忘機者，湖海飄然酒一巵。清節曾爲神鬼祐，癸卯春，長玉負米，舟覆皖江，性命獲全，洵有神助。虚心又見親交推。況復百年已過半，更生不飲生何爲？今辰初度賓屢至，一壺一壺主人醉。此君酩酊扶茆簷，簷下早待先生睡。

【箋】

案卷一汪大生日詩，爲長玉三十生辰作，時當康熙二年癸卯（一六六三）；此詩曰「況復百年已過半」,「今辰初度賓屨至」,乃爲長玉五十生辰作也,則此詩當作於康熙二十二年癸亥(一六八三)。

程寡婦歌

明星墜爲石,高田流作海;天地變遷有如此,世人心志形容阿誰長不改?形容長好,伊維仙人;心志不改,伊維寡婦忠臣。臣忠識大義,臨難往往致其身。婦人脂口澤膚,十人九人腸肺愚。節操曷繇自勵?門户胡能獨扶?君不見程寡婦,乃是程湄妻,夫死婦不死,秖緣黄口兒女須提攜。餔糜終朝爨烟冷,刀尺半夜燈火低。只今歲時不知凡幾换,嬌女嫁人稱賢媛,兒讀父書,雙雙岧岧名譽遠。八十歲舅,爲樂多方。豆有甘肥,壺有酒漿;廩中菽粟椸上裳,孫子在膝婢成行,寡婦猶然茹荼蘗,躡冰霜。吁嗟乎!苦味寒威何日已?一門四世咸相倚。上不學天星,下堪慚海水。寡婦寡婦!吾乃程湄之友。今日登寡婦之堂,把盞作歌悲且喜。寡婦頭白閨門中,程湄目瞑泉壤裏。

【箋】

〔程寡婦〕汪楫妹，揚州諸生程湄妻。見雍正江都縣志。

京口何龍若僑居吴陵城中，奉訪有贈

門内語鷓鴣，門外無車馬。城郭里巷緑，樹色來原野。何年此卜居？蝸舍趣瀟灑。雨餘菜自種，客去書還把。白雲映萊妻，宛在三山下。楊雲情嗜飲，對月思酒壺。識字雖無用，飲君尚有徒。歸來每微醺，粟甕則空虚。閭閻雜糟丘，風俗易模糊。念醒不念餒，此地亦難居。

【箋】

〔何龍若〕見卷十一送何龍若箋。

案黄逵黄儀逋詩有豆棚詩爲何龍若作四首，於龍若僑居吴陵城中景況，約略可見。

别詩代方多符作

程方二生，共寄迹市井十餘載，情好甚殷；程適謀生他往，方臨别踟蹰，殊難爲別也。余時與二生同寓舍，因代方賦詩。

君爲野田葛，我爲田中蘿；生計偶相近，纏綿意何多！趾趾同出入，錢錢贍室家。弟昆寧異此，管鮑不讓他。人事倏忽改，各言天一涯。明朝天一涯，今夕共燈花。河魚煮爲膾，甕酒紅於霞；須臾且飲食，淮樹啼醒鴉。皎如西嶺月，斜照東逝波；去君漸以遠，回首奈君何！

【箋】

〔方多符〕未詳。

旱蓮草

渡口水清放湖蓮，園中雨晴開旱蓮；旱蓮雖讓湖蓮美，一生不受路人憐。林中籬下風氣涼，白花綠葉自然芳。不嫌采掇人年老，生性能令老益强！

本草云：「旱蓮草，益血固齒。」

旱浮萍

水萍逐水去不還，旱萍生根籬落間；有根且戀田園土，日與桑麻共好顏。不去漂流奈爾何！江湖景色門内多。鷗鳥菱花莫相憶，微生今已離風波。

自東淘至河皐，訪戴岳子不遇，止宿谿上新齋

自汝移家去，東淘一老愁。人譏毛秃鳳，我飯力衰牛。兩岸水雲濕，幾家村樹秋。倚舷望河皐，曉月落扁舟。

到岸興猶在，水花秋氣鮮。竟遊安道墅，不返子猷船。烟火魚鹽内，圖書鴈鶩前。家僮留客宿，益識主人賢。

步屧暮谿上，衡門寒水深。雞塒蟋蟀語，魚穴鷺鷥尋。養母羹初熟，留賓酒自斟。中宵猶不至，薄醉一横琴。

【箋】〔戴岳子〕見卷十移菊復歸陋軒喜戴岳子過訪箋。

贈程雲家，時四十初度

寂寞殘生懶問天，蓬門藝植謝人憐。白衣客到黄花裏，皂帽翁歌碧海邊。釣弋野情臨水静，賤貧交態比金堅。雞鳴鵲噪東淘路，相慰相尋已十年。

凛凛颸風啼老鴉，悲秋誰不鬢毛華！漫嫌景晏身逾老，且喜年豐醖可賒。遠水渚前楓落葉，斜陽堤上客思家。招來痛飲復攜手，萬里醉看蘆葦花。

梧枝禽向竹枝翔，暮色淒淒天雨霜。入户銷憂桑落在，開軒兀坐菊英香。也知膠漆爲同類，不信雷陳肯異鄉。昨夜扁舟吾訪汝，月明新鴈下南梁。

辛勤頗爲稻粱謀，少壯光陰付旅愁。杖履幾時離斥鹵？耰鋤常悔别園丘。松林石澗鶴雛聚，茆屋柴門江水流。更説煉丹峰似畫，終須偕伴晚年遊。

詠歌淮水楚雲東，詞賦翻因轉徙工。黑夜誰能知錦繡？青氊只欲老英雄。舞聞村樹雞聲起，讀借鄰家燭影紅。前哲姱修多若此，天涯不用恨途窮！

不求簪組但懷鐔，節孝傳家恩怨深。雲際飛龍豈知己，潮邊精衛是同心。只今四十齒猶盛，空對蹉跎杯自斟。煦煦春暉勞夢想，生辰涕泗一霑襟！

哭汪生伯先生

平生親與故，車馬紛紛來。入門各躑躅，上堂見裳衣。故物宛如昔，丈人安在哉？有道遽云亡，氣色黯江淮。鄉鄰何所仰？手攀庭樹枝。摇落懷蔭庇，暮鳥鳴悲哀。

露水白秋草，蟋蟀鳴呴呴。人生若寒烟，誰不歸丘墟？黄葉落原野，牛羊色踟躕。孤雲逝悠然，暮景在桑榆。依依戀廬舍，隱隱見圖書。憶昔獨安坐，顧盼興蕭疏。檐鵠向索食，飛翻下階除。

在昔靖南侯，猛氣臨巨川；蛟龍值其影，避縮如蚓然。何哉一布衣，慷慨劍戟間。開口陳大義，契合豁片言。威猛變恩澤，願言授高官。士卒盡嘆羨，將軍真好賢。月出戰馬嘶，清風吹轅門。禄糈豈不沃，錦服豈不鮮；一笑拂衣起，誰知魯仲連？

秋風吹斷蓬，飄轉心不悔。倦身獲有托，中路喬松在。節概既相親，鄙吝亦自改。朝日與夕月，二十有六載。寒燈照户庭，梧竹陰靉靉。禦冬醅始熟，止宿榻重解。我今策杖來，廡下誰相待？

【箋】

〔汪生伯〕汪楫父。見卷七題圖詩十二首箋。此詩第三章「在昔靖南侯」云云，賴古堂集壽汪生伯六十序：「汪君異甚，當甲申、乙酉間，素封家率以貲得官，避兵軍中。君挾重貲往來楚豫，獨避之若恐浼焉。靖南侯虎山黄公樹塞關隘，聞鹽艘有助興平餉者，大怒，將盡攫諸鹽艘。旅行數百人莫敢前。君獨從棨戟中走白黄公曰：『細民千里貿易，利止錙銖，比加榷税，苦不聊生。今將軍罪苛斂之吏，將軍之仁也！將軍奈何誅求細民，欲與興平等？』黄公掀髯起曰：『誤矣！若前！若敢言。若倜儻可任，今官若督軍！』君固辭不受。使君重功名，五十時，功名已赫赫當世矣！」

案第四首有「朝日與月夕，二十有六載」之句，嘉紀始交舟次在順治十六年己亥（一六五九），至康熙二十二年癸亥（一六八三），已近二十六年矣，此詩當作于是年前後。

哭妻王氏 癸亥仲冬一日。

王氏名睿，字智長。上聲。歸余四十五年，嘗願先余死，問之，曰：「冀得君挽詩耳！」今子死，余哭子有詩。涕泗之時，詩愧不工，然子願酬矣！嗚呼！子願獲酬，余悲可勝言哉！

昨日餔糜熟，共食情何怡！神清若無病，夜話雞鳴時。如何東方明，咽喉息已微。俄頃異生死，念之發狂癡。執子舉案手，從此長别離。海上停鹿車，人間棄牛衣。木脱風烈烈，别我去何之？

入門不可見，出門登高丘。茅草霜打死，寒氣野颼颼。狗吠古墳中，狺狺使人愁。我妻素畏狗，弱魂今獨遊。掌中無餅餌，急遽將奚投？崦嵫雲縱横，斜景黯黯收。故夫方悵望，回首見之不？呼我我不聞，欲答夫何由？

傷心今爲誰？東海商歌者。哀怨五内滿，時藉音聲瀉。棲禽中夜醒，惻愴集梧檟。山妻披衣起，傾耳殘燈下。秋花爲我落，林雨爲我灑。孤調何酸凄，猿啼蛩咽野。藴結我方吐，妻淚已盈把。相對攄性情，詎云慕騷雅。閨房有賞識，不嘆知音寡！

結褵無幾時，家國丁喪亂。夫婦是鴛鴦，蘆花爲侣伴。兵燹同閱歷，容顔各凋换。願言惡衣食，暮齒足昏旦。誰知淮南田，歲歲水漫漶。射雉蕭蓬墟，懸鶉斥鹵岸。猶恐我志遷，固窮爲我言：「高義歸夫子，飢寒死不怨！」怨，平聲。廣韻二十三元韻，音鴛。後漢班叔皮北征賦，音淵。

西舍景欲晏，貧家天始晨。蠢僕徐徐起，怒視甑上塵。掃除頗不煩，門巷苔蘚新。詩書出篋笥，質米復貿薪。雲烟動楊樹，烏鵲飛水濱。炊熟鄰媪來，令我老婢嗔。妻也入厨下，箪豆給最均。釜餘已所餐，舉手授鄰人。借問何爲爾？人飽甚于己。阡陌慘無色，漁樵行徙倚。請看謝世日，哭聲滿桑梓。

儉室鮮宿儲，驚聞客遠顧；黽勉一倒屣，低顔澀言語。車轉腸中輪，牛鳴門外路；回睇竹木影，厨烟已煦煦。槃罌出意外，精食兼清酤。周旋成主賓，霑被及僕御。男兒徒作人，氣色緣内助。團團月入幃，開箱鼠馳去。平生衣與珥，半作留賓具。

始悔盛年時，餬口日奔逐。人生有歡娱，乃以易饘粥。行裝俶中夜，星斗壓簷緑。遊子落月照，辛苦同草木。欲發仍淹留，旅伴相迫促。門鴉雙雙起，渚鷺雙雙宿。掩耳上扁舟，愁聞室中哭。

我本荷鋤者，谿中種梅花。俗人隔流水，老圃爲鄰家。日月臨軒窗，高枝低枝斜。終日應接少，閒門烟霞多。猶記大雪夜，幾樹花婆娑；香醪斟已盡，子爲我煎茶。

居處絶車馬，籬菊爲我客。生長相因依，歲晏趣彌適。栽種有同心，泣下思疇昔。花開重陽日，風雨移入宅。參差雜琴尊，淋漓霑几席。秋氣涼夫妻，毛髮滿頭白。相與坐花中，從朝至暮夕。深夜更秉燭，寒影散四壁。

雄燕朝銜泥，雌燕暮銜泥；顛毛稍稍禿，雙影依依偕。恩勤久不斁，類我老夫妻。題詩思昨日，夫東婦坐西；不厭生計苦，但求耄年諧。風光猶似昨，梁上倏孤棲。門庭人迹稀，錦瑟聊自攜。故雄語未了，故夫亦已啼！齋中巢燕，秋去春來，十有四年。內人曾乞余作詩，爲賦雙燕來二首。其二首結句云：「簷際春梅又發花，主人今歲未離家；匹偶但得長如爾，不妨相對鬢毛華。」蓋以余頻年飢驅道路，終願如燕之不相離，以卒余兩人暮齒也。今春貍齧雌燕死，其雄悲語空梁，余爲涕零如雨。未幾，內人奄然棄世。余栖栖出入，自語自悲，又一雄燕矣！

我曾欲遠遊，夫前婦後從。飲泉還采芝，南澗復西峰。峰腰雲霞起，宿鶴鳴青松。扣門素交來，倒甕酒漿濃。此志亦易遂，吾求殊不豐。生無一日娱，死別忽匆匆。並蓮單辭蔕，孤劍永背雄。褰帷徐入房，彷彿擬形容。疾風吹埃盡，何處尋遺蹤？

念子如杖藜，衰老不能離。飲食及寒暑，時時蒙察伺。只今卧一室，甕飧方告匱。凛冽冰雪中，誰更來相視？我年近七十，幾日在人世？此別雖不久，獨活懶作計。檠火隨悲翁，蔴巾盡血淚。高天碧無情，孤鴈空嚮唳。

【箋】

〔王睿〕見卷一内人生日箋。

〔癸亥〕康熙二十二年（一六八三），此詩作於是年。

題亡友程梅憨深柳讀書堂圖

泬寥庭宇點塵無，萬帙千籤柳色扶。閉户先生聲款款，披帷幾度欲相呼。桑柘蕭條海市空，相尋誰復念墻東？兩行老淚忽成笑，永别故人來眼中。

【箋】

〔程梅憨〕未詳。

董　嫗

客行斑竹村，有嫗田間哭。野曠人迹稀，嫗手牽黄犢。犢口齕齕食，草色莽莽緑。哭聲一何悲？牛羊爲躑躅。客行聊駐足，近前問緣由。心念主人恩，欲言淚還流。「主人韓秀才，諱默。家住蕪城裏。城破兵屠戮，夫妻先自死。妻蕭氏。縊死梁上，夫溺死井底。所生兩男兒，一死從嚴親；諱彦超。幼者名魏。在母懷，擎舉托老身。憶母將縊時，復抱幼兒乳；乳兒幾曾飽，蒼惶分散去。門外積骸高，昏暮何西東？裹兒兒不啼，共入死人中。死人蓋生人，尸血模糊紅。五日殺人了，駱駝鳴蜀岡。匍匐夜出郭，隴晴麥穗黄。麥仁采餵兒，烟火投村莊。兒我各無恙，田夫嘆且驚。今年麥穗黄，明年麥穗黄，兒儵稱郎君，軀體如父長。眉宇尤骯髒，落筆善文詞，往來多益友，稍欲大門楣。郎君今安在？書劍燕山陲。燕山三千里，懷思斷肝腸！語罷辭客去，倚櫝向北望。北路驢馬來，飛動遥相呼：「郎君不捨我，今日歸來乎？」謬誤弗自知，但怪無人應。鳥雀返墟落，烟寒樹色暝。客亦掩耳歸，嫗聲難再聽。

【箋】

〔董嫗〕汪懋麟百尺梧桐閣文集董嫗傳：「董氏，江都以死節著聞韓文適先生家嫗也。當乙酉城破時，先生與夫人蕭氏及其長子將就死。夫人痛韓氏之絶也，抱三歲兒泣拜嫗。嫗泣受，裹諸懷，即夜遯。當是時，萬馬屠城，城中火起，照鋒刃如雪。天大雨淙淙，與戈甲聲亂，殺人塞坊市。嫗匍匐蛇行刀頭馬脚之下，伏死人中，從城竇出，匿江灘，拾麥穗啖兒，得不死。亂定，投韓之故人高氏，義育之。及長，以有成，即余友醉白名魏者也。醉白初爲孤童，其故人者復以事破家，即自爲計。嘗讀書僧寺，不能朝夕嫗。嫗居郭外邨舍，思醉白並哀其主夫婦之死也，日夜哭不止。

其子患苦之。家畜一牛，嫗曰：『爾無苦，吾爲爾牧。』即牽之野，伏田塍下，仰天大哭，人莫能勸也。自是以爲常。後醉白有事四方，得錢歸，即往省嫗，置酒肉；嫗喜，持醉白撫弄如嬰兒。辭去，復大哭。」

〔韓默〕温睿臨南疆逸史義士：「韓默字文適，臨汾人。父賈於揚，因家焉。默補博士弟子員，甚有名，又善書。史可法知其才，延至軍門，欲官之，辭不可。城破，語其妻蕭氏曰：『吾受知史閣部，不可不死義。若等自爲計。』易巾服投井死。妻謂子彦超曰：『汝長子，當隨父左右！』彦超曰：『諾！』亦投井。蕭結繯於梁，命長女先縊，視其絶，挽幼子乳之，既已授老嫗辛氏，頓首曰：『韓氏惟此一塊肉，如不存，韓氏之鬼餒矣！善存之，汝義也。我夫婦死不恨！』老嫗號泣負兒去。蕭氏乃縊。嫗抱兒晝伏積尸下，夜至江灘馬家莊，傭工拾麥，以穗啖兒，得不死。」

〔韓魏〕字醉白，見卷十一題韓醉白行樂圖箋。

車笠詞贈汪左嚴

君乘車，相逢道左背君趨；我戴笠，道左相逢就我揖。背君君不怨，就揖色何温！設醴勸我飲，炊黍授我餐，還愁稍失故人歡。頑鐵自謂堅，懶入金鑪冶。貧賤不驕人，今日爲去聲。長者。

歸里别汪殿居

攜裝出東郭，霽日雪上黄。喧氣蒸籬落，人家水仙花名。香。年年歲杪歸，一路沽酒嘗。今日望桑梓，欲發轉徬徨。除夕誰慰我？空有壺中漿。預愁茆屋裏，深夜燈燭光。故人來相送，淮浦鳴鴛鴦。温言緩去舫，清淚霑離觴。君胡易泣下？昨日亦悼亡！

不謂惡少里，乃有人追隨。藹藹林際風，嚮我襟懷吹。襟懷非蘭杜，時爲斯人開。疇昔始相遇，斯人是孩提。拜見悲歌客，嗔看市井兒。人言膠漆堅，浸漬則分離。童稚逮壯盛，君情猶未移。雞黍有久要，笠簦有誓辭。前賢交道在，終願君扶持。

【箋】

按汪舟次詩有懷長玉叔定閑先殿居少文諸兄弟，殿居當爲其兄弟行。

泊舟揚子橋寄所知

蒼鹿遊長林，銜苹鳴呼麃。情好野依依，心同迹復邇。如何雲與霞，出谷各棲止。疇昔師伯陽，平生慕綺里。采藥是何時？索居皆暮齒。揚揚晚渚花，泯泯春江水。石梁明月來，引領何能已？岸草色萋萋，草上飛江鷗。借問客何事，終日如行舟？舟行有停時，客行無時休。海雲流壓樹，東眄故園丘。伊人莞葭中，高詠情優游。千篇詩已傳，五岳願未酬。懷抱寫絹素，名山與滄洲。水聲冷茆屋，巒岫藹悠悠。誰知宗少文，閉門獨卧遊！

君曾與我約，共卜盱眙居。桑榆禾菽麥，其地頗有餘。其人不慢老，況復能崇儒。不見閩中叟，黄仲丹先生。棲遲若故墟。有友可以偕，有田可以鋤。人生獲如此，此外更何須？邈焉牧羊山，柳毅傳書處。杖藜去徐徐；倘遇柳先生，應授養生書。

【箋】〔揚子橋〕廣陵覽古：「揚子津在城南十五里，即揚子橋，一名揚子渡，又名揚子鎮。」

〔盱眙〕今江蘇盱眙，原屬安徽省。秦始置縣。

〔黄仲丹〕皇清詩選：「黄若庸字仲丹，福建閩縣人。」周應芹南莊輯略遜之公七十壽詩諸名人姓氏考：「黄若庸字仲丹，一字岸園，閩縣人。貢生，順治十七年任盱眙知縣。善詩，與吾鄉吴野人莫逆。陋軒集中泊舟揚子橋寄所知詩三首，『所知』即指若庸也。」

〔牧羊山〕盱眙縣志稿：「牧羊山，治西南八十里。明一統志：『牧羊山，相傳有龍女牧羊於上，柳毅爲傳書，遂成婚媾。』」

哭汪母

家家男婦悲，借問慟何爲？里巷憑賢母，凋傷失我師。古釵初入篋，舊珮尚懸椸。山谷無容色，青松遽已萎。生息逾百口，辛勤聚一躬。圖書列牖下，筐篚滿廬中。疏竹影殘月，寒鴉啼北風。傳經兼課織，夜夜一燈紅。海外忽心動，遥知親倚門。歸旌觸崩浪，疾櫂打驚鼉。鵲噪瓜洲樹，人來守禮村。母憂見兒解，瞑目復何言！汪悔齋自琉球抵家，次日，母即卧病不起。年年母生日，門泊海濱船。蓑笠五湖客，笙歌百歲筵。雨晴山有樹，春老野無烟。怊悵稱觴者，今來拜柩前。昔賢當困餓，一飯不能忘。念母盤餐德，於余三十霜。羸驂行已倦，客鳥去安翔。未有涓埃報，漁竿老自傷！

【箋】

〔汪母〕姓閔，汪汝蕃妻，汪楫生母。

案悔齋集册封疏鈔略云：「歸舟遭險，失血盆餘，病骨支離，未敢暫息，旋即兼程踰嶺，行次浙江，本生母閔氏遣家人來迎，始知本生父汪汝蕃已於去年八月，在籍身故。及抵家，而母僅羸已極，不十餘日又復長逝。」汪汝蕃卒於癸亥，閔氏之死，當爲康熙二十三年甲子（一六八四）春間，此詩當作于是時。

送汪叔定 限「人」字。

出城官路香，微風飛柳花。暮春作客意無賴，況復折柳天一涯。巖石匌匒落瀑布，爲川爲河下山去。當時泉石同深山，今日去留各異路。黄鵠刷羽清江濱，奮身一直上秋旻；回看鷃雀籓柴下，争食争飛笑殺人。

共住里巷中，旬日不相見。城闉斑騅嘶一聲，行色向人人戀戀。前路林鶯音未老，看花尤愛長安好。已識公卿館閣開，應知昆季聲名早。令弟蛟門。别來今幾春？碧梧修竹署齋新。時任西曹。聞道盛時刑漸措，舉朝推重讀書人。

十丈紅塵外，門掩樹陰中。把卷啜茶四五月，北窗之下多清風。燕月團團花蔓蔓，過從稍稍來冠珮。誰道貴人趣不同？于中我有情親在。王黄湄、吴鹿園。殷勤爲我語情親，雲路泥途隔幾春。禄米頻年分寄遠，不曾飢倒采薇人。

【箋】

〔汪叔定〕見卷三上巳集汪叔定季角見山樓箋。

〔蛟門〕汪懋麟號，叔定胞弟，時任刑部主事。

〔王黄湄〕即王幼華，見卷一答贈王幼華箋。

〔吴鹿園〕吴苑號，見卷九之東亭訪吴楞香箋。

汪庚齊之寶應親迎，贈詩四首

芳樹啼鶯淮水濱，廣陵歌吹白田春。門闌喜遇乘龍日，城郭争看奠鴈人。

畫舫牙檣遠溯洄，射陽湖畔水花開。春風微呴晴波小，一對鴛鴦並翅來。

城中無處不繁華，紈綺何心向俗誇？琴在幃中書在几，宛如徐淑配秦嘉。

華燈深夜照含羞，邂逅居然勝女牛；天上銀河只數尺，郎今歸自大琉球。

【校】

六卷本卷六迄於此詩。

【箋】

〔汪庚齊〕同治兩淮鹽法志：「汪宸褒字庚齊，休寧人，官金華縣知縣。」按兩淮鹽法志載：「汪楫子守衷、寅衷、宸褒、宗袞、定裴、寶裘。」宸褒當爲楫第三子。

〔寶應〕道光寶應縣志：「唐武德四年立倉州，領安宜縣，尋廢州，以縣屬楚州。上元三年，獲定國寶於縣，遂更爲寶應。」

〔白田〕即今江蘇寶應縣。寶應縣志：「今治舊名白田，爲安宜勝地。今城南五里白田鋪，蓋白田之一隅耳。」

〔射陽湖〕寶應縣志：「射陽湖在縣東六十里，縈迴可三百里，南北淺狹，自固晉至喻口、白沙入海。」

吴嘉紀詩箋校卷十三

促織

小蟲開夕響，一若爲寒侵。不顧愁中夜，公然榻下吟。能停孤客夢，兼到去年心。閲盡秋聲處，哀音不似今。

酬公調諸子見過不遇之作

交寡如吾者，門庭常是秋。君初尋澹侣，我又似孤舟。茗至鐺仍默，雨臣攜茗見惠。堦虚日自幽。愧無林氏鶴，有字向誰投？

【校】

〔默〕原作「寂」，朱筆改作「默」。劉寶楠眉批云：「『默』字老。」

【箋】

〔吳公調〕見卷一寄吳公調箋。

〔雨臣〕謂吳雨臣，見卷一哭吳雨臣題下注。

此詩及以下題壁上畫菊、送公調歸白門、初八日雨中送公調諸詩，當作於順治九年壬辰（一六五二）前。案卷一寄吳公調自注云：「余去歲往淮時，公調尚客余里。」嘉紀往淮之時爲壬辰。詩中「君初尋澹侶」句，似爲酬答公調初訪不及相遇而作，其時當不出壬辰後。

苦雨

癯影朝猶卧，書來頻叩關。不堪愁病者，更入雨風間。屐没空街水，泉高隔墅山。賴逢幽詠客，一爲解衰顏。

【校】

〔屐没二句〕抄本朱筆改作「屐没街頭水，泉添屋後山」。劉批云：「苦雨無行人，故曰『空街』。泉湧上出，故高於山。泉不能添山也，從原本是。」

夜坐

窗冷不能眠，攬衣起長喟。杳冥半夜秋，空我十年累。階庭如荒山，中有古初意。繁蟲聲忽亂，月欲上頹砌。

題壁上畫菊 同公調。

籬下佳花猶未蕊，一枝亭亭已在此。香光寂寞近如無，只似秋烟上空紙。何必登高期故人，兹卉居然重九身。花中高士君不愧，不卑不媚難爲鄰。下有一石静如客，群葉生陰石欲碧。石亦落落自爲儀，高嚴不借花顔色。兩君並立成良友，冷香澹致終年守。其中尚餘半尺地，不知欲待誰家叟？日黑燈新我再看，久之忽覺身上寒。

【校】

〔其中句〕抄本原作「中尚共餘半尺地」，朱筆改。

待雁　同僧天然、友人王水心分韻。

鴻雁在何處？空懷雲外蹤。無聲來静寺，有客倚孤筇。燈黑無蹊聽，群高不易逢。蘆花開岸岸，秋色待君供。

【箋】

〔天然〕未詳。

〔王水心〕即王劍。見卷一七歌箋。

送公調歸白門

斷岸蘆花下，是君明日舟；清溪秋水前，是予明日愁。明日果然别，無計暫淹留。憶昔麗媛篇，酬唱兩不休。半榻雨風聚，一月性情謀。詎意海風惡，令君懷故樓。故樓淮水上，秋色正清幽。江長楓摵摵，月冷雁啾啾。兩槳掉其中，歸人復何求？獨有同懷友，寂寥海上洲。

【校】

〔惡〕抄本作「悲」，劉批曰：「『悲』當是『惡』。」

〔清幽〕抄本原作「空幽」，朱筆改。

〔楓〕硯耕緒録引作「風」。

〔有〕抄本原作「是」，朱筆改。

初八日雨中送公調

故人白門去，東海少同吟。送子雨中路，懷予江上琴。孤舟千里意，一世兩人心。今夕泊何處？莫聽哀雁音。

輓方侍泉

君病常欲死，作客又不歇。孤影寄他鄉，數日忽長歿。憶昔呻吟聲，夜蟲共切切。母弟不在茲，茲痛向誰説？殘宵千里魂，冷店半牀月，此時高堂人，憶君正淒絶。誰知遠遊子，海上已白骨！

【校】
〔海上句〕劉批云：「『已』字擬改『歸』字。」

【箋】
〔方侍泉〕未詳。

雨夜酬眉生見懷

衰林兼積雨，十日不離聲。蕉破亂難聽，愁長醉易成。故人如異域，白日似前生。忽到懷余字，吹燈憶汝誠。

【箋】
〔眉生〕疑即范眉生，淮陰人。溉堂詩有寄題范眉生幽草軒。

早　發

雞咽呼短童，燈此草軒壁。衣裳無次第，霜氣入窗隙。出門如古人，侵星以行役。撫躬繹前慮，慮亂翻難繹。圯上彼何人？未曉亦聞屐。

【校】

〔繹〕抄本原作「積」，朱筆改。

〔圯上彼〕抄本原作「彼橋上」，朱筆改。　眉端劉氏初批「刪去」，後抹去。

夢公調

春光不可待，公調曾期明春再晤。入夢尋君面；君面似江光，澄霽慰余念。如何來春花，亦在江之甸？夢知别離苦，故使君相見。

送友人入村

里人顔色厲如虎，吾人挾瑟歸遥墅。墅前空水白畦畦，中有老屋待君棲。烟中一棹來何遲，荻影鴻音高下之。寒阡歸盡負薪叟，日夕孤村少攜手。小樓月出村欲曙，是君憶我高吟處。

【校】

〔墅前〕抄本作「遥墅」，劉批云：「第二『遥墅』擬易『墅前』。」

〔老屋〕抄本原作「净室」，朱筆改。

〔來何〕抄本原作「泛遲」，朱筆改。劉批云：「改字勝。」

待王太丹

夜至天寂然，無數啼鴻過；睎聽豈不幽，益覺孤我坐。風燈滅一半，草牖寒將大。遠夢不復尋，展榻期君卧。

【校】

〔覺〕抄本原作「愈」，朱筆改。

【箋】

〔王太丹〕見卷一王太丹死不能葬吴次巖汪次朗贈金發喪感泣賦此箋。

又待太丹

古屋寒多，慮縱横生。壁藤枯動，冰澗不聲。野鶴栖難，向我柴荆。欲入不入，似君性情。

【校】

〔題〕「又」字抄本朱筆點去，墨筆改回。

相卿移居

楊子愛友聲，佳客不去席。興至忽移家，移家兼移客。深深几席間，談言宜古昔。茶煖杯有香，窗新月愈白。感君待我句，預掃寒宵壁。

【校】

〔興至〕硯桂緒録引作「興來」。

〔句〕硯桂緒録引作「詩」。

【箋】

〔相卿〕未詳，據首句當姓楊氏。

冬日田家

風起柳枝鳴，今日冬滿村。野老無閒時，荷鋤于衰原。侶伴亦已寡，力倦憂愈繁。子婦共作苦，襟袵帶兒孫。常感落日意，息我以黄昏。

人盡説年豐，余田半黄草；只嗟己力微，不憾鄰苗好。歸來手足疲，薄醪慰枯

槁。無端今昔愁，滿腹向誰道？徑上故人來，枯葉響不了！

殘葉一村虚，卧犬冷不吠。帶夢啓柴荆，落月滿肩背。地荒寒氣早，禾黍連冰

刈。里胥復在門，從來不寬貸。老弱汗與力，輸入胥囊内；囊滿里胥行，室裏饑

人在。

牧童就鄰塾，黄犢在野稀。夕至寒聲亂，斜巷黑無輝。兒女塞風隙，相與話依

依。宵作到雞鳴，燈影出其扉。

【校】

〔胥囊〕抄本原作「公車」，「囊滿里胥行」原作「公車杳然去」，劉批云：「公車門非公車也，況胥人囊橐字。」

〔饑人在〕抄本原作「饑仍在」。

庚寅除夕

群動悉無聲，星色青户左。歲除貧未除，兒女不嗔我。況有几上梅，可以三更坐；短秃四五枝，影我半窗火。

【校】

〔群〕抄本原作「鄰」，朱筆改。

【箋】

〔庚寅〕順治七年（一六五〇）。

歲首書懷

昨夕歲方去，歲來又兹曉。來去壯士顔，焉得不衰老！醉後彈霜刀，顛倒歌懷抱。座無擊筑人，誰識歌中好？

【箋】

此詩似爲順治八年辛卯（一六五一）作。

入歲三日答吴雨臣

谿午採梅歸，見君詩在壁。君詩如明月，輝我人外宅。遂以所採梅，照之至於夕。歲易旦色新，念子不得息。微茫草上霜，予屐有初迹。

【校】

〔題〕抄本「答」下有「拜」字，「吴」下有「子」字。朱筆塗去「拜」字。

【箋】

〔吴雨臣〕見卷一哭吴雨臣題下自注。

雪夜聞鐘

雪鐘聲難遠，猶能醒静客。哽咽如泉到，衰林盡爲白。開户覓餘音，滿目太古色。立久耳目寒，身忽爲枯石。

【校】

抄本「雪」旁朱筆注「濕」字，劉批云：「可稱雪鐘，不可稱濕鐘，蓋雪中之鐘未濕也。」

〔耳目寒〕抄本朱筆旁注「淒我魂」，劉批云：「『耳目寒』是雪中真景，『淒我魂』則泛矣，從原本是。」

夜歸

獨行草中，日没野黑。呼人不應，欲退不得。墓木葉亂，其下鬼集。風走水上，狐出土隙。一身區區，險惡互及。

河下

冷鵶不到處，河下多居人。鬱鬱幾千户，不許貧士鄰。寒城天欲暮，方是主翁晨。主翁酒醒起，衆好隨一身。巷西車馬來，杯盤旋爲陳。豈能即遍及，只嫌味不珍。誰知里閭外，積雪連城闉？窮檐有明月，冷照無衣民。安得如爾輩，金錢買陽春？

【校】

〔有〕抄本原作「如」，朱筆改。劉批曰：「『如』字未解。」

【箋】

〔河下〕揚州畫舫録：「鈔關東，沿内城脚至東關，爲河下街。自鈔關至徐寧門，爲南河下；徐寧門至闕口門，爲中河下；闕口門至東關，爲北河下；計四里。」又：「城内富貴家好晝眠，每自旦寢，至暮始興，燃燭治家事，飲食燕樂，達旦而罷，復寢以終日。」

案何嘉延揚州竹枝詞中有咏當時河下者，詩云：「鹾客連檣擁巨貲，朱門河下鎖葳蕤；鄉音歙語兼秦語，不問人名但問旗。」

邗上過慎履先生賦贈

使君與余生共里，相知轉自他鄉始。古人一二金石交，其初不易皆如此。蕭寺寒雲歲暮天，一榻悠然對雪眠。不問城中車馬熱，只計杖頭沽酒錢。餘錢買得一雙鶴，鶴旁有我亦落落。海上看雲忽憶家，輕舟載去歸林壑。

【校】

〔旁有我亦〕抄本朱筆旁注「與主人俱」。

〔海上句〕抄本原作「偕我看罷忽思家」，朱筆塗改。劉批曰：「前四字從原本，蓋慎履先生在邗時，得一鶴與一野人，賓主高致俱見。若改作『主人』則泛矣！後五字改本勝。」

【箋】

〔慎履先生〕未詳。

蜀岡下過依園，同鴻寶分韻得依字 園主乃吾里韓翁。

高處正尋徑，園丁已啓扉。石前容我拜，竹上見樵歸。地主能相迓，鄉心到此稀。沿岡寒樹静，何鳥不思依！

【校】

〔地主句〕抄本原作「曲閣將來搆」，朱筆於「曲」旁注「危」字，「將來」旁注「何年」。又於左旁注「熟客何須問」。劉批曰：「第五句擬改『地主能相迓』，補還題注意，且引起第六句。」

【箋】

〔蜀岡〕見卷一客悔齋送汪舟次之龍岡箋。

〔依園〕陳維崧迦陵文集依園遊記：「出揚州北郭門百餘武爲依園。依園者，韓家園也。斜帶紅橋，俯映渌水。人家園林以百十數，依園尤勝，屢爲諸名士讌遊地。」案韓翁謂韓長源也。溉堂集有遊韓長源園林有贈。

拜曾襄愍公墓

吁嗟吾郡曾先生，先朝曾帥塞垣兵。嬉戲之際皆神算，嘗令沙漠人夜驚。會見風塵清萬里，廟堂從此妒疑起。熱血無由結主知，先生抱恨刀前死。一櫬迢遥萬里歸，當年國事已全非。壯心無限復何用？城裏子孫今亦稀。悲哉白骨委荒陸，行人一拜誰能哭？日暮蕭蕭寒菜青，胡馬亂來墳上牧。

【校】

〔熱血句〕抄本原作「妒者有術君心喜」，朱筆改。又於左旁改作「功未成時罪已深」，原句及「功未」句並乙去。别有紙簽一，云：「拜曾襄愍公墓酌句請訂。」出夏氏筆。旁批云：「『熱血』句佳，從之。」出劉氏筆。

〔胡〕夏氏刻、抄二本俱缺，據楊本補。

【箋】

〔曾襄愍公墓〕康熙揚州府志：「總制都御史，謚襄愍曾銑墓，在城西金匱山。隆慶中，給事中辛自修、御史張好問疏銑冤，賜祭葬。」　案府志：「曾銑字子重，江都人。嘉靖進士，歷總督陝西三邊軍務。有膽略，長於用兵，立志復河套，條上方略十八事，爲嚴嵩所誣，誅死。隆慶初，追謚襄愍。有復套議。明史有傳。」

早行

强辭羈夢起，一褐自憐單。星在荒城動，燈留宿處殘。猶能失意返，敢憚去塗難！擁絮放孤艇，天低積水寒。

自莫村夜發，至樊上，宿鴻寶館

雁鴻栖宿盡，同月在霜舟。望子一村柳，息余千里游。犬聲如水裏，梅影在齋頭。魂夢頻依處，今宵當故丘。

【箋】

〔莫村〕嘉慶東臺縣志：「縣南七十里，莊曰莫家莊。」

〔樊上〕東臺縣志：「縣西南五十里，莊曰大小樊莊。」

歸後送希文鑾江

雪後歸來貧且閒，招君共掩溪上關。入門見我慘不言，又似從前離别顔。北風冽冽走荒牖，看君酌盡一樽酒，頓使羈身入醉鄉，若無離恨竟分手。分手去，放寒舸，君不自憐轉憐我，月出江鳴深夜坐。

【箋】

〔希文〕謂吴希文，本卷有早春寄懷吴希文詩。

〔鑾江〕漁洋精華録箋注：「鑾江在儀真縣，爲揚州大江入京口之岸，東至大江一里。」

哭王體仁

體仁不可死，白髮雙高堂，終老無薄田，謀食各一方。體仁不可死，諸弟紛成行，未有治生術，參差依君旁。體仁不可死，弱女乍扶牀，尚未知悲泣，弄物如尋常，昨聞坐父懷，猶索栗與漿。體仁不可死，瓶中梅花香，前夜親折來，慟飲一百觴。觴古罏復舊，紙窗多輝光。方書及詩史，森然盈笥筐。我從江上歸，聞君病弗臧，策蹇踏霜曉，形影如癡狂，銜憂入君户，君已殯於堂。悲哉平生人，如君何温良！猶憶乙未冬，同盟偕程郎，謂程濬影。蕭寺對白水，歡期百年長。未幾程郎病，書來自維揚。我走冰雪中，遠去爲治喪。去此曾幾時，君又忽云亡！譬如憶家客，君輩俱束裝，我獨在天涯，飄零尚茫茫。轉不如夜臺，二子同徜徉。所以易簀時，君言如歸鄉。一笑逢濬影，誦吾詩幾章！

【校】

〔殯〕抄本原作「逝」，朱筆改。

【箋】

〔王體仁〕未詳。

〔乙未〕順治十二年（一六五五）。

〔程濬影〕即程琳仙，見卷十四哭琳仙箋。

卒　歲

卒歲苦貧儉，欲貸人饔飧。雞鳴溪未曙，先擬懷中言。了了多所謀，出户思忽繁。此際慚已甚，況乃入其門。主人舊知我，一見酒滿尊。誰能背妻子，就兹飽與温？婉轉辭杯斝，懷欲吐復吞。唯恐主人厭，舊好翻不敦。不如風雪天，歸去眠高軒。且樂十日餓，不受一人恩。

寓季州來先生城中别業

扶童歸里去，冰雪守堦庭。半榻分君冷，孤燈照我醒。車來依舊少，鴻過悄然聽。不負先生意，雙扉日日扃。

【箋】

〔季州來〕或即季大來，見卷十四十三夜酌季大來舟中賦贈箋。

雪夜念爲憲、希文去梁村

小屋擁衾坐，泠泠聲暗聞。羈縻同此夜，風雪更離群。一艇宿何地？衆村皆似雲。嚴寒在君處，愧我未能分。

【箋】

〔爲憲〕王斌字，見卷六挽王秀才斌箋。

夜　發

客意急前路，中宵刺小舟。寒潮隨棹去，明月有聲流。樸被裹諸子，夢魂圍一愁。雞鳴霜滿岸，莫辨古揚州！

至邗次日，送希文往真州

虎丘纔返棹，又自東裝行。對我十五夕，送君三百程。酒當邗水勸，冷傍破衣生。明日舟開後，東西各雁聲。

【箋】

〔真州〕讀史方輿紀要：「儀真縣在揚州府西七十五里。唐揚子縣地，地名白沙。宋大中祥符六年改真州，明初改儀真縣。」

〔虎丘〕乾隆蘇州府志：「虎丘山在府城西北七里。吴越春秋：『闔閭葬於國西北，積壤爲丘，捷土臨湖以葬；三日，金精上揚爲白虎據墳，故名虎丘山。』」

往郡城訪楚江漁者不遇

歲晏無聊賴，窮濱況孤處，偶然念漁者，不顧雪盈路。殘燈見苦辛，沙雁同晨暮；行行廣陵近，屈指成良晤。豈知蕭蕭人，復向洞庭去！洞庭落葉多，與波俱不住。枯立深惆望，獨有湖邊樹；冷風吟別離，何時更長聚？

【校】

抄本「歲晏」二句朱筆旁注「窮濱逼歲徂，冰雪莽回互」。

〔不顧句〕旁注「飄然就長路」。

〔與波句〕旁注「之子渺何處」。删去末四句。劉批云：「此首只第二句擬改『況居窮荒處』，餘從原本。」又批：「末四句不必删。吳詩詞質而情暢，不似王、韋一派，悠然不盡。」

【箋】

〔楚江漁者〕疑指黄仙裳。國粹學報稱其「時而曬網號『漁人』，忽而海舶稱『估客』，最後不儒不墨，自號樵青。生平與吳嘉紀交善，陋軒集贈詩甚多」。

雪　夜

紙牖夜過半，漸如明月侵。已能無俗累，不覺有鄉心。酒力人皆倚，寒威我獨任。荒荒雪堂裏，孤坐待鐘音。

訪羽吉留酌

幽巷曾頻記，冒寒今乍尋。舟車當日約，風雨故人心。室浄來梅影，窗虚待竹陰。濁醪離别後，欲醒不能禁。

【箋】〔羽吉〕謂郝羽吉，見卷一郝羽吉寄宛陵棉布箋。

尋酒家不得

歲暮羈孤邗水涯，驟逢好友即爲家。相攜幾里共謀醉，若得一壺安敢賒？殘市塵黄過健馬，冷城日黑亂啼鴉。當年帘影無蹤覓，歸去終宵嫩對花。

送曙生歸新安

纔能一相見，別思又當晨。殘臘入雲去，前途與雁親。過江茆店晚，下馬故山春。冰雪不曾犯，知君非旅人。

【箋】〔曙生〕謂江曙生，卷一有集江曙生南城別墅。

訪姚辱庵

又爲採風至，蕭條歲杪時。人間今有爾，天意不亡詩。七尺何嘗辱，孤舟欲傍誰？甲兵前路遍，好自愛須眉。

【箋】〔姚辱庵〕明遺民傳：「姚佺字仙期，後改山期，秀水人，號辱庵，亦號口山貞逸。著詩源。少遊復社，國亡隱居。其聞鵑一絶及燕頌，極其悽惋。」遺民詩小傳：「姚佺字仙期，紹興人，江都籍，生平以振興風雅爲己任。」

送爲憲歸里

失意共爲客，君先歸海隅。羈愁今夜倍，鄉夢一時孤。野艇鐘前發，村醪雪上沽。去留俱抱冷，裘敝莫懷吾！

【箋】

〔爲憲〕見卷六挽王秀才斌箋。

送希文復往東海，客余陋軒

一榻在閒牖，游人夢更依；縱然無我伴，聊可當君歸。雪積梅花凍，風號烏雀稀；貧家寒不去，好爲看兒衣！

【校】

〔我伴〕抄本原作「友共」，朱筆改。

〔烏〕抄本作「鳥」。

向鄰僧乞白秋海棠種

緇流無物累，佳種或能分。他日思君處，秋齋一砌雲。

天寧寺曉月

竟夜不能寐，數疑天已晨。披衣聞去雁，出寺看歸人。野外連霜白，城頭上月新。無勞冷相照，還是遠遊身。

【校】

〔雁〕抄本原作「鴶」，墨筆改。

〔連霜〕周本作「春霜」。

〔上月〕周本作「戍鼓」。

〔無勞句〕周本作「冷冷曉月下」。

〔還〕周本作「愧」。

【箋】

〔天寧寺〕乾隆兩淮鹽法志：「天寧寺在揚州拱宸門外。舊爲晉太傅謝安別墅。義熙間，梵僧譯華嚴經於此。褚叔度請於謝瑗，度捨爲寺，名謝司空寺。宋政和間改今名。」

早春寄懷吴希文

江南江北兩孤雲，一旦風來吹作群。嗟予咄咄轗軻裏，得知此心猶有君。思君掩我溪頭室，此中曾共數長日。長日荒唐如去年，故人已爲飢驅出。二月桃花開滿汀，知君愁裏酒初醒。雨後思家登小閣，隔江山影一時青。

雨後過麗祖不遇

一人獨坐梅花開，憶君因憶君齋梅。曳杖去尋溪外路，風雨肯爲游人住。地上枝頭冷一園，入門疑入雲中村。烏鳥不啼我衣薄，俯仰良久無人言。輕風淅淅天欲晚，吹香曲折來高館，宛似故人乘月返。

【校】

〔地上句〕抄本原作「枝上地上冷一園」，朱筆改。

〔雲〕抄本作「雪」。

【箋】

〔麗祖〕嘉慶東臺縣志引康熙十場志：「方一煌字麗祖，歙人，官桂林丞。以詩古文自負，落落寡合，目無一切。爲文峭削，如老吏斷獄；詩亦刻露清峻。早年客遊四方，名公卿重其才品，皆争禮之。晚乃隱于安豐，閉門嘯傲，不求人知。著有晚學堂集。」

案王仕雲方麗祖詩文集序稱：「方子麗祖，少年即負盛名。落筆踔厲矯鶩，其所摧陷，迄無堅壘。詩古文詞尤蔚然壇坫之間。一時推轂者欽其才名，扼擘其困頓場屋，辟薦交至，亦既以賢良徵矣，然卒未仕。乃枯槁隴畝，跌宕湖海，所如不合，棲遲邗上。仿佛杜子美之躑躅浣花溪，韓昌黎之淪落瘴海也。」

過江象賢寓齋看梅，不值，聞昨夜同方麗祖理絃梅下

雨歇幽人出門去，落落閒卻老梅樹。客來領此一庭雲，仿佛夢入西溪路。聞君偕友坐花陰，彈出空山風雨音。餘音淒絶應難散，我向亂枝深處尋。日暮階除歸凍雀，主人不至庭漠漠。參差花影上衣飛，想因昨夜絃催落。

【校】

〔題〕抄本作過象賢寓齋看梅時象賢他出聞昨夜同麗祖理絃梅下。

〔想〕周本作「皆」。抄本原作「皆」，墨筆改。

【箋】

此詩顧施禎盛朝詩選二集誤爲鄧焮作。

〔江象賢〕見卷二懷江象賢箋。

賣硯行 爲王太丹賦。時太丹病劇。

夫子傲岸坐虛牖，友生遺贈俱不受。匣中一片温然硯，托我換錢治身後。何曾頃刻離袖懷，今日攜出朝尋齋。朝尋憶昔明寒燈，兩人一硯爲三朋；或語或默各窈窈，此坐彼臥同嶒嶒。豈知夫子病云劇，不求諸人求諸石！市朝持去尋知音，齊道不若黃金色！昨夜歸來逢一翁，欲購又值囊中空；撫弄珍惜不去手，竟日面赤徒相從。節近清明淒雨多，冷門不復有人過。硯依主人猶似昔，主人欲去將奈何！

【校】

〔題〕周本注下無「時太丹病劇」五字。

〔温然〕周本作「端谿」。

〔石〕抄本原作「己」，墨筆旁注「石」字。

〔市朝〕周本作「市廛」。

〔有人過〕周本作「有賓過」。抄本「人」原作「賓」，墨筆改。

〔猶〕周本作「堅」。

【箋】

〔王太丹〕見卷一王太丹死不能葬吴次巖汪次朗贈金發喪感泣賦此箋。

〔朝尋齋〕王太丹所居。王鴻寶詩晤劉蜀岡于太丹從父齋中，首句云：「晨起造朝尋」，自注：「季父齋名。」

哭王太丹

有鳥飛海東，音影兩相須；中路失其群，愴然向天呼。噫嘻更噫嘻！與君結相於；性情總無異，別離嘗有餘。二年去白甸，三年吴村居，十年虎墩客，未遑歸舊廬。今年四十七，忽喪蕭蕭軀。有生苦隔絶，永隔將何如？思君白甸時，骨肉多艱虞；俯仰無可向，荒野自悲噓。從兹抱深恨，是君長齋初。思君吴村時，水聲亂階除。終日不見人，浩浩斟一壺。大醉起作字，酒氣紙上舒。是時在茅屋，一幅雲烟圖。思君虎墩時，朝對一卷書，夜對一庭月，蒲團坐空虛。耳目停往來，木石無此枯。思君虎墩時，尋君不敢疏；風雨中小艇，霜雪上瘦驢；半月不過君，從來此事無。居人數見者，嘗聞笑我迂。入門乍呼君，君歡動眉須；親爲設牀席，命婦烹瓜蔬。十日五日留，三更二更俱。不寐或不言，竹影滿身扶。思君虎墩時，懷我天一隅；每望東海樹，哀吟抒嘆吁！一燈朝尋齋，宛轉歌嗚嗚。幽情與深意，理物任所驅。蒼氣及老致，高岑不能殊。思君虎墩時，送予歸里閭；行行已分袂，回首頻顧予；還自上岡阜，看我遠迴車。思君欲喪時，危坐氈氍毹。不受朋友贈，賣書製衣襦。意念如冰雪，俗塵不得污。思君欲喪時，七尺稜稜癯。夕入聲欬欬，曉出行徐徐。兩旬在左右，殷勤進杯盂。交情今日了，不忍離須臾。思君未喪時，遺我藥與醹；不留扶弱骨，只憂故人痡。故人即健在，無君安用乎？思君未喪時，同過酒家壚；一甌方在手，自嘆身欲徂。再生願爲僧，寂棲深山嵎，不親世烟火，松陰一萬株。又托我身後，又自嘆無雛。二月初九日，記得君語吾。去此曾幾宵？存没倏異途。星影照冷户，風聲帶啼烏；君辭海上去，我在人間孤。

【校】

〔酒家壚〕抄本原作「市頭壚」，朱筆改。

【箋】

〔白甸〕嘉慶東臺縣志：「縣西南六十里，甸曰白甸。」

〔吴村〕東臺縣志：「縣南三十里，垛曰吴家垛。」疑即指此。

〔虎墩〕見卷四送汪左嚴之虎墩箋。

苦雨

江北春難早，經旬雨又過。屐聲溪路絶，苔色嶼牀多。夜静千山瀑，燈昏一屋波。徒思去年月，虚白影藤蘿。

【校】

此詩抄本題上注「删」字，劉批：「不應删。」

〔嶼牀〕抄本原作「市朝」，朱筆改。

淘上訪龔柴丈

海上披髮翁，孤吟若寒鳥。非無求侶思，屣屧不輕倒。恭聞柴丈人，經我淘之道。欲尋如我者，而與云懷抱。二月海風衰，户户梅花曉。柴車且莫歸，與子班荆草。

【箋】

〔淘上〕即東淘，見卷一臨場歌箋。

〔龔柴丈〕謂龔賢，見卷四寄題龔大野遺新居箋。

同鴻寶、季康南梁重訪柴丈

三客放漁船，七里訪柴丈；雨裏復烟裏，溪上兼舟上。白禽入水啼，㜸草帶風長；景色新余杯，擊棹長歌往。

【校】

〔余〕硯桂緒録作「酒」。

【箋】

〔季康〕未詳。

〔南梁〕見卷一臨場歌箋。

雁盡

洲渚一時寂，開扉何處尋？沙虚疑有迹，燭滅聽無音。記得故人别，亦如兹夜心。可憐孤坐客，寥落對遥岑。

淘上遇李小有

君書一年不離予，出門忽然逢巾車。蕭蕭摵摵其衣裾，只如開卷對君書。相逢即是别離處，夕陽荒草生前路。

【箋】

〔李小有〕重修興化縣志：「李長科字小有，改名盤，博綜古今，務爲經濟之學，尤精韜略。弟嗣京、及喬從受業，皆成進士。長科數奇，兩中副榜。崇禎十三年，始以賢良方正辟授廣西懷集令，興利除害，多善政，具載牧懷五紀中。考績報最，以外艱歸。嘗遊燕趙，阻兵廣平，與守土者栖宿雉樓四十晝夜，晝奇制勝，圍遂解。晚年僑居丹徒，造渡生船，建避風館於江口，拯活甚衆。著金湯十二籌諸書。」

自虎墩歸，見搏遠雨窗寄懷之句，三日後答以此章

遊倦返衰林，聞君寂寞吟；遥知當積雨，憶我響幽琴。三日袖中字，孤鴻天外音；徘徊無可寄，報以此時心。

【校】

〔聞君〕抄本原作「恭逢」，朱筆旁注「偏工」。劉批曰：「『恭逢』擬改『聞君』，蓋『寂寞吟』即指搏遠寄懷之句。」

〔遥知〕抄本作「知君」，劉批：「『知君』改『遥知』。」

〔孤鴻天外〕抄本原作「孤窗絃上」，朱筆改。劉批：「『孤鴻』句改本勝。」

【箋】

〔虎墩〕見卷四送汪左嚴之虎墩箋。

〔搏遠〕謂黄搏遠，卷七有詠走馬燈和黄搏遠。

寄題黄公言烟鬟小結

江北避人者，公言致足賢。爲園徵客句，種柳引村烟。世上不容傲，此間可以眠。柴關君莫閉，我欲放漁船。

【箋】

〔黄公言〕未詳。

遠村即事

半夜狂雨聲，未嘗須臾默。荒茫千里波，中無一草緑。墅墅晝無人，家家舟出屋。野人筋力疲，歸來如槁木。炊烟煮新雨，難止癡兒哭。飢餒水聲中，無地尋穜稑。海上干戈後，此意向誰告？

雨臣就醫江南，夜半憶之

當門老樹寂寥風，白露濕庭庭愈空。酒醒樓頭一半漏，燈昏榻下兩三蟲。此時欲覓共吟客，起步忽思多病翁。江水杳冥來路遠，尋余魂夢莫頻東。

【校】

〔榻下〕抄本作小字夾注，劉批云：「宜改寫大字，恐刻本有誤。」

【箋】

〔雨臣〕謂吳雨臣，見卷二哭吳雨臣自注。

和集之、簡文登泰山絶頂觀日出

徑盡惟有空，低頭聞烈風。峰高天欲到，海動日將紅。星影落筇下，朝光開夜中。身如古初士，步步入鴻濛。

【校】

〔題〕抄本眉批：「題尾三字應删，以詩未嘗重發日出。」

〔低頭句〕抄本原作「登山不敢同」。朱筆于首二句旁注「兹鎮獨奇偉，齊州東復東」，「奇」旁又添注「雄」字。劉批：「首句從原本，取其奇創。次句擬改『低頭聞烈風』。」

〔落〕抄本原作「弱」，朱筆改。劉批云：「『弱』乃誤字。」

【箋】

〔集之〕楊集之，見卷八挽楊集之。

〔簡文〕沈簡文，未詳。本卷有沈簡文贈畫。

和夜過采石懷太白

載酒過青山，草色前人意。因懷李青蓮，此地先予醉。浩歌江山中，皎然狂士氣。明月還似君，夜夜峰顛出。

【箋】

〔采石〕讀史方輿紀要：「采石山，亦曰采石圻，在太平府西北二十五里。元和志：『采石西接烏江，北連建業，戍城在牛渚山上，與和州横江渡對。其地突出江中，自昔津渡處也。』」

弔壺

憶昔掩柴門，清泉共曉昏。忽如孤鶴去，不與故人言。茗色無由托，濤聲空自喧。鐺旁殘礫在，片片是君魂。

【校】

〔與〕抄本原作「助」，朱筆改作「共」。劉批：「『共』字自然。」

〔故〕改作「主」，又塗去。

獨　酌

羲皇不再至，真淳無常時。賴有杯中物，邈與太古期。柴門十日雨，人迹絶苔墀。尊罍陳茆檐，松竹緑離離。孤影爲我客，揮杯屢勸之。此意陶公後，寂寞無人知。

【校】

〔杯中物〕抄本作「造酒翁」。

〔邈與句〕抄本原作「以醉太古之」，朱筆旁注「古意存糟醨」。劉批：「擬改『撫此杯中物，邈與太古期』。」

〔之〕抄本原作「伊」，朱筆改，左旁注云：「押『伊』字最難穩。」劉批：「『之』字勝。」

和雨後客至聽琴

老梧葉上雨初歇，空陰如水扶吾屋。白鶴殘蟬兩不吟，此時可以彈高琴。扣門忽到知音士，相逢落落不爲禮。抱琴與客坐松根，雨後幽懷絃上論。

【校】

抄本題中「客」上有「有」字，塗去。

讀荊軻傳

此生若獲報秦怨，此身雖殺復何求？嗟乎壯哉樊將軍，拔刀長嘆贈人頭！白衣白冠送之子，蕭蕭易水悲風起；所待之人竟不來，徵聲羽聲空倚徙。謀秦客亦不爲少，刺秦術亦不爲拙；一時壯士俱死亡，秦則未損一毛髮。不平如此向誰論？歸來慟哭掩柴門。提出匣中霜雪刃，忽見荊軻一片魂！

【校】

〔衣〕抄本原作「水」，塗改。

〔蕭蕭句〕抄本作「水寒風又蕭蕭起」，劉批：「擬改『蕭蕭易水悲風起』。」
〔謀秦二句〕劉批：「擬改『謀秦客非少，刺秦術非拙』。」

説客

戰國無君臣，説客出户牖；繁音如亂蛙，無處不是口。一士伸於前，衆士揣於後；議論良可聽，俄頃即已朽。七篇而千秋，誰似孟家叟？

秋夜

草屋紙窗破，冷風徹夜鳴。羈人對此境，自然夢難成。愁至滅明燭，披衣屢坐行。照户星一個，咽露蟲幾聲。寸心千萬緒，紬繹到天明。

【校】

〔一個〕抄本朱筆旁注「炯炯」，又塗去。
〔幾〕旁注「聲」，又塗去。劉批：「仍從原本。」又曰：「第三次閲，擬仍從改本，或作『照户一星炯，聚壁雙蟲聲』。」

〔緒〕抄本原作「慮」，朱筆改。

懷徐鳳祖

落落徐孺子，杖藜看海雲。不羈全似我，何地可容君？賴有尊中釀，時披篋裏文。見懷同此際，木葉亂紛紛。

【箋】

〔徐鳳祖〕未詳。

寄王鴻賓

養母值凶歲，荷鋤安所之？莫將長夜嘆，一使老人知！殘犬桑顛吠，輕舟屋上馳。洋洋歌泌水，誰謂可忘飢？

【校】

〔題〕夏本誤作寄王鴻賓，據抄本校正。

〔歌〕抄本原作「衡」，朱筆改。

酬鳳祖、雨臣、搏遠、水湄見過，得六魚韻

除卻二三子，誰能來問余？荒荒蘆外日，汛汛水中廬。載歌復載嘯，不冠亦不裾。瓜蔬酬意氣，莫謂食無魚！

【箋】

〔鳳祖〕謂徐鳳祖，見前。

〔雨臣〕謂吴雨臣，見卷二哭吴雨臣箋。

〔搏遠〕謂黄搏遠，見卷七詠走馬燈和黄搏遠箋。

秋　懷

凶年雜寒至，殘秋貧愈悽。嬌兒夜中冷，抱我肩臂啼。老妻愛癡卧，晏起常日低。至此亦不眠，坐牀至鳴雞。滿屋風泠泠，孤燈蟲淒淒。世上寒與飢，兹夜到已齊。汲泉清盥濯，開門向前蹊。營營衣食途，從未知東西。

【校】

〔夜中〕硯秼緒録作「中夜」。

〔老妻〕抄本原作「懶妻」，朱筆改。

沈簡文贈畫

沈子大醉後，懷抱書於紙；落落幾枝花，宛如醉高士。醒來嘆奇絶，不自知所以。他幅再圖之，百計不能似。殷勤藏笥中，曰留待知己。俗客欲借觀，搥牀罵不止。

【箋】

〔沈簡文〕未詳。

偶　成

颯颯風沙裏，朝朝語笑稀。飄零幾鶴髮，寒暑一鶉衣。肺病憎書卷，鄉心對夕暉。妻兒守飢困，定不怨遲歸。

南湖

野風吹樹樹可憐，遠村近村無人烟。好奇偏屬窮途客，薄暮又在南湖船。亂鳥連翩下夕照，細泉淅瀝歸秋田。平生哀樂殊多事，醉聽山鐘鳴晚天。

【校】

〔晚天〕感舊集作「曉天」。

摘扁豆

村舍盡逢秋，貧翁何所求？一筐提户裏，半畝是墻頭。酒熟應堪佐，朋來不更謀。餘花結未了，風露正悠悠。

【校】

〔所〕抄本原作「處」，朱筆改。

落　日

忍别妻兒上小舟，嗷嗷飢雁叫蘆洲。老人觸目多如此，落日空囊何處遊？古樹經霜無碧葉，寒溪過市有清流。幾時得伴田間叟，飽食高歌學飯牛？

懷羽吉

雨雪遠遊身，抱疴休愴神。山期耕老日，天不夭傳人。握手知何處？無書又幾旬。朝朝溪上水，徒見夕陽新。

【箋】〔羽吉〕謂郝羽吉，見卷一郝羽吉寄宛陵棉布箋。

謁岳武穆祠 在海陵泰山頂。

祠宇巍然俯一城，背人瞻拜淚縱横。草荒石徑牛羊亂，風急山門鼓角聲。河北當年輕與敵，中原今日復誰争？檐前歷歷江南岫，悵望徒傷野老情！

【校】

〔檜〕抄本原作「窗」，朱筆改。劉批：「『檜』字勝。」

【箋】

〔岳武穆祠〕續纂泰州志：「岳武穆祠在泰山墩。萬曆三十四年，錢塘張鳴鶚備兵泰州，於山巔建屋三楹，奉王遺像，以石刻秦檜及妻王氏像跪於前。」

〔泰山〕陳應芳重修泰山書院記：「大江以北，維揚自通州狼山而西故無山。泰之有泰山，非石也。起自岳武穆王爲通泰鎮撫使兼知泰州，於城西門中培土爲高臺，以望金人軍，後相傳遂名泰山云。」

贈潛川汪陶庵

武陵今日是潛川，中有陶庵稱最賢。種樹那知衰老至，入山獨在亂離前。客稀澗户朝調鶴，酒醒松窗夜聽泉。應笑當年同隱者，漫將名姓被人傳！

【箋】

〔汪陶庵〕歙縣志：「汪堯德號陶庵，潛溪人。少家華亭，與董思白、陳眉公爲忘年交。明末謁選，得廣東始興學博。清兵入粵，改署始興令，官一載，以母老疾，力求終養歸。居鄉三十餘年，足迹不入城市，以法書名畫自娱，所談多開、寶遺事，卒年八十有四。」

短歌爲豐溪吴節婦賦

雨雪零，松柏青。人倫變，奇節見。吁嗟吴氏母，芳年形影孤！忍心稱未亡，珍重腹中雛。雛出腹，聲呱呱；一年二年乳與餔，五年十年詩與書，二十三十稱眉須，來年年且近四十，鄉有賢名門有車。前以續吴嗣，後以大吴宗，子今多子懷愈舒。上無慚皎日，下不愧良人，志堅于石心如荼。始知昔日不輕棄此軀，不學人間小丈夫！

【箋】

案此詩當爲壽吴延支母胡氏六十而作。吴延支字爾世，自號卷石山人。家歙縣西溪南。父自誠早卒。見施愚山文集吴處士傳。艾陵詩鈔貞婦歌序：「雷子爲吴延支母胡氏作也。胡氏二十三而寡，延支其遺腹子也。庚子，胡氏春秋六十，延支三十八矣。」此詩當作於順治十七年庚子（一六六〇）。

謁心齋先生祠

我亦生斯里，先生稱大賢。人傳元以後，學在漢之前。破廟唯餘草，殘爐不見烟。階墀卿相滿，擁褐憶當年。

【校】

此詩抄本無。

【箋】

〔心齋先生〕即王艮。康熙揚州府志：「王艮字汝止，安豐場人。少未學問，年近三十，誦論語、孝經，忽悟聖賢可學。聞陽明王公守仁倡道洪都，買舟兼程趨謁，服古製冠服，公訝之。艮曰：『此服堯之服也。』辯難屢日，始師事焉。盡得良知之説。遂制輕車詣京師，沿途講學，人士群聚聽之，多所感發。後歸，時時如陽明門質正新得。好誘引同志，至不遑寢食。四方薦紳道揚者，多造其廬與論學。自號心齋，其徒稱爲心齋先生。著有勉仁等作。」

〔心齋先生祠〕乾隆兩淮鹽法志：「安豐場王心齋祠在月塘灣，祀王艮，其墓舍亦在焉。初御史洪垣爲艮作東淘精舍，以居問學諸生。艮歿，御史胡植改爲祠，令艮門人子姓祀之。」

送周雪客遊新安

三秋尋老友，千里去新安。地主雲中候，天都馬上看。蓬生黄帝竈，鶴唳吕公灘。登眺須扶醉，深山瀑布寒。

【校】

此詩抄本無。

【箋】

〔周雪客〕見卷四栝園詩四首贈周雪客箋。

〔呂公灘〕嘉慶重修一統志：「呂公灘在歙縣東南。方輿紀要：『呂公灘即徽溪下流，長二里，亦名車輪灣。』」

〔天都〕靳修歙縣志：「天都峰，高九百仞，健骨峻嶒，卓立天表。頂有石室，洞門宏敞。又有石臺凌空而出，背倚玉屏，端嚴聳峙，雲濤澎湃，時擁山腰。峰拔雲上，反若喬影虛懸，頹然欲墮。」

吴嘉紀詩箋校卷十四

學圃草堂爲胡益賦

解組歸來更卜居，寒溪老樹興蕭疏。高情自古憐三徑，吾道於今重一鋤。朝採露葵留客飯，夜分漁火課兒書。地偏莫患無鄰並，隔水梅花是我廬。

【校】

〔並〕抄本原作「里」，朱筆旁注「并」，塗去，復於左旁注「並」字。劉批：「『并』字平聲。」

【箋】

〔胡益〕未詳。

對雪選鴻寶詩

子不生今日，子身安肯賤？子不至今日，子詩安得善？吾子稱詩人，滄海愚風變。況以平生心，盡寄野人選。擕盞入寂寞，詩境身親遍。閒删子所歡，更去人所戀。寥寥幾詠歌，字字存顔面。日夕庭鳥稀，白雪隨一卷。

【箋】

案國粹學報第八十一期袁承業明遺民王鴻寶先生小傳云：「先生生明萬曆時，卒康熙中葉，年八十。著有棘人草、陟屺草、望岱吟前後集、卯辰出游草二集，都散失。余於東淘周鵬程家，得先輩袁嘯竹手輯古近體詩六十首。又於淮南王氏宗譜得七古詩一首；周氏鈔譜得七律四首。又於泰州汪鐵生處得先生哭友人崔之四詩三十首。彙訂一卷，稍加補注，以付印。」

哭王水心

名劍，末年爲僧，號殘客。

同里有四人，異姓稱兄弟。鄭僑急友難，七尺早徇義。道人王衷丹，肅默古松類；學佛忽有得，中歲謝塵世。論齒君最長，羸軀寒惴惴。顧影常自言：「大年安可冀？」今果辭白日，正首丘園地。前日遠歸來，爲葬二親計。二親未能葬，長嘆抱痾睡。榻下無兒孫，鐺中無藥餌。骨枯流水傍，君復何人瘞？憶昔好苦吟，溪上柴門閉；一字不孤冷，終夕弗肯置。堦前往來客，我獨云同志。吾輩爲樵漁，相訂終年歲。垂老苦飢寒，去覓刀錐利。其術豈不善，不是腐儒事。孤身宿逆旅，竟與匪人值。躑躅歧路間，華髮傷心鬒。八載走山川，緇衣備勞瘁。計較平生日，何處非失意？憶昔歸故鄉，蹤迹寄荒寺；親朋還隔絶，故妻終擯棄。樊莊王老友，聞之垂雙淚。扁舟共予尋，沿村呼姓字。踰垣君未忍，出見茅簷際。予瘧發此時，草草又分袂。回望相送處，水闊斜陽墜。

【校】

〔題〕周本無注。

〔今果二句〕周本無。

〔未能葬〕周本作「不能葬」。

〔堦前四句〕周本無。

〔相訂句〕抄本原作「始自乙酉歲」，「乙酉」二字朱筆加方框。墨筆改作「相訂終年歲」。

〔去覓六句〕抄本用朱筆鈎去。又於「去」旁注「君」字。劉批：「二十七日復閱，竟删去。」又批：「上云學佛有得，彌縫爲僧事最好。此段要删。」

〔鬃〕抄本劉批：「似當作薙，請檢之。」

〔歸故鄉〕周本作「歸來時」。

〔樊莊句〕周本作「余時方苦瘧」。

〔共予尋〕周本作「逶迤尋」。

〔予瘧句〕周本作「追隨甫半日」。

【箋】

〔王水心〕見卷一七歌箋。

〔王衷丹〕即王太丹，見卷一王太丹死不能葬吴次巖汪次朗贈金發喪感泣賦此箋。

〔樊莊〕見卷十三自莫村夜發至樊上宿鴻寶館箋。

元宵過飲采臣齋中，時采臣他出

夕踏風聲出，人家燈火新。入廬尋静者，積雪涼我身。端然虚室中，一樽爲主人。竟對一樽坐，斟酌兩無語。眼白酒盞空，又自出門去。去來無將迎，月落橋西路。

【箋】

〔采臣〕未詳。

寄子期

知己不在眼，眼前春又殘。可憐離别處，夜夜猿聲寒。孤月更來照，七絃無與彈。愁看江海路，日夕生波瀾。

【箋】

〔子期〕未詳。

哭琳仙

獨卧佛燈裏，故人不至不肯死。風寥寥，雪絮絮，故人千里至。執手一哭已無事，魂魄欲别形骸去。

賣汝書，葬汝軀，送汝出南郭，南郭鐘磬音徐徐。野日微，野烟夕，鴉雛昏語促歸客。呼汝呼汝别汝去，伴汝只有道旁樹。

歲歲言歸家，今朝歸地下。悲哉游子魂，夜夜尋父不能捨。父不知，霜晨起，頭白身寒空倚徙。自啓破柴扉，迢遥猶望爾。

酒是爾知己，沽得一斗來澆爾。對爾我悲悲難言，不知爾悲復何似？魂兮爾且醉，吾暫忍吾淚！

寂寂南郊陌，細雨烟迷長。是夕纍纍北邙土，寒食草青皆有主。君獨飄零白水濱，贈君紙錢亦無人，誰憐死後君更貧？

不愛世上名，甘心淪布衣。只寫江南山，換酒慰朝飢。昨夜酒盡月滿室，自愧年過李長吉。半世精魂詩幾篇，别去托我人間傳！

【校】

其二〔伴汝只有道旁樹〕抄本作「道傍一樹留伴汝」。劉批：「去來之『去』在御韻，末句擬改『伴汝只有道旁樹』。」

其三〔夜夜尋父不能捨〕抄本原作「夜夜邗江尋父話」，朱筆改。劉批：「『話』出韻。」

〔晨〕抄本原作「村」，墨筆改。

〔空〕抄本原作「晨」，墨筆改。

【箋】

〔琳仙〕謂程琳仙。悔齋詩贈吴後莊有云：「賓賢有友程琳仙，客死邗關無賻錢。老人淚枯不得赴，其時臘盡河冰堅。君乃奮臂扶驢韉，肩馱襆被手執鞭；冰霜着指指欲墮，三百里路相周旋。琳仙得葬賓賢喜，群訝此君胡爲爾？」即指葬琳仙事。

案卷十三哭王體仁詩，有「猶憶乙未冬，同盟偕程郎（謂程濬影）。蕭寺對白水，歡期百年長。未幾程郎病，書來自維揚。我走冰雪中，遠去爲治喪」之句，意程濬影或即琳仙字。此詩當作於順治十三年丙申。又卷四哭吴周詩，其三云：「丙申赴友難，周也願相隨；冒雪攜裝出，租驢讓我騎。犬鳴投宿店，燈照下鞍時。敝褐西風裏，禁寒泣共持。」當即指此。

寄子崔　時子崔病愈。

憶昔白門返，山山陟凍雲。有衣曾共我，遇冷必思君。服氣病初去，掩扉鐺自聞。書緘長不寄，只恐怨離群。

送文在

高閣聽啼鳥，忽然思故山；攜裝新草上，拜母萬松間。月出村臨水，人歸酒照顔；醉來開户坐，三十六峰間。

【箋】案文在姓汪，名元徵，歙縣上塢人，太學生。鎣之太高高祖也。有詩集未梓，故世多不知。見汪鎣手批本陋軒詩眉批。

自虎墩歸，坐友玉齋中，同諸子試新茗分韻

廿里抱奇渴，解衣投爾林。山魂來月下，泉色汲松陰。白髮幾人醒？清齋半夜心。是喧歸寂寞，只有一鐺音。

【箋】〔友玉〕未詳。

友玉客舍逢金翁啓明，賦贈

昔年聞説金家翁，今日相逢客舍中。八尺軀寒如雪刃，未入柴門先有風。主人爲汝沽醇酒，氣熱顔紅傾數斗。醉來言及眼前人，人頭恨不即在手。又言當日國初

亡，兵散馬嘶山日黄。一身已被十三矢，猶自縱横在戰場。壯事無端成往昔，不覺雪霜頭半白。里巷羞傳俠烈名，江湖甘作賤貧客。

【校】

〔里巷句〕抄本原作「人世耻貪榮顯名」，朱筆改。劉批：「改句佳。」

【箋】

〔金啓明〕未詳。

深夜舟抵樊上，過鴻寶不遇，宿其村館

暝色行不了，片帆投冷村。入門逢友出，待我有燈存。半夜見三子，四鄰謀一樽。就君歌飲處，醉卧接精魂。

爲木天題畫 時木天將歸上唐。

濃緑數百樹，茅屋三四間。堪偕白髮友，此中終歲閒。旁有憶山人，云似吾家山。看罷束書卷，放舟辭我還。

【箋】〔木天〕二南遺音：「梁舟字木天，三原進士，令江都、安肅。有徜徉小草。」案溉堂集有送梁木天歸里詩，編入順治十八年辛丑（一六六一），此詩當作於是年。

雨宿朝尋齋，同諸子分韻

相見懶歸去，歸途況阻長。暗洲燈影濕，空屋雨聲荒。一簟静深處，半生魂夢涼。白雲寒瀑裏，不復憶山鄉。

【箋】〔朝尋齋〕王太丹所居室名，見卷一王太丹死不能葬吴次巖汪次朗贈金發喪感泣賦此箋。

送木天

昨聞子欲去，竟日不曾飯。燈火照高筵，游子果然返。賓朋圍一樽，予獨握空盞。忍使雙眼醒，看爾孤帆遠。

【校】〔游子〕抄本原作「吾子」，墨筆改。

【箋】此詩當與本卷爲木天題畫同時。

答雨臣劉莊見懷

海北劉莊地，荒荒百里雲。應無人迹到，只有雁聲聞。薄釀斟當夜，新寒遠傍君。最宜開雪屋，南望賦離群。

【箋】〔雨臣〕吴雨臣，見卷一哭吴雨臣題下自注。

〔劉莊〕嘉慶東臺縣志：「縣北八十里，場曰劉莊場，舊屬淮安分司，乾隆元年，改屬泰州分司。」

寒夜寄劉道人並乞小影

鄰寺磬聲過，户内静如谷。此時燈影中，道人應未宿。夜冷尋寂寞，身物齊向肅；不知獨坐時，曾念吾面目？道人倘相念，起就窗下墨。短杖雙芒鞵，長溪幾寒木。寫出吴野人，與君坐茅屋。

【箋】

〔劉道人〕未詳。

寄李小有 時小有居秦郵。

白髪苦吟叟，天寒何處眠？平生才半面，離別又三年。湖闊夜無浪，月高樽在船。不能如野鶴，隨爾荻花邊。

【箋】

〔李小有〕見卷十三淘上遇李小有箋。

〔秦郵〕即今江蘇高郵市。

送緘子

從此送君後，陋軒無客過。可憐朋友少，只是别離多。雪渚雁同宿，酒家燈照歌。行行孱母近，切莫怨蹉跎！

【校】

抄本題上多「又」字，朱筆塗去。

【箋】

〔緘子〕方緘子。

案國粹學報第八十一期王鴻寶先生殘詩有贈方緘子五律一首：「時事岌風濤，身名未可高。聚徒仍白嶽，作客且東淘。趣涉籬間菊，圖留洞裏桃。日邀偓佺語，孤館集雲璈。」

録一年詩寄半千 時半千客邗上。

一歲吟將盡，迂情共者誰？祇應入殘雪，持去報相知。邗水簫聲後，荒庵犬夢時。令君不孤寂，濁酒野人詩。

【校】

〔後〕抄本朱筆改「夜」。〔夢〕改「吠」。劉批：「改字勝。」又批云：「初勘從改本，覆勘從原本。蓋『簫聲後』者，時無簫聲也；『犬夢』者，寂無人也，下句方接。」

【箋】〔半千〕謂龔賢，見卷四寄題龔大野遺新居箋。

初三夜遲雨臣 時雨臣客劉莊。

北望皆荒草，迂翁不可招。唯餘新月影，來上故人橋。雨臣去歲别余，爲余置一橋于門前，題曰故人橋。溪冷夜揺落，雁啼風寂寥。劉莊酒薄甚，何事尚停橈？

【箋】〔劉莊〕見前答雨臣劉莊見懷箋。
〔故人橋〕東臺縣志：「高士橋在吴家巷河西陋軒舊址前，汪舟次太史題名。」意即吴雨臣所爲置者。

客少

客少户嘗掩，天寒犬不吠；梅花當故人，終日坐相對。

憶老朋

開户一天霜，老朋在前路。别時去我遠，記得頻回顧。

微雪

微雪入林飛，林昏影愈微。嗟君寡儔侶，安得自光輝？

烹茗

山人不可逢，烹煮所遺茗。恰好别時月，光來照孤影。

十三夜酌季大來舟中，賦贈

先生卧水濱，卿相不能親。孤艇領群鳥，雙童扶一身。波聲過牖冷，月色上溪新。沽酒蘆花下，慇懃醉野人。

【箋】

〔季大來〕國粹學報第七十一期袁承業明孝廉季大來先生傳：「先生諱來之，原名應甲，號綺里，大來其字，泰州安豐場人。師事伯祖存海，殫心理道，得心齋王氏之傳。舉崇禎壬午鄉試。甲申，國事大變，先生時有恢復之意，不樂與人言，不欲與世交。至乙酉清兵南下，屠揚州，江南盡失，先生知勢不可爲，乃潛居一樓，禁足不下者十餘年。終身服先朝之服，未嘗薙髮。著書盈篋，不以示人，惟吴嘉紀、王大經、沈聃開、周莊數人得共譚論。其自決詩云：『兩大君親總未酬，一身拋卻義全收；時人莫笑書生拙，留得衣冠葬古丘。』先生生於萬曆二十二年甲午九月十三日，卒于康熙六年丁未八月十九日，年七十五。」

之三塘投宿子崔宅

車聲衰草裏，辛苦覓荆扉。幾樹啼栖鳥，三塘上落暉。閉窗生夜火，以酒厚人衣。之子殷勤甚，令予歡似歸。

【校】

抄本題下多「上」字，墨筆塗去。

【箋】

〔三塘〕即海安鎮。泰縣志：「芙蓉塘在海安西寺，沿塘植芙蓉；合鷗鳥、白鷺，故號三塘。惟芙蓉名最勝，邑亦名芙蓉塘。」

〔子崔宅〕案國粹學報明遺民王言綸鴻寶先生殘詩寄懷周二安引言有「丙戌見之子崔季公樊川别業」云云。

渡江訪雨臣 時予與雨臣皆病後。

歲寒是客罷遥征，憶爾難辭辛苦行。如月小舟隨岸遠，待人殘雪隔江明。病除亂後存雙影，燈冷潮邊話五更。滿眼香醪予欲醉，金山忽聽曉鐘鳴。

【箋】

〔雨臣〕謂吴雨臣，見卷一哭吴雨臣題下自注。

〔金山〕在今鎮江，見卷十過金山寺箋。

和雨臣京口雪望次韻

大江寂絶無鴻度，水色淡然中有船；船上漁人山際樹，一時俱化雪中烟。

【箋】〔京口〕即今鎮江。見卷十二喜汪簡臣自京口歸東淘過訪二首箋。

同鴻寶酌江月下

舟子落帆後，滿江皆月明。同斟初熟酒，不説故鄉情。一望有餘冷，半生無此清。蕭蕭蘆葦下，漸覺起潮聲。

登燕子磯

石尤風急舍漁舲，步就危磯頂上亭。目縱始知家更遠，身高忽似夢初醒。幾層山色憑時遇，一面江聲坐後聽。日暮懶隨車馬去，欲招寒月醉香醽。

【箋】〔燕子磯〕見卷四登燕子磯箋。

案此詩當係嘉紀與王鴻寶同登燕子磯時所作，卷四登燕子磯詩自注有云：「曾同王鴻寶登此。」

訪林茂之，次茂之喜予過訪韻

鍾山臘月尋閩叟，石路寒多雪未消。聞我姓名出漸漸，坐君齋館空寥寥。亂餘每恨隔千里，老裏相逢得一朝。兵甲在郊又分手，何時同赴舟人招？

【箋】

〔林茂之〕見卷二一錢行贈林茂之箋。

〔鍾山〕見卷四寄題龔大野遺新居箋。

晤公調

孤客正惆悵，故人如夢逢。野烟隨冷屧，遊事入嚴冬。酌酒遠尋店，憶家同上峰。佇看天欲暝，處處落寒鐘。

【箋】

〔公調〕謂吴公調，見卷一寄吴公調箋。

登雨花臺

步尋古衲談經處，處處松陰老更蒼。千里客來雙屐冷，六朝人去一臺荒。風塵有恨高雲接，石徑無花衰草長。佇久不知歸路遠，共隨啼雁下斜陽。

【校】

〔老更〕抄本原作「郭外」，墨筆改。

〔下〕抄本原作「寄」，朱筆改。

【箋】

〔雨花臺〕江南通志：「雨花臺在江寧縣城南三里聚寶山上。俯矚城闕，萬家烟火，與遠近雲峰相亂；遥望大江如帶。方輿勝覽云：『梁武帝時，雲光法師講經於此，天雨花，故名。』」

六合道中懷鴻寶

歲暮憶茅屋，東歸不敢懶。孤身戎馬間，江北天欲晚。烏與荒雲落，驢踏夕陽緩。舉頭得衆山，回頭失一伴。

【校】

〔歲暮〕抄本原作「世亂」，朱筆改。

〔孤身句〕抄本原作「束裝過戎馬」，朱筆改。

【箋】

〔六合〕古名棠邑，六合名縣始自隋代。在江寧府隔江，因六合山六峰環合，故名。詳六合縣志。

泊舟後遇陸右臣

行盡蘆花路，泊就烟火處。平生欲見未見人，青袍落落忽相遇。禽已栖，風在樹，不遑一説懷中語，暝色滿村各歸去。

【箋】

〔陸右臣〕案顧與治詩有陸右臣攜詩過訪一首，詩云：「門徑没蒿萊，高人惠肯來。食貧存古骨，餐秀得新裁。客路悲江水，閒心冥劫灰。年華看又晚，懷抱幾時開？」陸右臣無考，姑引此詩證之。

除日憶王二

此日石頭城，懷中兒女情。有霜隨鬢影，無我共松聲。鶴宿山衙暮，燈來雪屋晴。君應先客醉，不使旅愁生。

【箋】

〔王二〕謂王鴻竇也。

〔石頭城〕見卷六秦淮月夜集施愚山少參寓亭聽蘇崑生度曲箋。

案國粹學報王鴻竇先生殘詩有余將有白門探女之役賓賢送余以詩次韻酬之，詩云：「常時不出户，一出遂江洲。春月三冬令，輕裝片葉舟。直因兒女走，似作水山遊。天地猶風鶴，端居羡爾幽。」嘉紀此詩當即鴻竇去白門後所作。

雪後友玉攜杖頭見過

屋外雪高三四尺，屋裏寒光遍枕席，壁破火黑風又號，引衣欲起起不得。午鷄啼歇門始開，君持杖頭過雪來。頃刻貧家改顏色，稚子有糧予有醅。醅欲熟，與君語，寸心疇昔已相許。他日扣柴門，無錢不棄汝！

【箋】

〔友玉〕未詳。

自題陋軒

風雨不能蔽，誰能愛此廬？荒涼人罕到，俯仰我爲居。遺病一籬菊，驅愁數卷書。款扉誰問訊？禽鳥識樵漁。

【校】

〔不能〕朱筆改「竟難」，墨筆復塗去改字。

〔誰能〕抄本原作「先賢」，墨筆塗去，朱筆復改「誰能」。

〔款扉誰〕朱筆改「莫嫌無」，墨筆復塗去改字。

寒夜試吴昌言所惠園茗

寒泉白石鐺，試茗掩柴荆。對月不分色，無人偏有情。精神深夜醒，烟火一家清。穀雨新芽嫩，還期送我烹。

【箋】

〔吴昌言〕見卷十寄吴昌言箋。

詠劉生寓齋紅梅

四野寒無色，芳菲占一家。風前時掩映，雪裏自高華。影傍新燈好，枝依醉客斜。劉郎曾手種，錯認是桃花。

【校】

題内「生」字抄本原作「友」，墨筆塗去，「生」字朱筆改。

【箋】

〔劉生〕未詳。

送汪子兼寄其兄

新柳帶風柔，送君臨渡頭；潮生淮海岸，日落木蘭舟。遠道誰相慰？青年已解愁。孤村有羇客，憶弟正登樓。

【箋】

〔汪子〕未詳。

今日

梅花落滿地，寒色倒侵軒。春好唯今日，人稀似遠村。閒親魚鳥伴，飢煮蕨薇根。此外非吾欲，兒童且閉門。

題項楚生幽居

見松便僦松間屋，日日抛書兀坐看。户外不交人一箇，園中惟種竹千竿。聲傳静夜林風細，影亂空階夏月寒。稚子煮茶妻煮蕨；全家直似住烟巒。

【箋】

〔項楚生〕未詳。

贈陸老人建之

偶然行樂滄海東，救病十年囊底空。小兒誰不知名字？貧士嘗聞稱此翁。深巷衡門隱廛市，閒種梅花醒沽醴。梅開月出吟自高，醴熟朋來笑弗止。葛巾竹杖芰荷衣，襟懷何處不忘機。無情白雪生雙鬢，頓使先生憶故扉。

【校】

〔行樂〕抄本作「行藥」。

【箋】

〔陸建之〕未詳。

懷吴雨臣

已許漁樵出處同，舟車何事又西東？頻年戎馬迂儒賤，此日乾坤我輩窮。對酒鄉心生月下，哭親血淚落塵中。故山松菊荒蕪久，莫使衰顔逐轉蓬。

【校】周本有同題五律一首，内容有相同處，見卷十五。

【箋】〔吳雨臣〕見卷二哭吳雨臣自注。

谿翁

農子都憂旱，谿翁獨問天：不才無死法，垂老遇凶年！草白如關塞，塵飛遍陌阡。城中催賦吏，策馬到門前。

【校】〔無死法〕周本作「生亂世」。抄本原作「生亂世」，朱筆改。劉批：「改句妥。」

喜劉師移家至淘上

春風吹綠東淘柳，師弟相逢皆皓首。吾師經史飽胸中，何事棲棲只餬口？憶昔青氈坐此鄉，數十弟子同一堂。吾師學大才更異，執筆耻作今文章。其時我年方弱冠，如航巨壑初得岸。業成慷慨出衡門，海内誰知遭喪亂。江山非舊各酸辛，浮雲富貴讓他人。吾師匿影四方去，我亦哀吟卧水濱。水濱漠漠户慵啓，繩牀破屋多風雨。身寒羞受故人袍，腸餓不借鄰家米。何幸吾師刺艇來，復攜八口居吾里。吾師吾不憂窮，春秋七十顔如童。狂歌敝褐與時絶，賣卜負薪期我同。他日無慚高士傳，小兒休笑兩衰翁！

【校】

〔題〕周本作喜劉則鳴業師移家至淘上。

〔同〕周本作「在」。

〔如航句〕周本作「讀書懷古滄海岸」。抄本原作「壯似驊騮初得岸」，墨筆改。劉批：「原句不貫。」

〔海内句〕周本作「北極朝廷遭喪亂」。

〔浮雲〕抄本朱筆改「甘將」，墨筆復塗去改字。

〔繩牀破屋〕周本作「藜牀草屋」。

〔何幸二句〕周本作「吾師忽然乘樵風，移家復居吾里中」。

〔敝〕周本作「被」。

【箋】

〔劉師〕謂劉則鳴，見卷六哭劉業師箋。

蟋蟀

疏林秋氣入，蟋蟀一齊鳴。舉世應同醒，貧家那不驚！户庭難得曙，天地正無情。肺病衰年客，牀頭片月明。

【校】

〔疏林句〕抄本原作「秋林逢肅殺」，墨筆改。

贈郝羽吉

歙州有静者，卓卓自高蹈。生即遇平世，亦不棄耕釣。十年客東海，呼我爲同調。新茗折足鐺，殘荷秋水櫂。兩人夜不倦，片月時相照。高秋憶敬亭，一杖去登眺。醉題泉石遍，醒愛須眉少。更欲買山隱，不使巢由笑！

【箋】

案東臺縣志載方一煌過東淘同人送郝羽吉歸詩云：「前日東亭舟，昨日南梁住；明日郝子別，今日東淘聚。陋軒晨夕過，此日獨愁暮。數客聊共吟，如夢尚未寤。所恨花將黄，子目不一寓！子交滿邗水，桃李春無數；吾屬二三人，寒花獨貞素。醉飽不妄希，坦懷多謬誤；世或嗔其狂，我亦自知痼。子獨親此曹，談笑見情愫；興至間一詩，霜枝照玉樹。尤欽性情真，不染時俗趣。坐我秋光中，泠泠自生悟。如何子復别，棄我隔烟霧？涼風吹落日，淒然此林圃；且扃陋軒扉，畏見扉前路。」此詩當與嘉紀同時所作也。

新寒

門東楓樹葉初稀，前日清秋今已非。白髮病夫鐺火絶，蒼苔頽屋野風圍。樽罍誰給三升醖？妻子同懸百結衣。無數鴉啼天欲暮，杖藜扶出就斜暉。

滄海故人行，贈吴雨臣

山東驢背江南舟，古迂先生十年遊。滄海故人陋巷月，古迂先生幾迴别。逐逐風塵甘苦辛，區區懷抱自迂拙。有裾羞向王侯曳，有謀懶與親朋説。故人無食廡下歌，先生獨肯遠來過。避囂苦話青山好，此會齊驚白髮多。半生俯仰無尤怨，今日衰頹奈若何？我卧不得志，君遊復失意。夢裏徒憐舊業存，囊空難遂歸耕計。嶺頭泉，松下地，吾儕聊作浮雲視，村醪且就閒花醉。

【校】

〔無尤〕抄本原作「未曾」，墨筆改。

【箋】

〔吴雨臣〕號古迂，見卷二哭吴雨臣自注。

丙申除夕

鬢髮逢離亂，應隨猿鶴群。此生徒有恨，明日尚無聞。明日四十。疾愈酒還戒，鄰賢泉更分。梅花一瓶外，何事不浮雲！

【校】

〔鬢〕抄本作「鬢」。

【箋】

〔丙申〕順治十三年(一六五六)。嘉紀是年三十九歲。

虞美人花

楚漢已俱没,君墳草尚存。幾枝亡國恨,千載美人魂。影弱還如舞,花嬌欲有言。年年持此意,以報項家恩。

去歲行

去歲歲除夜,糴米十五斗。門外終朝謀食途,竟能旬日不趨走。北風暮起穨屋寒,老人欲眠眠何難!風集木,聲益烈,吹下皚皚一天雪。癡兒對雪舞且悦,那知烟火來日厨頭絶!

【校】

抄本「吹下句」下,原有「東家西家暝色去」七字,朱筆鈎去。

〔皚皚〕抄本原作「巾巾」,朱筆改「沈沈」。劉批:「擬易『皚皚』。」

〔癡兒句〕抄本原作「癡兒相對舞且悦」，「雪」字朱筆改。墨筆復於「舞且」二字旁注「目怡」。

〔那〕抄本原作「不」，朱筆改。

琴歌贈周生

白嶽山人蒼海遊，夜夜一琴傍衾裯。有時夢醒絃觸手，滿牀皆是山泉流。鄉思無端生日晏，抱琴過我淘西澗。入門竟對瓶花坐，彈作思歸幾鴻雁。雁鴻次第落江皋，身去故關萬里遥。夕陽入浪雲迷路，空依蘆荻鳴嗷嗷。嗷嗷之聲聽不得，明月正從聲上出，我亦有愁在胸臆。與君曲罷共踟躕，霜村樹樹風蕭瑟。

【校】

〔絃觸手〕抄本原作「手拂絃」，朱筆改。

〔聽不得〕抄本原作「聚小室」，朱筆改。

抄本「我亦有愁」句下原有「向君欲語語不得」七字，朱筆鉤去。

【箋】

〔周生〕謂吴周生，歙人。汪扶晨栗亭詩集有吴周生家觀右軍澄清堂法帖詩，自注云：「周生所居爲傳桂里。」

〔白嶽〕見卷五送汪濬之西泠箋。

過懶雲齋看梅，主人因留茗酌，同鴻寶、麗祖賦

偶踏晴光過此園，梅花樹樹放初繁。半空落日如沈水，幾片寒雲欲入門。座上心魂依淡漠，香中烟火煮泉源。高言未了東風至，吹出清泠月一痕。

【箋】

〔麗祖〕方一煌字，見卷十三雨後過麗祖不遇箋。

同麗祖舟過大樊莊訪鴻寶

一舟容二客，撑入野天晴。亂水闊無定，夕陽流有聲。樹生村落近，犬吠老朋迎。便即煮藏酒，墻頭新月横。

【校】

〔亂〕抄本原作「流」，〔流〕原作「皆」，皆墨筆改。

【箋】

〔大樊莊〕見卷十三自莫村夜發至樊上宿鴻寶館箋。

送友人

丈夫未得志，庸愚競相嗤。不能一刻耐，拔劍去天涯。數日苦留君，多應未深思。聚既無一可，何須不別離？舟車逐孤影，慷慨當路歧。燕粱與吴楚，從此將何之？朝廷大典兵，遣帥征遥陲；欲得工文士，壯彼軍中辭。吾子今琳瑀，去作將軍師。戰伐倘未息，善自調渴飢。戰伐倘既息，當無負鬚眉。

【校】

〔得工〕抄本原作「選好」，朱筆改。

〔壯彼〕原作「以壯」，朱筆改。劉批：「改字俱勝。」

〔吾子句〕原作「吾子今詞伯」，朱筆改作「以子燕許筆」。劉批云：「『吾子』從原本。『燕許』擬改『琳瑀』，蓋陳琳、阮瑀皆工爲檄。此句擬作『吾子今琳瑀』。」

〔去作句〕下，抄本原有「殘書攜入陳，佳山收入詩」，朱筆鈎去。

往邗尋殘客上人不值

殘客音書到，相期邗水頭。别離過五載，魂夢滿孤舟。新柳曉城月，寒烟荒市樓。支筇在何處？不見使人愁。

【校】〔支筇二句〕抄本原作「登高聊縱目，烏雀亂啾啾」，朱筆改。劉批：「改句勝。」

【箋】〔殘客上人〕即王劍，見卷一七歌箋。

贈金鳴甫

隱者滿山谷，此翁偏在城。常看鄰樹影，不斷煮茶聲。一任往來熱，獨留庭户清。荷竿如我輩，始肯下階迎。

【箋】〔金鳴甫〕未詳。

題漪園次麗祖韻

虛亭新水中，處處受微風；一座盡無夏，四鄰唯有空。柳陰連草碧，人面近花紅。歌起游魚至，悠然樂意同。

【校】

〔悠然句〕抄本原作「攸然更可同」，墨筆改。

偶　述

一螢草中出，漸向林外去。爾明曾幾何？便即知道路。鼠老語兒孫，莫厭主無食。西家倉廩肥，風波多不測！南鄰種豆翁，中夜不能逸；白髮與豆苗，天明一齊出。

【校】

〔南鄰二句〕抄本原作「老農種豆歸，憂至夜難逸」，墨筆改。

晴

旱天兩朝雨，雨足復能晴。野鳥有餘適，溪翁同此情。葦低搖水色，日落入蛙聲。縱步不知返，歸帆處處生。

澹生爲予鼓琴

老友將辭我，房中出素琴；松風當暑至，谿鳥入扉尋。頓使別離恨，變爲山水心。從兹一揮手，餘響落空林。

【校】

〔出素琴〕抄本原作「抱出琴」，墨筆改。

〔從兹二句〕抄本原作「落暉在庭樹，聲盡静沈沈」，朱筆改。

【箋】

〔澹生〕詩觀初集：「葉榮字澹生，號樗叟，江南歙縣人。有廬山遊草。」案澹生善鼓琴，東臺縣志載有方一煌過虎墩山閣聽澹生彈琴七古一首。

送澹生遊南梁，兼懷謀伯、公燿、寧士諸同社

雖云數日別，相送亦愁生。谿白雨初足，裝貧舟愈輕。故人四五輩，新月二三更。應共澹情慮，聽君琴一聲。

【箋】

〔謀伯〕康熙徽州府志：「程思聰字謀伯，歙縣諸生。讀書不屑章句，日與其徒闡明格致之義。著述甚多，詩尤純古。著有鈍人萍問。」江都縣志：「程思聰字謀伯，食餼於徽，後徙江都，事親以孝聞。讀書能究性理粹義。講學淮揚間，裹糧來聽者踵接。更喜道古今節烈事。所著有詠史諸什，及鈍人集二卷。」

〔公燿〕即方公燿。汪楫悔齋詩有壽方公燿七古一首，詩後自注云：「方干隱居白雲源，公燿因自稱白雲裔云。」

〔寧士〕汪寧士，本卷有送汪寧士詩。

放舟至柳下

日落溪乍秋，攜尊上小艇。共作一片雲，浮入深柳影。蟬旯上下鳴，其中客轉

靜。微風吹顔酡，疏酌入清冷。欲尋曩遊蹤，明月來樹頂。

【校】

〔微風二句〕抄本原作「疏酌入清冷，酒濁精魂醒」，朱筆改。

〔曩〕抄本作「昔」。

梅女詩

芳蘭深谷中，將開忽自落。不向風光輝，不受風輕薄。於戲淘上梅翁家，阿女可並幽蘭花。卓立衆卉見標格，耻就人世凡紛華。不覺年過二十後，命苦一朝喪阿母。母殁悲母旋自悲，自悲許作蕩子婦。蕩子儀顔亦有光，豈料逝水爲心腸！似倚少年隨伴出，不商不賈不疆場。飄零竟弗思鄉曲，閨中年紀二十六；窗前一樹雙老烏，夜夜烏聲傍獨宿。倏傳蕩子返故里，白髮紛亂阿父喜。逝水誰知不戀源，悤悤又束舊行李。阿父看畢入門悲，泣語吾女將安之？詎意房中一寸心，久與泉下路相期。村北有女惷且醜，是時嫁郎爲新婦。阿父聞之心旁皇，歸來女已病在牀。門外阿叔問病至，窈窈房櫳徐徐出；盈盈容貌冉冉儀，玲玲雜珮莊莊意。向叔塞默垂首低，阿叔相顧神慘悽；怒言吾家女如此，那堪去爲蕩子妻！女去歸房涕自語，從今不得依老父。缺月不明風氣寒，潛起自經堅閉户。其夕阿兄共一庭，聞聲急來救復醒。咿嚘漸與阿兄語，何可令予勞此形。阿嫂在旁淚如瀉，慇懃餉食晨且夜。解顔接嫂若平生，嫂去置食匡牀下。心知前路漸不吉，暗數不食到七日。盈盤清水自沐軀，鴉鬟雲髻還頻櫛。櫛沐既罷日欲曛，悉出箱籠衣與裙。願留微物表衷愫，女伴一一爲區分。獨有明珠一百顆，身前身後應隨我。紝絲親綴雙朱鞋，五十在右五十左。妝成形影宛若仙，家人驚悲哭滿前。危坐奄然目俄瞑，阿父號呼尤可憐。東鄰盡來營殯具，西鄰皆爲營葬去。去覓沙明水白間，安置娉婷貞女墓。墓中魂魄難再歸，化作皎皎孤雲飛。

【校】

此詩周本異文甚多，校録如下：

〔題〕作鄰女行。

〔淘上梅翁家〕作「溪上鄰翁家」。

〔可並〕作「彷佛」。

〔卓立三句〕作「卓然塵中立志氣，恥同人世趨繁華。芳春荏苒二十後」。

〔不疆場〕作「走四方」。
〔弗〕作「勿」。
〔雙老烏〕作「棲雙烏」。
〔倏傳蕩子〕作「倏傳昨宵」。
〔悤悤〕作「天明」。
〔泣語〕作「泣曰」。
〔詎意六句〕作「中夜徘徊呼女語，女已抱病眠空帷」。
〔問病至〕作「問訊至」。
〔窈窈房櫳〕作「遥遥弱質」。
〔玲玲句〕作「垂垂羅帶玲玲珮」。
〔垂首〕作「首垂」。
〔神慘悽〕作「懷悽悽」。
〔怒言〕作「怒謂」。
〔女去〕作「惆悵」。
〔潛起〕作「竟起」。
〔急來〕作「急起」。

〔咿嚘二句〕周本無。
〔雙朱鞋〕作「一雙履」。
〔去覓〕作「共覓」。
〔墓中二句〕作「蕩子出門不肯歸，墓上孤雲皎皎飛」。

懷寄後莊

念子冰霜骨，依人邗水涯。愁呼孤影語，貧使一身卑。月白夢歸里，風鳴秋滿枝。羈窮吾亦慣，且學弱男兒。

【校】

〔羈窮句〕抄本作「執雌堪涉世」。

【箋】

〔後莊〕謂吴後莊，見卷一懷吴後莊箋。

放舟過東亭，訪方子傳、汪虛中

一帆水烟上，遥向海城飛。别客不堪久，入舟翻似歸。蟲聲衰草岸，雨氣薄絺衣。漸覺人家近，輝輝燈影微。

【箋】

〔東亭〕見卷六正月三日晨之東亭午歸東淘風帆來去皆便舟中賦此箋。

〔汪虛中〕見卷一晏溪送汪虛中兼懷吳後莊箋。

雨宿大聖寺，聞仇松弟復病，不得往視，悵然賦此

寄宿海城寺，窈冥宵氣清。傍梧知雨歇，與佛共燈明。好友近還遠，沈疴去復生。思深愁寐著，賴有幾蟲聲。

【箋】

〔大聖寺〕嘉慶東臺縣志：「大聖寺一在北門内，一在富安場。」案此詩當指在東臺縣北門内者。

〔仇松弟〕袁承業東臺詩徵：「仇筠字松弟。」

送汪寧士

去年當此日，君來扣我扉；今年當此日，君來别我歸。歸山豈不樂？對我轉歔欷。不恨别離多，只憐同心稀。雁聲雜墜葉，村村寒落暉。行子盡愁嘆，君身況單衣！念君客吾鄉，顔色常苦違。兩人各有爲，未忍言是非。迢遞隔江海，會面寧易希。今夜江北雲，明夜江南飛。南北不相顧，寸心徒依依。

【校】

〔題〕周本作送汪生。

〔不恨二句〕周本無。

〔雁聲句〕周本作「秋聲起衰柳」。

〔寒〕周本作「正」。

〔迢遞二句〕周本無。

【箋】

〔汪寧士〕未詳。

九月十五日過胡翁寓齋，值紅梅開一枝，同諸子分賦

步入山翁徑，寒梅當户幽；微紅隨菊放，殘葉爲花留。不作一林雪，偏争幾日秋。人間霜露遍，春在此齋頭。

十月五日過虎墩訪澹生

風狂獨行役，爲厭久離群。野水聲摇路，蘆花冷過雲。無村不愛霽，有月始尋君。幾夜高窗裏，雁聲誰共聞？

山關別澹生，同麗祖賦

茫茫離況入晨寒，僮僕因依別亦難。君在樓頭窗莫掩，蘆花行盡我迴看。

【校】

〔山關〕疑當作「山閣」。案東臺縣志載方一煌過虎墩山閣聽澹生彈琴詩。山閣，當爲澹生

所居。

【箋】〔麗祖〕方一煌字，見卷十三雨後過麗祖不遇箋。

別澹生後，虎墩道上同麗祖看蘆花

步去酒初醒，蕭蕭一望清。漸隨殘日霽，接到遠天明。水近似難夜，風停時有聲。白頭兩歸客，如在雪江行。

醉詠雁來紅

悄然獨立聽啼鴻，枝影攲斜庭户中。爾倚寒風吾倚酒，老來顔色一般紅。

【校】〔般〕抄本原作「齊」，朱筆改。

吴㨗公惠硯

半尺冷山骨，何代爲人取？整缺各自然，墨氣積已厚。不知燈火前，看白幾人首？平生耻妄托，昨歸君座右。君復代擇主，寄贈清溪叟。磊磊且默默，奇士到庭牖；雖欲時相向，敢不慎其手。作賦二十年，知己恨希有。從此冰霜間，呼君爲老友。

【箋】

案吴介兹名晉，意㨗公即介兹也。魏叔子文集一硯齋記云：「吴子介兹以詩文遊四方，匣中有宋硯，縱五寸，衡半之有幾，高五分之一又加半，受形方，有池，無雕文，質厚而色理澤。吴子甚寶之，出入數千里不離側。置諸青溪讀書之樓，則又以一硯名其齋。或問之曰：『此祖若父之遺留歟？』吴子泫然曰：『變革以來，居室化爲軍營，流離患難，先世之手澤盡矣！是硯也，師友之所貽，吾奉之如先器焉！』蓋櫟園周公之被徵也，公子雪客懼覆巢之禍，手是硯而謂吴子曰：『此吾父所藏弆愛玩，蔡中郎書籍，舉以與王公之孫，是請之子屬！』吴子拜手而受。及公得白，吴子奉硯歸公者再，公不可，吴子於是再拜受而藏之。」細味詩中「平生耻妄托，昨歸君座右。君復代擇主，寄贈清溪叟」諸語，疑即此硯。姑存以備考。

過東亭訪趾振，招同以賓、松弟集飲壚頭

歷遍奇寒到水涯，荒城樹樹正棲鴉。西風訪友成良夜，明月先人在酒家。身接醉醒忘老病，客如冰雪盡幽遐。偶然得聚離群後，縱有羈懷莫漫嗟！

【箋】

〔趾振〕即吴趾振，卷十五有吴趾振齋中夜坐詩。

〔以賓〕未詳。

登東亭南城夕眺，同以賓、趾振、松弟分韻

各憐荒堞不歸去，四面曠然寒我魂。遠塔立殘村霧影，枯榛生滿夕陽痕。望中恰遇一天霽，空處偏留今日暄。鳥送淒音童送茗，苦吟趺坐到黄昏。

【箋】

案東臺縣志載有仇松弟東亭南城晚眺詩云：「荒堞登臨思已遐，支離醉影對烟霞。寒波鷺立渾疑雪，遠墅楓紅竟是花。不是身閒期采藥，每因地僻欲移家。良遊今日皆知己，坐看垂陽漸

漸斜。」

十七日別趾振，得寒字

渡頭雲黯黯，欲別一何難！不識此時酒，可勝前路寒？渚禽無侶靜，野雪對愁寬。忽覺舟行緩，勞君雙眼看。

【校】

〔忽覺〕抄本原作「恨殺」，朱筆改。劉批：「二字宜易。」

送錢退山

抱琴適薊丘，黄沙幾千里。衰年伴酒徒，落日臨易水。昔人白衣冠，慷慨曾渡此。人今復何在？寒流但瀰瀰。君去試悲歌，定有淒風起！

【校】

〔瀰瀰〕夏本誤作「瀰瀰」，據周本改。此詩抄本無。

【箋】

〔錢退山〕謂錢肅圖，見卷二程聖瑞齋中聽吕方旦彈琴六首箋。

〔薊丘〕見卷三送汪左嚴北上箋。

案汪楫悔齋詩亦有抱琴歌送錢退山一首，亦同時所作。

六朝松

壓盡古今雪，還留最老柯。鬼神聲下集，日月影中多。懶逐春林茂，閒憑野叟過。幸生秦以後，不辱此巖阿。

【校】

此詩抄本無。夏刻此下尚有宿白末邨一首，與卷三之宿白米邨全同，今删。

【箋】

〔六朝松〕見卷三送汪二楫遊攝山箋。

吴嘉紀詩箋校卷十五

題蘇母小影 蘇與蒼母。自此詩至贈歌者，據賴古堂本補。

白日在天，碧筠在牖；中有一人，邗江蘇母。對膝下兒，續手内絲。絲滿提筐，持易文章。兒跪受之，笑讀母旁。曙出暮歸，授徒負米；里稱先生，人歌孝子。苦節篤行，並見一家。秋風入户，吹開桂花。

【箋】

〔蘇母〕見卷五題易書圖贈蘇母箋。

案汪楫悔齋詩亦有同題詩。

王阮亭先生遠寄陋軒詩序及紀年詩集，賦謝

阮亭先生，蒞治揚州。東海野人，與麋鹿遊。玉石同堅，貴賤則别。光氣在望，

不敢私謁。先生鳴琴，野人放歌。春暉浩蕩，忽及漁簑。六一荒臺，東山別墅；阮亭新編，頡頏今古。花樹盈堤，風輕鳥啼。愧非郊島，陪從昌黎。

【箋】

〔王阮亭〕即王士禛，見卷二冶春絶句和王阮亭先生箋。王阮亭陋軒詩序見附録四。

〔紀年詩集〕當指漁洋詩集。案帶經堂全集程哲漁洋詩集序有云：「漁洋集始於丙申以前，舊作悉屏勿録。去春元日書榜有云：『得第重逢辛卯歲，刪詩斷自丙申年。』蓋自明其精專斯道者，實乙未成進士後也。先生前後諸集，多屬紀年。」

鸜鴿復來

吾家有鸜鴿，好潔其毛羽。地僻懶求伴，身閒或登樹。漸失禽鳥性，時雜兒女語。藏身偶不謹，他人攫之去。攫者定好事，旦暮細調護。飲食既有托，寧記舊棲處？相失況經年，自應等行路。早起茅檐下，俯仰看朝露。雙翼忽飛來，巧言復絮絮。見客始知避，無糧亦肯住，鄙哉貧主人，何嘗能厚遇！艱難到陋巷，感君不忘故。

【箋】

〔鸜鴿〕泰縣志：「鸜鴿，俗名八哥。羽毛純黑，背部稍帶紫光，翼部之尖端白色，頭上部稍長，似冠狀。嘴淡黄，而根部作薔薇紅色。喜群飛，馴養之，縱剔其舌尖，能效人語，邑人頗喜籠畜之。」

案汪楫悔齋詩有哀鸜鵒爲吴野人作五古一首，記其畜鸜鵒事頗詳。其詩云：「野人家海濱，不共鄉人語。兩年養鸜鵒，閉門相爾汝。依人生性情，觸口非訓詁。客至代翁迎，釜破呼工補。補釜聲閣閣，短喙亦喣喣；當其神似時，觀者滿墻堵。主翁慣朝飢，不炊常到午；乞粟恐取嗔，飛唤阿母。阿母心傷悲，相看涕如雨。入息恒在床，朝歌還出户。忽遇路旁兒，攫去鎩雙羽。十月不聞聲，一朝歸舊宇；是時野人病，對之霍然愈。何堪遭遇艱，貍奴猛如虎；白月照遠林，碧血濺塵土；廡下留哀音，堦前見遺距。酌酒語野人，中懷勿酸楚；市人難暫親，奇物寧久聚？微質擅高義，得無取世怒？俗情愛常言，爲君覓鸚鵡。」

得吴後莊書

酒醒嗟世隘，形神難徜徉。悲憤豈無謂，人徒笑爾狂。往予客平山，來日歸故鄉；爾醉來送我，赤脚到山房。右手執短笛，左手提壺漿。夜深奏别鶴，聲淒落月黄。别去更慟飲，人傳爾已忘。丈夫七尺軀，可惜委糟牀！村口噪鳥雀，谿頭歸牛羊；豐干雲錦書，倏忽到草堂。上云三年别，下云四體康。始知磊落士，自有延年方。放歌弄白雲，日日在釣航。何不乘秋風？挂帆來我傍。

【箋】

〔吴後莊〕見卷一懷吴後莊箋。

〔平山〕見卷一揚州雜詠箋。

贈汪生伯先生

憶昔甲申歲，四鎮擁兵卒；興平稱最强，争地民不恤。下令助軍餉，威迫甚於賊。國家財富區，一朝爲蕭瑟。白嶽汪先生，吴楚常行役。中路逢靖南，將士紛紜逼；營陣江上列，同旅刀裏入。靖南怒相謂：「爾輩裕財力，以餉助吾讐，何事不吾及？」衆人盡匍伏，先生閒自得。抵掌語靖南：「將軍天下帥，行將渡河去，恢復舊社稷。奈何漫誅求，甘與興平匹？」言出一軍驚，將軍改顔色。笑謂「此男子，慷慨世無敵！吾久需豪傑，誰知眼前覿！」回頭顧裨將：「斯人堪左翊！即日遣聘幣，新安問其室。」先生婉辭退，儔侣尚慄慄。次第察貨財，未嘗毫髮失。歸來國步移，揚州成瓦礫。高隱計不就，飄零思舊業。立謀謀必遠，招伴伴争集。流亡望顔喜，官長下車揖。經營二十年，兩淮元氣植。後輩家漸潤，先生囊轉澀。閉户聽歌詠，三徑殊寂歷。長君篤行人，鄉閭聲嘖嘖；寸心急孝養，時離兩人膝。才名仲君大，座有四海客。而翁獨重我，下榻還推食。白月蕪城邊，清樽老梧側；中夜聞高言，客子忘愁疾。甲辰春正月，梅花開第宅；甕甕醇酒香，先生年六十。親朋稱兕觥，我亦拜父執。不作南山頌，平生聊短述。安得輶軒使，采風及此什？

【箋】

〔汪生伯〕汪舟次之父。見卷七題圖詩十二首箋。詩中言靖南侯黄得功事，詳卷十二哭汪生伯箋。案溉堂集壽汪生伯先生閔老夫人詩序：「去歲與吴野人同壽汪生伯先生六十，讀野人贈先生詩，獨盛稱先生昔日身見黄虎山將軍義不受賞一事。竊愧余所作，未見其大」云云。案詩中有「甲辰春正月」、「先生年六十」之句，當作於康熙三年甲辰（一六六四）。

寄吴介茲

黄鵠戀儔侶，江岸徘徊飛。如何同心人，咫尺與我違？舊宅徧秋草，寒蟬鳴落暉。聞君遠歸來，兒女啼無衣。對此懷故交，題書問渴饑。再拜開錦函，中情何依依！嗟哉荼與蓼，味苦憐者稀。

【校】

〔錦函〕感舊集作「素書」。

【箋】

〔吴介兹〕見卷一吟詩秋葉黄圖爲吴介兹題箋。

案梅齋詩有吴介兹歸自青齊：「閲世艱難甚，君歸意若何？黄金南國少，清淚故園多。看日應登岱，衝風獨渡河。只愁乏生計，不得戀巖阿。」嘉紀此詩當亦作於同時。

過徐次源古香堂

幽居近廛市，門巷蓬蒿生。聞有抱琴客，主人披衣迎。天寒雪已霏，籬菊吐黄英。晚節真可賞，濁醪相對傾。薄醉因止宿，團團海月明。

【箋】

〔徐次源〕見卷三别徐大次源歸陋軒時贈予臘酒園梅箋。

〔古香堂〕徐次源所居室。徐有古香堂詩，周櫟園爲之序。

哭吴雨臣

歙縣人，諱元霖，自號古迂。甲辰九月十日，覆舟皖江溺死。

淩岫衆山裏，秀鬱獨絶倫；其上有孤泉，氣味復清真。山水佳如此，乃能産幽人。夕照明虚谷，松風灑角巾。時攜樵者來，煎茶坐荒榛。風流今已矣，泉石空粼粼。

避喧東海岸，晞髮難水樓。雨臣安豐居處名難水樓。一褐乾坤裏，於人絶無求。吟訪墻東叟，醉看沙際鷗。猶恐姓名著，以爲平生羞。秋雲自杳杳，潭水何幽幽？鄙哉田子方，門外來諸侯！

堂上有高節，里人至今傳。吁嗟吴古迂，實不愧其先！詠歌寄懷抱，踪迹窮山川。不解貴黄金，生計拙暮年。廬舍客夢裏，十畝山雲邊；糗糒稍稍足，有子能耕田。

曾説買青山，同子種花柳。懷此雖有年，識君心不負。如何楚屈平，一朝攜君手？出入偶不慎，禍來復誰咎？故交剩老夫，霜風吹皓首。徒念沮溺輩，終身戀畎畝。

【校】此題諸本僅收一、二兩首。周本作六首，此其第三、四、五、六四首。

【箋】〔甲辰〕康熙三年（一六六四），此詩當作於是年。

哭程在湄

歙縣人，諱湄。甲辰十月六日，歿於揚州。

誰爲不死者，悲君年少日。青青松柏枝，翻同芳槿質。夙昔厭紛華，相期崇令德。命衰逢委化，不得共努力。黄葉滿淮南，月沉夜昏黑；遊魂何處招？舊館遺琴瑟。

兄弟嗜詩書，各居一小樓。窗牖兩相向，桐陰晝悠悠。閒門誰往來？一二敝羊裘。重陽雨初霽，攜手遊林丘；遲回菊花前，樽酒何綢繆？誰知是死别，思君搔白頭。

幼兒生兩月，大兒甫三齡；鬼伯催促時，撫摩萬種情。隋苑風蕭條，白楊烏鴉鳴；送君此中去，長卧謝浮名。陂塘藕花香，日出遠岫青；生前來遊此，幾度嘯歌聲！仲夏來邗上，秋盡未還鄉。風吹我絺衣，誰知子心傷？即今蕩子身，半是子衣裳。人亡物尚在，何忍不卷藏。飄蓬原野間，無奈多雪霜。貧賤交情薄，老淚徒浪浪。

【箋】

〔程湄〕汪楫妹婿，見卷十二程寡婦歌箋。

案悔齋詩有同題三首。溉堂集亦有輓程在湄詩，編入康熙三年甲辰（一六六四），此詩當作於是年。

古意寄周元亮先生

燈燭照寒夜，華堂忽生春；堂中諸美女，顏色如花新。含情挾琴瑟，各向君子陳。繁響繞樽酒，顧盼齊紛紜。誰知賞音者，脈脈親一人。一人調如何？古音自清真。一奏再三奏，彼此意俱伸。豈惟旦夕歡，皓首猶慇勤。感子懷中義，高邈如孤雲；思爲三秋雁，翱翔與子群。

【箋】

〔周元亮〕周亮工字，見卷二答櫟下先生箋。

案詩意當作於順治十八年辛丑（一六六一），蓋嘉紀初晤周之時也。

遠村吟

城郭兵火後，見者傷蕭然。吁嗟此遠村，誰知尤可憐！居民落日下，往往無炊烟。不能支旦暮，況頻遭凶年！土田喜贈人，宅舍時棄捐。無處不榛艾，有鄰皆烏鳶。一二舊主人，爲人方種田。

常家井

甘霖着鹵地，便與鹵味並。始知天壤間，水亦有不幸。東淘東二里，幾家煮鹽穽？其北古楝下，云是常家井。頗類江南泉，堪煎雨前茗。海氓不知淡，汲引絶脩綆。朝集烏鴉雛，夜流明月影。終年荒草中，一泓自孤冷。

【箋】

〔常家井〕在安豐常家竈，見卷六東淘雜詠箋。

疾　風

黯黯滿天雲，疾風來吹散。隴上荷鋤農，仰首言且嘆：去年此時雨，一夜三尺半；禾稼盡沉波，舟檝直上岸。力耕方苦潦，轉盼忽憂旱。烈日六十日，是處泉源斷。里巷争泥漿，甕盎聚昏旦。側聞山東蝗，千里遍羽翰；指日到江南，雙眼那忍看！況復徵兵馬，擾擾正防亂。

贈蘇羽蒼

白嶽汪耻人，占籍古維揚。四方結交客，首重蘇羽蒼。羽蒼家湖濱，耕釣養高堂。此生遇賢母，幸不以孝彰。歲晏訪汪生，滿院梅花香。見我如舊識，傾倒樽罍旁。意氣各有感，端不爲文章。臨别指瓶庵：「今夜當聯床。」日暮竟不至，寒月光茫茫。

【箋】

〔蘇羽蒼〕蘇宇字，見卷五題易書圖贈蘇母箋。

〔汪耻人〕汪楫號，見卷一懷汪舟次箋。

案汪楫悔齋詩亦有寄蘇羽蒼詩云：「蘇君吾好友，近住大湖濱；白眼酬名士，青燈見古人。北堂終歲暖，澤國一家春。勿嘆相逢少，還須結比鄰。」當與此詩作於同時。

捉魚行

茭草青青野水明，小船滿載鸕鷀行。鸕鷀斂翼欲下水，只待漁翁口裏聲。船頭一聲魚魄散，啞啞齊下波光亂。中有雄者逢大魚，吞却一半餘一半。驚起湖心三尺鱗，幾雄争搏能各伸。烟破水飛天地黑，須臾擎出秋湖濱。小魚潛藏恨無穴，雌者一一從容啜。漁翁舉篙引上船，倒出喉中片片雪。雌雄依舊腸腹空，盡將美利讓漁翁。回看出没争奇處，腥氣空留碧浪中。

後七歌

吴生吴生字賓賢，谿上釣魚十九年。一朝失意東西走，頭白眼暗絶可憐。鄉園咫尺不能返，坐看明膏深夜煎。嗚呼一歌兮歌始發，荼蓼心苦向誰説？我有芙蓉城外春水長，野航蕩漾人來往。輕吹晴暉寒食天，家家紙錢焚墓上。急難丘塋委故鄉，今日奇窮累泉壤。嗚呼二歌兮歌且謡，淚憑流水到東淘。

六十老兄仰天泣，田疇他人名在籍；吏胥呼去應徭役，長跪告免免不得。門前那有親朋援？我今捨兄方遠適。嗚呼三歌兮歌鶺鴒，傷心聽爾在原聲！

有妹有妹頹舍裏，沉痾別後今何似？飲食斷絶癡兒啼，疾病不死饑亦死！饑腸青草晝無人，床上白骨誰收爾？嗚呼四歌兮歌思長，車輪日夜轉中腸。

阿珂阿瑟采蒿藜，阿驄相攜在丘阪；提筐日午歸作食，一日一食天難晚。伯勞欲斷人不知，共啓柴門望爺返。嗚呼五歌兮歌轉愁，巢雛待哺音啾啾。

貧寠屢遭鄰里厭，故園躑躅如他鄉。他鄉友生意偏厚，哀我食我殊難忘。男兒東飛燕西翔，同類何能共一方？嗚呼六歌兮歌倚徙，飄泊夷吾思鮑子。

垂老無端學干謁，東家借僕西借褐；朝來得與顯者遇，賓客笑我言辭拙。各自有鬚眉，何用低顔取人悦！嗚呼七歌兮歌自哀，庭梅籬菊待歸來！

【箋】

〔芙蓉城〕謂海安鎮，亦名三塘，見卷十四之三塘投宿子崔宅箋。

〔六十老兄〕謂仲兄嘉紳也。　案卷一七歌其四有「仲兄垂老更多疾，歲儉門衰千慮集。黄金錯買里人田，白頭難覓忘憂術。幾人索逋幾催科，中庭雜沓無虚日」之句。　嘉紀妹，適同里周正冕，見卷一七歌箋。

贈里人吴秀芝

安豐老布衣，足不入市腸苦饑。迂闊屢遭親戚笑，誰復慇勤過我扉？奇哉里人吴秀芝，賣米橋頭生業微。不讀詩書形體陋，何獨於我情依依？童子朝出負米歸，童子暮出負米歸。升斗釜石弗違我，有錢無錢無不可。貧家男女十四口，不後四鄰舉烟火。今年海邊年又凶，謀生計拙故鄉中。去年米錢償未足，爾更愀然傷我窮。人糴只授江右白，米名。吾賒獨與桃花紅。吾鄉米名，種甚佳，遠方人稱爲泰州桃花米。桃花米熟香甑釜，癡兒食飽忽起舞。失意如吾何足論，高情似爾堪比數！君不見瀨水與沙丘，伍員韓信餓欲死，世人不顧英雄愁。授餐鐵笛漁竿側，千古唯聞二女流！

【箋】

〔吴秀芝〕案詩意當爲業米肆於安豐者。

〔桃花紅〕康熙揚州府志：「泰州紅，又名海陵紅。按漢書『揚州有桃花米』，即此種。」

贈戴酒民

先生昔日富田園，座中食客比平原。先生今日顛毛白，門户蕭條無過客。暮雨朝雲幻眼前，先生懷抱自悠然。不知囊底久如洗，逢人只欲贈金錢。記得梅開汪氏宅，月夜與君乍相識；吟詩憑吊史相國，看君雙淚已霑臆。細將往事爲予言，程嬰王成如在側。知君自是情深人，落拓湖干二十春。荆榛滿地難爲客，混入屠沽號酒民。憐我衰年肺病深，幾回相對酒難斟。天涯飄泊知音少，感激先生一寸心！

【箋】

〔戴酒民〕見卷三傷戴酒民箋。

澄塘吴烈女

澄塘水，不羡黄河流，黄河萬里無清時，塘水一勺清且幽。遊子吴陵去不返，緑窗紅顔啼日晚。耻爲生隻，寧爲死雙。五尺墓，寒水旁。君不見白烟碧荇晝冥寞，時時飛起雙鴛鴦！

【箋】

〔澄塘〕靳修歙縣志：「十五都十二圖，村曰班塘、古塘、澄塘、陳村、潛口、水界山、松明山、莘墟、唐貝、西山。」

〔吴烈女〕名復貞，澄塘吴仲孺女。見歙縣志。

贈汪耻人

伯勞悦飛燕，何必曾相依。才子憐同調，中懷知者稀。君不見南州王生于一。死錢塘，妻子凍餒羈維揚；學陶居士周元亮先生。贈錢帛，生死一朝歸故鄉。家人哭發喪，長跪謝居士。居士曰「否否！感激我實繇汪子。」汪子於王非故人，蒼惶匍匐何苦辛？乃知生前結納爲知己，千載徒稱雷與陳。

【箋】

〔汪耻人〕汪楫號。案溉堂集有賓賢自號野人舟次自號耻人希韓戲予曰君詩便可合刻當名三人集予笑而答之詩。

〔王于一〕昭代名人尺牘小傳：「王猷定字于一，號軫石，江西南昌人。明太僕卿止敬子。貢生，以詩古文詞自負；善書，得李北海筆法。遭亂，居廣陵；客死西湖。有四照堂集。」

〔周元亮〕即周亮工，見卷二答櫟下先生箋。

憶昔行，贈門人吳麐

憶昔北兵破蕪城，幾千萬家流血水；史相盡節西城樓，吳麐之父同日死。麐母少年麐垂髫，避亂金陵蹤迹遥；信音忽到烏衣巷，涕淚雙霑朱雀橋。毁容截髮母心苦，織素教兒夜常午。親授漢書與孝經，提攜六歲至十五。滿地旌旗未罷兵，移家來住海邊城。致富懶師范少伯，執經偏就鄭康成。悠悠户外誰同調？霜雪饑寒身自蹈。只思當路賦緇衣，不信時人譏皂帽。四海無家何處還？凄凉八口去茅山。離别終年愁落月，琴書一棹遇邗關。旅舍沽醪重話故，自言篆學攻朝暮。石上吾初運鐵刀，鐫成人曰如銅鑄。此藝前推何雪漁，以刀刻石如作書。僻壤窮陬傳姓字，殘章斷迹勝瓊琚。麔也何君同一里，須知助腕有神鬼。手底靈奇甫著名，城中車馬多尋爾。昨日空囊今有錢，糴糧糴菽上歸船。辛苦高堂頭已白，好憑微技養餘年！

【箋】

〔吳麔〕字仁趾，曾學詩於吳嘉紀，見卷一送吳仁趾箋。

〔何雪漁〕見卷六讀印人傳作歌贈周金谿先生箋。

案悔齋詩吾友：「吾友曰吳麔，賦詩時七歲，十歲學山水；十一工作字，十三貧養母，依人學心計。擔簦涉江海，苦吟自得意。名高富兒怒，竟受詩歌累。至性窮益堅，飄泊心無悔。黯黯海濱雲，烈烈江頭燧；迢迢尋故人，忽忽籬犬吠。開扉接容儀，春風動蘭蕙。爲言別經年，又復精一藝。客途得六書，刀錐間遊戲。赤文光陸離，令我瞠目視。挾此干王侯，豈復憂糗糒？吁嗟乎吳生！技巧誠小慧；使卒十年學，古人端不愧！才多易得謗，年少尤招忌；試看手中鐵，宜鈍不宜利。黽勉藏鋒鍔，毋使高堂喟！」當與此詩作於同時。

悔齋桐樹歌 汪舟次讀書處。

園中雜樹何葳蕤？敷榮發艷各争奇。中有老桐自蒼皮，孥風影月只數枝。上枝覆屋勢屈曲，下枝向人形倒垂。安豐布衣踽踽甚，頻到邗關汲濤飲。清陰日夕蔭藜牀，感君歲歲容高枕。

九月四日懷吴雨臣 是日爲雨臣四十誕辰。

不見故山十二載，前日始踏山村路。村路咫尺不暇歸，萬里又向青徐去。八月十七風颼飀，聞君此夜泊真州。屈指數到君生日，茫茫應在東海舟。海波無聲海山立，左日右月坐前集，豁然千頃耳目開，自招孤影呼四十。

【箋】

案卷一九月四日吴雨臣見過詩，有「俱是先朝戊午生」之句。戊午爲明神宗萬曆四十六年（一六一八），至丁酉恰當四十。此詩當作於順治十四年丁酉（一六五七）。

風號呼行

風號呼，吹黄沙，吹滿東家又西家。西家三四小兒女，日暮厨頭烟未起，直待老翁糴粟歸，一升粟换一升水。連年雨多五穀絶，清泉甕底何曾缺？今日腸饑口復枯，縱能耐饑難耐渴。忽聞村北掘得泉，泥沙混混味如鹽。月落河干曙星緑，男婦争汲影簇簇。我家稚子力弱身短不能前，空擔歸來掩面向墻哭！

贈李生

李生三載客海濱，寒暑跋涉唯救人。仁術誰人不感激？藥石何須及老身！豐頤秀眉長在眼，未嘗一適李生館。不識肝腸不妄交，君既倔强予復懶。聞君思母海雲邊，雪霜千里放歸船。落葉依依戀根本，此時方信李生賢。李生李生侍母前，吾里瘡夷殊可憐。春風若更遊淘水，結交當自來年始。

【箋】

〔李生〕未詳。

訪周櫟園先生，兼呈汪耻人

櫟公之冤一朝白，懽呼聲滿長安陌。暫時歸卧江南春，從遊獨重汪耻人。耻人學大年更少，與公與我爲同調。聞我有疾眠清谿，十日不能開口笑。酒酣離席向公云：「草野今將失此君！」櫟公不覺搔首語：「世有此君胡未聞？」索詩一讀一長嘆，其時鴉叫寒宵分。公悲轉令耻人喜，貧病故人得知己；即遣蒼頭走風雨，陋軒半夜扶予起。跋涉舟車三百程，指日追隨公杖履。公既再生予未死，俱到耻人雙眼裏。

【箋】 案溉堂集有喜周元亮司農生還次龔孝升總憲韻，編入順治十八年辛丑（一六六一），此詩當同一年作。又汪舟次序有云：「辛丑歲，周櫟園先生在廣陵，見野人詩，推爲近代第一。復聞野人病，心慮之，恐遂不及見野人，屬余爲書招之，贈一詩附與俱往。余逆野人不肯爲先生來，以先生情至，誼無容辭。且屬藁慰先生曰：『野人性固嚴冷不易合，然見先生詩，或當忻然來。』書達，野人竟來。」詩中所叙，即爲此事。

贈汪快士

快士有母在練水，爾胡流落風塵裏？技藝雖精不救貧，白眼俗人隨處是。去秋重見葦花邊，老夫姓名石上鐫。秦章漢篆何堅朴，古人復作無能賢。緼袍敝履自蕭然，坐卧荒菴看暮天。愧我久稱素心侶，贈君獨乏青銅錢。終朝熟視徒爲爾，君今且上姑蘇船。姑蘇臺畔楓橋下，賓朋來往多車馬。君挾琴書遊此鄉，從遊寧乏知音寡？得金糴米須寄親，莫愛奇窮如我者！

【箋】

〔汪快士〕汪中汪氏家傳：「汪鎬京字快士，喜遊名勝，大江南北，遊蹤殆遍。工詩，喜篆籀，以山水品題，傳諸篆刻，系以小記，著紅朮軒山水篆册，以爲抱五岳名山之願，蓋記實也。又著紫泥法、文字原、印範，皆刊行於世。康熙初始還江都。」

〔練水〕在歙縣境，見康熙歙縣志。

〔楓橋〕見卷六送江健六之長洲錢塘箋。

剩粟行

吏胥昨夜去村西，屋中剩粟如塵泥。呼兒握粟去易布，商賈飽眼皆不顧。一雁無侣聲嗷嗷，老夫惆悵歸荒郊。今夜燈前炊一斗，明夜床頭餘半缶，朔風依舊吹兩肘。

過兵行

揚州城外遺民哭，遺民一半無手足；貪延殘息過十年，蔽寒始有數椽屋。大兵忽説征南去，萬馬馳來如疾雨；東鄰踏死三歲兒，西鄰擄去雙鬟女。女泣母泣難相親，城裏城外皆飛塵。鼓角聲聞魂已斷，阿誰爲訴管兵人？令下養馬二十日，官吏出謁寒慄慄。入郡沸騰曾幾時？十家已燒九家室。一時草死木皆枯，昨日有家今又無。白髮夫妻地上坐，夜深同羡有巢烏。

【校】此詩亦見抄本詩續：

〔大兵〕作「官兵」。

〔三歲〕作「可憐」。

〔雙鬟〕作「如花」。

〔魂已斷〕作「魂欲死」。

〔阿誰爲訴〕作「誰能去見」。

〔昨日有〕作「骨肉與」。

〔夫妻〕作「歸來」。

樊村紀遊 有序

江子象賢、曙生，郝子羽吉，共浮一舟至柴門，偕余往樊村訪鴻寶，兼就荷焉。抵樊，招鴻寶到，帆下，放棹中流，夕陽數點，緑綺一片。輕風與客俱至，花意悦懌。乃命童子煮酒，甫舉杯，見邨南高柳森立，碧成世界。更移舟，尋路至柳下。是時也，亂葉與蟬鳥共爲一聲，月漸出水，濛濛蒼蒼，絶非人間境。默酌久之，雲盡波寬，群動皆夢。羽吉起謳，象賢引管絃佐之，婉折頓挫，令人忘情。及曉，鴻寶復止諸子，諸子亦無有欲返者。是夕，重集柳下。夜氣寒淡，飲趣玄適，較昨又將過之。次日始謀歸。將歸，曙生徘徊。鴻寶知其爲荷也；命童採贈一瓶。瓶入舟，因依花前，且以葉代茗，滿飲花下。三子命余賦詩。

樊村新水添幾尺，白首主人門外立。客來不揖不話舊，無限清芬雙槳入。隨流曲折行徐徐，身閒始與白鷗俱。開樽痛飲飲欲醉，溪香月皎心何如？

【箋】

〔樊村〕見卷十三自莫村夜發至樊上宿鴻寶館箋。

管鮑篇呈汪舟次

賦詩菰蘆中，世不知名字。齒脱髮毛白，始遇汪舟次。己亥來遊東海涯，九月十日見余詩；兩心不覺膠投漆，因詩與我成相知。去冬過邗江，訪君梅下館。館前冰雪來往稀，獨把陋軒詩一卷，賞心真與時流殊，精論不恕老夫短。老夫垂首忽自憐，此身若死己亥前，篇章縱得逢同調，不過異代相周旋！草白沙黄歲暮天，窮途還愧費君錢；知己不作感恩語，高義旋聞舉國傳。君不見吴越詞人新句好，朝來嘖嘖揚州道：上言今人吴與汪，下言古人管與鮑。

【箋】

案嘉紀與舟次篤於友情，孫枝蔚溉堂集贈汪舟次詩：「公孫與甯戚，牧豕常飯牛。吁嗟吴野人，忍饑東海頭。鄉鄰逢竈户，估家驕漁舟。彈鋏既不可，仗策將焉投！一自逢汪生，不願識荆州。月明病客榻，雨雪酒家樓。豈獨念行李，常許共車裘。知己有如此，天下最風流。」

吴爾世四十贈以詩

老烏山月中，悲鳴啞啞思故雄；雄去荒烟身不返，雌守舊巢腸欲斷。風淒雨急誰相憐？只有孤雛在眼前。拮据哺雛雛不餓，今日雛較昨日大；長成毛羽飛出林，不知老烏受幾辛苦到于今！君不見豐谿吴氏遺腹子，今年四十母心喜。

【箋】

〔吴爾世〕吴延支字，見卷十三短歌爲豐溪吴節婦賦箋。

案雷伯籲艾陵詩鈔貞婦歌序有云：「雷子爲吴延支母胡氏作也。胡氏二十三而寡，延支其遺腹子也。庚子胡氏春秋六十，延支三十八矣。」庚子，延支年三十八；詩云今年四十，當作於康熙元年壬寅（一六六二）。

自題陋軒

閉門二十載，霜雪滿頭顱。治亂從當世，簞瓢自老夫。空堦苔半掩，頹壁樹全扶。寥落無鄰舍，乾坤此室孤。

九月桃花

已是蕭條候，忽驚芳樹開。衰年那可對，春色不時來。霽日故相照，霜風未忍摧。花前有漁父，莫漫放舟回。

【箋】案乾隆如皋縣志載：「康熙二年十月，桃李華，林檎實。」如皋爲泰州鄰邑，同屬揚州府治，災異或相同，此詩或作於是年。

懷曹僧白

久客復誰憐？蒼蒼髮兩肩。顏衰應仗酒，囊破不宜錢。水月處高詠，雪城中醉眠。瓠居前後竹，相待影蕭然。

【箋】

〔曹僧白〕靳修歙縣志：「曹應鵬字僧白，巖鎮人。任俠好施，有雋才。於黃山白龍潭上築精藍，每歲訂友登峰，累日忘反。爲詩法中晚唐，所著甚富。」溉堂集過李家堡訪曹僧白自注：「僧白欲作瓠堂歸隱，未就。」

同葉澹生飲江聲閣

出郭花滿洲，老朋攜杖頭。自沽幾瓶酒，人借一間樓。江水春何闊，寒山暮欲浮。去來身不繫，閒殺兩沙鷗。

【箋】

〔葉澹生〕見卷十四澹生爲予鼓琴箋。

〔江聲閣〕焦山志：「江聲閣，舊在香林庵内，久廢。」

品外泉

晝夜寒光湧，一亭皆混茫。自存空谷味，何用古人嘗？此日名仍掩，深山影共涼。鐘鳴僧出汲，落月在松篁。

【箋】〔品外泉〕在攝山上。見攝山志。

别郝羽吉

出城逢落日，看我上歸艭。離況有如此，鄉心轉欲降。寒潮浮遠樹，驟雨下空江。今夕難成夢，君應坐竹窗。

待吴後莊

貧老難爲客，離群更若何？城荒春氣冷，門閉雨聲多。命子沽醽醁，扶笻看薜蘿；烟生庭欲暮，雙屐可來過。

訪道開上人

上人年七十，寄迹古城隈。花落客行少，鐘殘門未開。此身能寂寞，前日始歸來。留我同趺坐，斜陽在薜苔。

【箋】

〔道開上人〕未詳。

聞鶯

東海無鶯，汪子虛中讀書東亭，初夏，鶯忽鳴其庭北古槐，詩以紀異。

東亭春去後，始緑兩三槐。下有静人住，能令黄鳥來。輕風當午善，小室對晴開；莫憚聲頻囀，香醪正滿杯。

【箋】

〔汪虛中〕見卷一晏谿送汪虛中兼懷吴後莊箋。

〔東亭〕見卷九四月一日送汪梅坡之東亭箋。

送吴雨臣

漠漠水烟裏，看君一棹移。愁連蒼海岸，别到白頭時。離亂客何處？平生人不知。浮雲無定迹，未敢問來期。

送淼公

人顔何可向，久矣勸師行！短杖又無定，斜陽皆有情。從今尋一寺，應不負餘生。古渡暮分手，蘆花秋水明。

【箋】〔淼公〕未詳。

汪虚中齋中喜晤汪舟次

尋友來敲户，逢君正念余。何曾同旦暮，偏肯愛樵漁。澤國梅開早，荒齋月上初；不須競投轄，我僕已停車。

【箋】案汪舟次陋軒詩序謂「余知野人自己亥九月始」云云（見本書附録四），則此詩乃嘉紀初遇舟次時所作，當作于順治十六年己亥（一六五九）。

吴趾振齋中夜坐

歸來微醉在，松影半堦斜。我意欲危坐，人間皆不譁。新霜生石壁，落月入鄰家。尚有殘燈火，敲冰自煮茶。

【箋】〔吴趾振〕未詳。

送孫無言令弟象五遊汝南 時無言仲君同行。

未見詩書賤，爲商豈自輕；欲稱真學者，不敢後謀生。白月孤帆影，黄河一雁聲。知君對猶子，時有憶兄情。

【箋】

〔孫無言〕見卷一送人歸黄山箋。

案汪懋麟孫處士墓誌銘：「有諱秉仲者，生五子，處士其長也。配吴氏，生二子，長自省卒，次自益。」仲君當指自益。溉堂集有送無言弟象五之汝南詩，編入順治十六年己亥（一六五九），此詩當作於是年。

遲汪虚中

曾指一園梅，花時當再來；臨溪扃竹户，對月煮春醅。良夜今如此，南枝已盡開。蹇驢策何處？不踏陋軒苔。

懷吴雨臣

漁樵曾有約，何事又西東？戎馬迂儒賤，舟車吾道窮。鄉心生月下，客淚落塵中。松菊荒蕪久，年年怨轉蓬。

【校】

此詩卷十四有同題七律一首，内容有相同處。

九月紅梅

步入山翁徑，老梅當户幽。微芳隨菊放，殘葉爲花留。不作一林雪，偏争幾日秋。人間霜露遍，春在此齋頭。

抵邗，集汪耻人齋，次韻答周元亮先生

力疾尋知己，霜風海岸長。艱難王子棹，羞澀杜陵囊。見面齊驚在，聞歌各自傷。羸軀真棄物，公獨愛疏狂。歲暮東風暖，邗關處處花。更生人躑躅，半夜月横斜。詩出皆悲感，杯深失嘆嗟。病夫不得醉，搔首怨琵琶。

【箋】

〔汪耻人〕見前贈汪耻人箋。

〔周元亮〕見卷二答櫟下先生箋。

案賴古堂詩吴賓賢爲予至飲汪舟次齋中：「亂覺良朋賚，君來道路長。江風吹敝帽，海氣滿

奚囊。酌酒心爲動，論文意轉傷。斜陽猶未落，及見老夫狂。」「歌吹揚州地，寒梅不肯花。人憐關塞返，客嘆夕陽斜。垂老真相見，傳詩各有嗟。同君從世好，深夜醉琵琶。」此詩當作於順治十八年辛丑（一六六一），蓋嘉紀初與周相晤時也。

寄程伯建

山水滇南勝，知君定憶予。十霜垂老别，三度隔年書。荒徼兵戈裏，遺民飢饉餘。此身方許國，莫漫羨鱸魚。

【箋】

〔程伯建〕康熙重修中十場志：「程封，徽州人，家梁垛。國朝順治甲午科選貢，雲南南寧縣知縣。著有石門集。」石修歙縣志：「程封字伯建，基弟，自幼徙居江夏。順治貢生，官雲南經歷。喜吟詠，涉歷山川幾遍。吴梅村、王阮亭、杜于皇、龔半千皆樂與之游。著石門確史，載甲申國變死難諸臣事。又嘗倡海陵秋社，與曹應鵬齊名。有滄螺集、山雨堂詩集。」

案溉堂集亦有題程伯建滇南詩。

雨中移蕉謝孫八

孫八吟詩處，離披盡緑蕉。終年陰不散，三伏暑全消。念我同棲泊，無人慰寂寥。殷勤分數本，恰值雨蕭蕭。

【箋】

案梅齋詩亦有同題詩云：「乞種曾春日，移根及雨晨。色連童子碧，聲過道途新。失伴憐高士，當窗認美人。學書吾有意，早晚荷相親。」

客悔齋，送汪舟次之真州

江頭北風肅，鴻雁各飛翻。汪子攜書卷，真州去杜門。斜陽分遠岫，白水漲荒村。一見梅花放，知君憶故園。

【箋】

〔悔齋〕汪楫讀書處。見前悔齋桐樹歌自注。

〔真州〕即今江蘇儀徵縣。

寄葉澹生

到處自忘機，同袍似汝稀。終年名嶽住，何日釣船歸？作賦霜生鬢，彈琴月滿衣。幾回逢勝境，嘆息素心違。

【箋】

〔葉澹生〕見卷十四澹生爲予鼓琴箋。

登柳家山

幾村接喬木，中有柳家山。雪後樵人少，天涯客子閒。野烟凝草徑，江日盪松關。亦自成丘壑，孤雲獨往還。

送孫八遊金陵

策杖遊何處，江頭虎踞關。春風醒別酒，落日照衰顏。慟哭荆榛裏，題詩戎馬間。齊梁任憑吊，不用對鍾山。

【箋】〔虎踞關〕即清涼臺，在南京。見卷四登清涼臺箋。

悔齋詩亦有送孫焦穫之金陵兼柬周雪客詩。案溉堂集有客金陵一月將歸維揚留别周雪客兼寄尊公櫟園先生詩，編入康熙二年癸卯（一六六三），此詩當作于是年。

題程飛濤、在湄兄弟小樓

小樓梧樹下，秋月正茫茫。窄户登山入，虚窗傍水涼。客稀書共展，冬近夜初長。籬下黄花放，移來繞一牀。

【箋】汪楫悔齋詩亦有題程氏小樓詩。

九日答甦菴先生見懷

年年此日客隋宫，歸計難成逐轉蓬。催放黄花憐細雨，故吹皂帽笑西風。登高只望城東路，搔首徒聞塞北鴻。慚愧素心囊似洗，無能沽酒餽陶公。

【箋】

〔甦菴先生〕方拱乾自號。皖志列傳稿：「方拱乾字肅之，號坦庵，崇禎戊辰進士，官諭德。入清，以薦起補宏文院學士，尋除少詹。順治九年，科場罣誤，謫寧古塔；十一年，放歸，寓揚州，撰絶域紀略，因自號甦老人。所著白門、鐵鞵、裕齋、出關、入關諸集，傳於世。」

〔隋宮〕見卷一送方爾止箋。

案悔齋詩亦有九日答方坦菴先生詩，當是同時所作。

除日懷孫豹人

衰顔我亦苦風塵，臘盡還家四壁貧。此日陶潛空責子，何年杜甫不依人？茅山鐘動棲鴉静，句曲梅開濁酒新。羨爾客中門早閉，追呼無復到閒身。

【箋】

〔茅山〕見卷五送王玉久歸茅山箋。

〔句曲〕見卷二酒間口號答句曲張鹿牀箋。

案溉堂文集有寄汪舟次書云：「弟二十年不曾策蹇，及抵句容，腰膝都痛，非枸杞之類所能濟事也。奈此但有喜客泉，無喜客主人；遊況殊苦。惟長吟疾書，日無停晷，爲青元觀中道士所笑：何其酷似趕考秀才耶？新作録成一册呈覽，幸教之。吴野人已歸東淘否？椒觴之需，能不缺否？貧中亦有等級。東坡云『即吾二人而觀之，當推夢得爲首』是也。若弟與此老，可謂孫、吴齊名矣！一笑。」此書爲豹人初抵句容時致汪舟次者。溉堂集客句容五歌、寓句容道觀寄簡王阮亭揚州、句容書懷寄呈程别駕諸詩，均編入康熙三年甲辰（一六六四），此詩當作於是年除夕。

文選樓

太子風流甚，登樓只讀書。江山頻換主，樓在更誰居？

【校】

此詩周本作揚州雜詠第八首，諸本均不録。

【箋】

〔文選樓〕見卷一贈孫八豹人箋。

送孫無言之吴門

桂檝蒲帆受風，金閶遥指雲中。吴儂春處須問，今日誰爲伯通？

姑蘇臺上烏啼，遠客登臨杖藜。越艷吴姬不見，西江月爲誰低？

【箋】

案溉堂前集有家無言遊吴門有懷二首，編入康熙元年壬寅（一六六二），此詩當亦作於是年。

送高菸若之都門

垂老不勝旅愁，送君更起離憂。蓮花冉冉郭外，野月蒼蒼馬頭。

黄金臺上笳聲，衰草秋風有情。邊塞彎弓子弟，近來都學儒生。

【箋】

〔高菸若〕未詳。

悔齋詩亦有送高菸若入燕七古一首。

安豐場絶句四首

盡説安豐風土非，蒹葭瑟瑟鷺飛飛。誰知斗大潮邊室，聞道當年有布衣。斗室乃王心齋先生悟道處，今基址在場北。

兒童弄武范公堤，塞馬騰來踏作泥。無數髑髏衰草裏，年年變作野禽啼。
場東卑狹海氓房，六月煎鹽如在湯。走出門前炎日裏，偷閒一刻是乘凉。
烟火蕭條户口殘，半遭客債半遭官。當年駿馬輕裘子，徹夜西風破屋寒。

【校】

此詩第三首，諸本編入卷一，題作絶句。

〔場東句〕作「白頭竈户低草房」。

〔如在湯〕作「烈火傍」。

【箋】

〔安豐〕見卷一臨場歌箋。

〔王心齋〕見卷十四謁心齋先生祠箋。

〔范公堤〕見卷五范公堤行呈汪苇斯先生箋。

題梁鴻賃舂圖　同孫豹人、汪虚中、舟次、吴仁趾分賦。

回首長安不可還，夫妻食力到吴闗。伯通廡下風光好，只愁年凶四體殘。

【箋】孫豹人溉堂集有題畫五首，見卷一題卓文君當壚圖箋。

江天際四十初度

囊底仍餘賣畫錢，自沽醇酒對霜天。生辰不向家園過，只恐雙親覺暮年。

【箋】〔江天際〕見卷三題亡友江天際畫箋。

案汪楫悔齋詩亦有江天際四十贈詩：「强仕今朝是，君方作浪遊。烟雲腕底在，愁嘆醉時休。到處悲青眼，還家拜白頭。山中有真樂，未必讓封侯。」

冶春絶句和王阮亭先生 甲辰清明作。

春光已暮人已老，幾度欲歸歸更遲。白鷺沙邊漫相訝，汝曹頭上也絲絲。

騎馬山公醉可憐，使君今日更堪傳。青州從事酬佳節，皓首漁人共釣船。

寒烟生處有歸鴉，短棹殘陽各去家；依舊笙歌滿城郭，黄昏留與玉勾斜。

【校】

此題諸本俱爲八首，周本十一首，此其四、五、十一。

【箋】

〔甲辰〕爲康熙三年（一六六四）。

〔青州〕見卷二得周僉憲青州書箋。

〔玉勾斜〕見卷一揚州雜詠箋。

送吴仁趾歸句曲

幽居聞在翠微間，歸去漁樵任往還。屋後鷗飛揚子水，門前月出大茅山。

【箋】

〔吴仁趾〕見卷一送吴仁趾箋。

〔句曲〕即句容，見卷二酒間口號答句曲張鹿牀箋。

〔大茅山〕茅山主峰，見卷五送王玉久歸茅山箋。

案悔齋詩亦有送吴仁趾歸茅山七絶二首。

贈歌者

戰馬悲笳秋颯然，邊關調起緑樽前；一從此曲中原奏，老淚霑衣二十年。

【校】

此詩諸本俱爲二首，此其第一首；唯夏本僅收第二首。

〔秋颯然〕陳本作「清颯然」。

送吴仁趾北上 據溉堂集補。

絶技自殊衆，相知在寸心。漸離善擊筑，交與荆軻深。含情對酒歌。悲來涕霑襟。今汝適燕市，市人聽汝吟；祇愁異衷愫，夫豈無賞音？

【校】

此題諸本均作四首，溉堂集引作五首，此其第四首。

【箋】

〔吴仁趾〕見卷一送吴仁趾箋。

九月十五夜聞新鴈　此下二首據感舊集補。

亂水不喧風肅然，新鴻今夕到溪前；遠連衆影冷穿露，各咽一聲秋滿天。月色中飛枯木葉，蘆花下泊釣人船。又逢此地少禾黍，旅夜栖栖應自憐。

爲吴爾世題漸江上人畫

漸公乘化去，墨迹留人寰；展對清秋時，空堂來萬山。山雲争靈奇，觀者欲躋攀。巖際林遠近，峰頭瀑潺湲。豐谿吴生廬，位置於其間；我願持竿來，與君相往還。

【箋】

〔吴爾世〕見卷十三短歌爲安豐吴節婦賦箋。

〔漸江〕見卷八舉世無知音者五韻五首和吴蒼二箋。

絶句二首 據劉文淇陋軒詩續序補。

長公詩句在香臺，六百餘年没草萊。片石不愁零落久，琅邪居士會尋來。

拭盡寒烟舊蘚痕，新題陳迹共相存。老僧漫説因緣事，緑草春風滿寺門。

【箋】

案東坡石刻在揚州蜀岡禪智寺，詳見卷三七夕同諸子集禪智寺碩公房再送王阮亭先生箋。

題楓山草堂 據抄本陋軒詩續補。

亂後棲遲何處尋？草堂留得在雲深。懶親濁世春風好，獨領空山秋夜音。巖冷自堪酬木石，高閒端不藉纓簪。即今樹樹霜前赤，長見先生當日心。

【校】

抄本於題上注「删」字，劉氏復於眉端批「删」字。

代袁漢儒輓崔老人

據抄本陋軒詩續補。

市朝逐逐不肯息，盡是西陵松下客；西陵一卧無歲年，誰解生前採白石？嗟乎嗟乎八十翁！古貌長眉壽已豐。老至不知身是夢，杖聲亦在市朝中。憶昔天奪衰年子，我翁慟哭聲如水。銜悲戚戚曾幾時？老妻又待重冥裏。翁去秋喪子，前月喪妻。冥中骨肉翻能聚，不似前宵無可訴。諸孫穉幼縱堪憐，至此老人亦不顧。翁之孫女字吾兒，翁子與余稱故知。去年我哭故人處，豈知今又拜翁衣！拜翁莫謂不深哀，淚已先入去年杯。

【校】

抄本劉批：「此應酬之作，擬删。」

附録一　吴嘉紀手札序贊輯佚

右川袁老伯像贊　二贊見國粹學報第六十九期。

沆漭滄海，誕生此翁。亭亭古柏，藹藹春風。峨冠弁首，法服被躬。自我不見，四十五載；墓松已老，人代已改。絹素披陳，形神宛在。我昔髫齔，親炙容光；襟懷倜儻，聲譽芬芳。南陽文季，遼海彦方。魂去雲霄，影傳孫子；佳晨佳夕，是禱是祀。明月出天，清輝在水。通家子吴嘉紀拜稿。

案袁老伯即袁沔，號右川，安豐人。

袁母丁孺人像贊

豐顔淑儀，莊衿古琚；依然壽母，生在庭除。其微笑也，似睐負米之子；其端居也，若恭賃廡之夫。德操範於閨閣，容貌傳諸畫圖。簪花映几，朝日温襦。嗚呼誰歟？漢儒先生之母，野人大姊之姑。通家子吴嘉紀拜稿。

案袁母即袁漢儒之母，袁沔之妻。

與王鴻寶書　見國粹學報第八十一期。

鴻寶二兄足下：淫雨滂沱，凶荒驅至，對雨兀坐，未嘗不時憶我老友也。青泥來，得悉近況，甚爲跼蹐。然我兄仍須耐心堰上，與貴族諸君子日夕盤桓，得成千秋大業。且以筆墨謀饘粥，亦吾輩分内事也。我兄知余，應不以斯言爲謬。匆匆草候，不盡欲言。弟吴嘉紀頓首。

與汪舟次書　見結鄰集。

此子喜其胸中無一字，尚可教。所謂浄潔白氎，易爲受色也。

王鴻寶哭崔季公三十律詩卷跋書 見東臺文徵稿本。

三十律無一意雷同，無一篇浮泛。季公之人之行之心事，及兩家絲蘿之好，兩人相與之情，一一於聲淚中傳出。此詩不朽矣！季公亦不朽矣！

附録二　周刻賴古堂本陋軒詩目録

陋軒詩　海陵吴嘉紀著

送淼公

汪虚中齋中喜晤汪舟次

吴趾振齋中夜坐

晏溪送汪虚中兼懷吴後莊

送孫無言弟象五遊汝南時無言仲君同行

新僕

遲汪虚中

懷江象賢

懷吴雨臣

谿翁

九月紅梅

天甯寺曉月

抵邗集汪耻人齋次韻答周元亮先生二首

元日

寄程伯建

重遊邗上途中寄懷周櫟園先生

五月初四夜

茉莉

楊蘭佩招同諸子泛舟

雨中移蕉謝孫八

客悔齋送汪舟次之真州

寄孫八豹人

孫八期過何五看菊阻不果同郝羽吉分韻

寄葉澹生

長林吴處士

登柳家山

郝羽吉自邗江寄梅

送孫八遊金陵
秋霖
送吴仁趾之秦郵二首
送鄭小白之泉州
送周雪客
題程飛濤在湄兄弟小樓

七言律

登觀音閣即隋妃吴絳仙梳妝樓舊址
再登康山
內子生日
過史可法相國墓
落日
客邗上送汪舟次之龍岡
送孫無言歸黄山
舟中九日
城閉不能出汲邗濤汪舟次乞諸豆腐翁家得水半甕煮茗供予喜賦
答櫟下先生
九月四日吴雨臣見過是日雨臣初度
送方爾止
九日答甦菴先生見懷
除夕懷孫豹人

五言絶句

稅完
送貴客
揚州雜詠
董井漢董仲舒先生舊宅內
瓊花揚州志云宋慶曆淳熙間兩移植禁苑皆逾年而枯送還揚州榮茂如故
玉勾斜煬帝葬宮人處

第五泉鴻漸高士品次
平山堂
隋堤
浮山
文選樓
梅花嶺
九月二十二日揚州城西泛舟同諸子各賦一題得荒寺
酒旗和汪舟次
秋原和郝羽吉
黄葉和程飛濤
六言絶句
送孫無言之吴門二首
送高菘若之都門二首
七言絶句
安豐場絶句四首
題梁鴻賃舂圖同孫豹人
題張良進履圖
題卓文君當壚圖
江天際四十初度
冶春絶句和王阮亭先生甲辰清明作○十一首
送吴仁趾歸句曲
贈歌者二首

附録三　宋石齋抄本陋軒詩續目録

陋軒詩續　泰州吴嘉紀野人著　鄉後學夏荃

退庵輯

早行
自莫村夜發至樊上宿鴻寶館
歸後送希文鑾江
哭王體仁
卒歲
寓季州來先生城中别業
雪夜念爲憲希文去梁村
夜發
至邗次日送希文往真州
往郡城訪楚江漁者不遇
雪夜
訪羽吉留酌
尋酒家不得
訪姚辱庵
題楓山草堂○抄本於題上注「删」字，劉氏復於眉端批「删」字。

送爲憲歸里
送希文復往東海客余陋軒
向鄰僧乞白秋海棠種
天甯寺曉月
過象賢寓齋看梅時象賢他出聞昨夜同麗祖理絃梅下
賣硯行爲王太丹賦時太丹病劇
哭王太丹
苦雨
淘上訪龔柴丈
同鴻寶季康南梁重訪柴丈
雁盡
寄題黄公言烟鬟小結
遠村即事

陋軒詩續

時，應入選與否，祈酌之。」劉氏批云：

「删去是。」

拜曾襄愍公墓

送曙生歸新安

早春寄懷吳希文

雨後過麗祖不遇

淘上遇李小有

自虎墩歸見摶遠雨窗寄懷之句三

日後答以此章

和集之簡文登泰山絶頂觀日出

弔壺

獨酌

讀荆軻傳

説客

懷徐鳳祖

懷羽吉

謁岳武穆祠在海陵泰山頂

寄子崔時子崔病愈

自虎墩歸坐友玉齋中同諸子試新

茗分韻

友玉客舍逢金翁啓明賦贈

雨宿朝尋齋同諸子分韻

答雨臣劉莊見懷

寒夜寄劉道人並乞小影

録一年詩寄半千時半千客邗上

和雨臣京口雪望次韻

除日憶王二

詠劉生寓齋紅梅

送汪子兼寄其兄

今日

附録四　陋軒詩序跋題記

吴野人陋軒詩序

見夏本，據周本校。

周亮工

余己丑過廣陵，與汪子舟次交，舟次每以制舉業相質，時年甚少，未嘗見其爲詩也。越十三年，予復至廣陵，見舟次詩，而詩又甚工，余驚詢之。舟次曰：「東淘有吴賓賢者，善爲詩，余與之遊，同學詩，愧不逮也。」後每見輒言賓賢、賓賢不置，若惟恐余不知有賓賢者。且曰：「賓賢每把先生詩，匆匆不自禁，淚輒涔涔下。每札至，輒詢得先生新詩不？聞先生寄余詩，則急録之去。聞先生近帙至，則倉皇大索，若追余逋負者。先生獄事急，則向予曰：『安得雲中舒金色臂，援周先生使不死，再見其三數詩。』先生固不屑與人同調，而又時發虞仲翔之嘆。以予論，若賓賢者，可謂先生同調，亦不可謂不知先生者矣！」因出其手録陋軒詩一帙示予，余讀之，心怦怦動。已又見其寄舟次札子，有「夕陽殘照，于時寧幾」之語，則不禁悽心欲絶。謂賓賢常恐不及見余，余倖返；今乃有不及見賓賢之感矣！急賦一詩寄之。及退而語廣陵人，則絶不知有賓賢者。鍾山龔野遺曰：「吴賓賢家東淘，東淘産鹽，人擁高貲，家不蓄書，間有書，輒以覆瓿，或以拭牢盆。賓賢居陋軒，環堵不蔽，自號野人。野人每晨起，繙書枯坐，少頃起立徐步，操不律疾書，已復細吟；或大聲誦，誦已復書。或竟日苦思，數含毫不下。又善病咯血，血竭髯枯，體僅僅骨立，終亦不廢，如是者終年歲。里人相與笑之曰：『若何爲者？若不煮素而固食淡。』數指目以爲怪物，野人終不之顧。東淘蓋舊有分司使者署，一使者至，詢此間有能文士否？屬胥對曰：『某不識能文士何等也？見有手一編向之絮語，忽作數十字，欣欣自以爲得意，或者其是乎？』使者則急請之見。數請數辟去；辟之不得，强與之見；見則大悦，以爲真能文之士；士固無出其右者。東淘人群異之，以爲是淡食者固可與長吏揖耶！自是望野人若不及，漸有過其廬者，野人終閉户不與之接。」嗟乎！賓賢如是，即不旦夕死，其終死於陋軒必矣！因彙其前後之作，刻爲陋軒詩。余門人周本作「受業人」。昇州吴介兹曰：「讀野人詩，想見此老彳亍海濱，空墻落日，攢眉索句，路人作鬼聲唧唧揶揄時。昔宋登春見謝榛詩，嘆曰：『何乃津津諛貴丐活？』展賓賢詩竟卷，如入冰雪窖中，使人冷畏。」嗟乎！介兹數言，可序野人詩矣。舟次名楫，賓賢名嘉紀。舟次别有集。賓賢是集行世，會有知之者。獨分司其地者，能物色野人，當非俗吏，而忘詢其姓氏，惜哉！康熙元年，歲次壬寅，陽月，櫟下同學周亮工題於賴古堂。

陋軒詩序 見夏本，據周本校。

王士禛

癸卯孟春，周櫟園司農將之青州，過揚州，遺予陋軒詩一卷，蓋海陵吳君嘉紀之作也。披讀一過，古澹高寒，有聲出金石之樂，殆郊、島者流。近世之號爲詩人者衆矣，掇拾漢、魏，撏撦六朝，以獻酬標榜爲名高，以類函韻藻爲生活，此道穢榛蕪久矣！如君白首藜藿，戢影窮海之濱，作爲詩歌，托寄蕭遠，若不知有門以外事者，非夫樂天知命，烏能周本作「何以」。至此！余在揚三年，而不知海陵有吳君，今乃從司農得讀其詩，余愧矣愧矣！

陋軒詩序 見周本。

汪楫

余知野人自己亥九月始。己亥江上震驚，揚人傾城走。余時移家艾陵，念虛中在東亭，趣棹視之。至則虛中手近詩一帙納余前，俾余讀。余交虛中三年，未聞虛中一言詩，忽纍纍成帙，心異之。顧其詩已丹黄遍，下數行，詫驚，向虚中曰：「閲詩者誰耶？余不子異，異閲詩者。」虚中矍然良久曰：「嗟乎，野人今遇知己矣！野人者，東淘處士吴嘉紀也。」余生平未嘗一見野人詩，聞虚中言，殊色動。虚中復言「野人性嚴冷，窮餓自甘，不與得意人往還；所爲詩古瘦蒼峻，如其性情。東淘距此地僅三十里，歲不一二至，野人固不易見；即見野人，野人亦不易合也。」余默然久之。詰旦，野人忽至，兩人相見歡甚，各爲詩，詩成，呼酒共醉，酒盡，復爲詩，如是者三日夜，留連低徊，不忍别去。余私念往與虚中言，虚中殆私野人，野人殊易合也。野人夙有肺疾，恒不自惜，喜苦吟；近數年來疾且甚，悔之，禁不得多作，然一詩成，必百里寄余，反復更訂，無慮數四。余嘗以小舠迎野人，野人輒爲余來，抵掌論心，浹旬累月，視東亭又將過之。然當熱客登筵，頹然自廢，野人率落落無一可。輒憶虚中言，虚中不予欺也。辛丑歲，周櫟園先生在廣陵，見野人詩，推爲近代第一。復聞野人病，心心慮之，恐遂不及見野人，屬余爲書招之，贈一詩附與俱往。余逆野人不肯爲先生來，以先生情至，誼無容辭。且屬蘽慰先生曰：「野人性固嚴冷不易合，然見先生詩，或當忻然來。」書達，野人竟來。蓋野人名不出户，而先生詩走四方。野人與余共論諸家詩，時先生方逮繫大廷，野人於時已切切望先生事白，得時見先生近詩。固不意先生南還，亦爲野人悲惜如此也。先生既得見野人，慮野人死益切，語余曰：「古之工爲詩文者多矣！人情忽近喜遠，其人不死，則著作不傳。野人之人、之遇、之詩，皆可必其傳；□病又□幾於死。且以野人詩，亦必待其死而後傳，吾與子與不知野人者等耳！子其圖之。」余唯唯。因即郵筒所寄寸牘片紙彙次之，得百首，應先生命。先生欲及野人之生，令天下知野人，百詩何能盡，然剞劂非野人志，百詩而傳，可以謝先生，亦可以謝野人已！集成弁以言，蓋以見野人不易知；知野人者，初亦非偶然也。

吴賓賢陋軒集序 見夏本，據溉堂文集校。

孫枝蔚

泰州之安豐場，海濱斥鹵之鄉也。明正德間，以上四字，溉堂文集作「自三百年以來，前」。有布衣曰王艮，號心齋，以理學聞。不百年，以上三字，溉堂文集作「後」。有布衣曰吴嘉紀，字賓賢，號野人，以工詩聞。自兩賢相繼出，而四方譚安豐場人物者，皆嘖嘖心齋、賓賢不置。心齋能爲嚴苦峭厲之行；而賓賢憂深思遠，所爲詩，多不自知其哀且怨者，以上五十四字，溉堂文集作「而安豐場之人材，於是乎足以稱雄於四方矣。獨是賓賢詩多哀怨之辭」。似與顔子之簞瓢陋巷，曾皙之沂水舞雩，旨趣殊焉。余不獲及見心齋，猶幸以上十三字，溉堂文集作「不無略相乖者。然余」。得交賓賢，垂溉堂文集作「今」。三十年，溉堂文集此下有「之久」二字。習知其爲人，蓋醇厚而狷介者。狷介則知耻，醇厚則善自責，善自責則恕於人。其怨也，悲於人有所不平之謂也；其哀也，不過自鳴其所遇之窮。且以爲詩不出於誠意，則不足傳也，故其體如此。今有斥人者曰：「汝不誠！」則受者必艴然怒。而詩之不誠，則往往强自托於佩玉鳴珂以爲文，不必標枝野鹿以爲質也。然乎？否乎？此其非是亦最易別白者矣！然予每三復其詩，又未嘗不深有慨於古法之久亡也。自鄉舉里選廢，而簡兮二字溉堂文集作「衡門」。考槃之詩作矣；自井田廢，而大田、南山之詩此下溉堂文集作「不復有繼而詠之者矣」。作矣。賢如賓賢，而窮如此，吾不獨爲賓賢悲也。後世有位君子，有讀賓賢之詩如吾之悲者，願無如吾之徒悲，而慨然以舉行周禮爲任，庶幾怨調罕聞；而賓賢之詩，有益於人之國家不既多乎！或曰：「賓賢今之處士，獨無意於學顔、曾與？」曰：命不同也！顔、曾非窮人也。夫既得聖人而爲之師，且其家庭亦必有可樂者；顔淵死於顔路之前，而曾皙父子問事，孟子略載之。溉堂文集此下有一「矣」字。憂於國而樂於家，窮於出而通於處，賓賢都未有此也，而何疑於其哀且怨乎？嗟乎！賓賢之哀怨，乃其詩之誠此下溉堂文集作「而亦其人之所以高與」。也。心齋踐履篤實，其學一本於誠，使賓賢得與生同時，則亦心齋之徒矣，豈獨以其詩鳴哉！漑堂文集無以上三十四字。

泰州吳野人先生詩序　見陳本、夏本。

許　東

今天下何處士之多也？以余所見，今富貴利達者之家，其坐客多世俗所稱處士者焉。彼富貴利達者，視其家食用玩好之物無不具，獨不能具其文章，通知古今載籍之語。乃挾其勢與利，思鈎致貧賤失志、稍知詩與文、又自驕語爲高士者，以充其玩好之一物；而彼驕語爲高士者，欲以其詩與文汲汲然求知於人，不幸貧賤，失志益甚，遂俛首甘心，充爲富貴利達者之玩好而不辭。余觀古處士，未常不受知於富貴之人，特其終身所受知者，一人而已，名且大顯於天下。古富貴之人，於天下之士，固無所不好，然誠得士之報，使天下後世，信其心之誠；然好士者，亦不過一二士，未若今天下兩者相遇多而相得者不益彰也。以毛公、薛公之隱於博徒賣漿也，知從之游者獨信陵君耳！同時平原君亦好士，未常知毛公、薛公在其國中也。以北郭騷之賢，幾不受知於晏子；既知之，又幾失之。蓋賢者之難知，而又不肯屑屑求知於人若此。以予觀我友泰州吳子野人之詩，與其所以立身持己者，可謂不愧古處士；而當世之大公卿好士者之衆，能深知其詩與其立身持己不愧處士，篤好之表彰之如不克者，惟櫟園周先生一人。即阮亭且云：「我官揚州三年，未知海陵有吴子，今乃從周司農公知之。」予益以嘆吴子之爲處士，非予所見爲多者之處士也。周先生之知處士，果有異於世之所爲好士者也。兩人者，皆遠矣，皆不可及矣！予故樂得而叙之。康熙戊申首夏，吴下同學弟計東，書於廣陵玉笑亭。

陋軒詩序 見陳本、夏本。

吴周祚

海陵吴野人，積學三十餘年，著爲詩歌古文辭，凡若干卷。然橐鋒埋照，不屑以才炫，世亦無有知者。櫟園周先生始奇之，爲梓其詩行世。而後野人之名，不脛而馳於大江南北。吾友汪子芾斯復裒其全集，録詩近四百篇，續梓以傳。刻成，而余重有感矣！野人家東淘，爲瀕海斥鹵魚鹽沮澤之鄉，賈儈雜居，習尚凌競，其於詩文筆墨之事，固非所論。而野人以一鶴孤鶱，翛然雲表，不干名，又耻藉時流延譽。居僅蓽門蒿徑，旁有野水虚明，荻蘆森錯。日惟鍵户一編，吟嘯自若。雖餅罄屨決不復問。然故其爲詩，冰霜高潔，刻露清秀，不得指爲何代何體，要自成其爲野人之詩而已。然吾聞其生平，天性孝友，與人交，嚴冷難合；至緩急患難，則不以生死久暫異。其於新安程琳、同里王衷丹兩事爲尤著。且其鄉有王汝止先生者，曾受學餘姚，以躬行實踐，力排矯飾爲事。若野人之氣專容寂，篤行潛修，其聞道而後興者歟？予故因詩並述其人之梗概若此，使讀其詩者，遂以求其人，而知野人之不僅以詩足尚也。屏山宗同學弟周祚拜書。

陋軒詩序　見陳本、夏本。

汪懋麟

唐書之傳隱逸也，纔二十有二人，中間或隱或仕略相半，而爲道士之學者數人焉。史臣謂隱之概有三，而其所述皆下概也。噫！何真隱之難也！上焉者，身藏而德不晦，萬乘之貴，尋軌而委聘；次則挈治世之具，弗得伸，或持峭行，泛然爵禄，使人君常有所慕企；末焉者，資槁薄，樂山林，内審其材，終無當於取舍，故遯迹不返，使人高其風而不敢訾。史臣之論率如是。以余觀其論列諸人，若朱桃椎、田游巖、李元愷、盧鴻、陸羽之徒，其於泉石烟霞，洵膏肓痼疾矣。若王績、吴筠、賀季真、秦系、張志和、陸龜蒙諸子，文詞卓越，以詩歌相雄長，詠諧放蕩，浮沉榮遇之間，當時慕之，後世傳之；身雖隱而名益彰，豈寂寂無所表見者比哉！揚之泰州，有吴先生者，名嘉紀，字野人，隱居東淘，名所居曰陋軒。與世罕接，家最貧，雖豐年常乏食，以歌詩自娱樂。獨與余兄舟次善，嘗竊誦其詩於周櫟園司農，爲刊其初稿。繼家芾斯分司東淘，慕其賢，爲再刊其集。於是江南北家有其詩，漸達於京師。濟南阮亭王公，尤時時口其詩不置。先生之名，雖欲俱隱不得矣！余獲交先生久，間入城，必過余家，故得盡覽其作。大抵四五言古詩，原本陶潛、王粲、劉楨、阮籍、陳子昂、杜甫之間；七言古詩渾融少陵，出入王建、張籍；五七言近體，幽峭冷逸，有王、孟、錢、劉諸家之致，自脱拘束。至所爲今樂府諸篇，即事寫情，變化漢、魏，痛鬱朴遠，自爲一家之言，必傳於後何疑歟？先生之詩日益多，不自收拾，其友方子于雲，哀其前後詩，重刊精好，吾黨義之。詢其人，孝而樂善，又左右於先生，賢矣！先生以其所刊首示余，且屬爲論次。余何足爲先生序，顧不鄙棄而必見屬者，或以余之知之也！噫！余之所以知先生者，獨詩云爾哉！大都號爲隱逸者，多違乎時，不得已而托焉者耳！苟有知而舉之者，即攘臂而起，肩相摩於道，求如桃椎諸人，塵芥徵辟，走林草以自匿者幾人乎？若先生名雖聞於時，身處海濱，自甘窮寂，不肯托迹於終南、嵩少，爲釣名竊禄之計。愛其詩而願見其人者，至想像不可得此。其品概何等也！先生生平無所好，惟酷嗜茶，有鴻漸、魯望之遺風焉。他時有傳逸民者，當與並列云。時康熙十八年己未，六月望日，郡同學弟汪懋麟拜撰於百尺梧桐閣。

陋軒詩序 見陳本、夏本。

陸廷掄

數十年來，揚郡之大害有三：曰鹽筴，曰軍輪，曰河患；讀陋軒集，則淮、海之夫婦男女，辛苦墊隘，疲於奔命，不遑啓處之狀，雖百世而下，瞭然在目。甚矣吴子之以詩爲史也！雖少陵賦兵車，次山詠春陵，何以過？使其得志，出厥懷抱，裨益軍國民生不淺，奈何托之空言也！然而吴子蒿目愴心、孤吟而永嘆者，尚不止此。予自申、酉杜門垂廿載，不知户外事，獨時時耳吴子名。辛亥，館海陵，以爲必識吴子，越十年，不識如故。今年癸亥夏四月，始定交於館舍。予見吴子，大喜；吴子見予，亦大喜；爲張讌置酒相樂也；已而相泣。嗚呼！予當初閉户時猶壯盛，即吴子亦未艾；乃今吴子近七十，予亦去耆無幾，吾兩人者皆老矣，而始得一遇；俟河之清，人壽幾何？不可重爲太息哉！吴子詩自三事而外，懷親憶友，指事類情，多纏綿沉痛；而於高岸深谷，細柳新蒲之感尤甚。予讀之往往不及終卷而罷。而吴子酒半出袖中詩屬爲序，予亦何能究其言悉其旨乎？少陵云：「傷心不忍問耆舊，復恐初從亂離説。」而陋軒集中，亦有「往事不得忘，痛飲求模糊」之句。然則予之不盡言也，亦猶少陵之不忍問也，又若吴子之百觚千爵以祈模糊也。悲夫！

重訂陋軒詩後序 見陳本。

陳璨

東淘去吾州百有二十里，地濱海，瀰望沙黄葦白，無復山川靈秀之氣，顧碩儒畸士，往往間生其中。在前則心齋王先生以理學名；後此則賓賢吴先生以詩學名。今所傳陋軒詩，海内操觚家但解吟風弄月，慮無不知有泰州吴野人名字者。詩初刻於櫟園周司農，繼刻於分司汪芾斯，爲數不滿四百篇。今本較舊刻加多逾倍，蓋先生故人方于雲又從而裒録之者也。歷歲既久，版更易數主，漸次脱落。璨不忍里中先輩其幸而僅存者祇此一編，不幸其子孫不能世守流傳，將遂聽其波蕩轉徙，日漸澌滅，以至於盡也。乃因購得坊肆見行版，更取家藏舊本，逐一讎對，補其殘闕，并字句有漫漶不可識者，亦一併刊正以行。夫莫爲之前，雖美弗彰；莫爲之後，雖盛弗傳。王、吴兩先生負百世盛名，人代未久，後嗣乃不免顛連困踣，所憂有不止窮餓無聊爲足餒若敖之鬼而已者，其亦志士之所同慨也夫！乾隆乙酉初夏，邑後學倥侗陳瑹識。

陋軒詩跋　見信芳閣本。　王相

野人先生陋軒詩，零章斷句，傳誦已久，每令人悠然神往，而原板蕩佚無存。余輯是編，遂録全稿，不遺一章。近見泰州繆君重刊本，然先生詩固人所争睹，廣其流傳，亦人所共願也。惜庵王相識。

選吴野人先生詩集序　見揚州足徵録。　尤璋

國初人甚喜談詩，自公卿大夫士而下逮氓庶旁流，多争自琢磨，附於風雅。其在上者，如合肥、婁東、大梁之屬，難更僕數，而要皆有其集盛傳於世。惟窮悴隱居，以詩自命，而莫附青雲，名隨湮没，絶可惜也。往時名人，亦有選本，附載數人，卒成挂漏。其真能直逼古人者，不少概見，即其書亦未歷久而廢棄無存矣。當時以處士有集行世者，凡數人，吾郡吴嘉紀野人與焉。野人初處海濱，無意於世，遭汪悔齋先生於埸下，乃奇而稱之；歸與蛟門、豹人、孝威諸公爲之揚譽，遂甚爲郡城夙老所許；

而諸商好文者，争延致之。今所刻陋軒集，皆其力也。野人詩未爲極至，然亦自具性情，不寄他人籬壁，傳之後祀，固當有數十首可存不廢者，乃其名竟得悔齋以傳。其視老死鄉而生平含毫苦吟，祇成榮花飄風、好音過耳者，顧不甚幸也哉！吾宗人崆峒先生名敏，高郵州學生，不及貢而歿。同邑丁子先先生，名元甲，府學生，當貢而適遇停貢八年，亦不及復而殆。其子震三、施敬，與予交善。三人詩絶佳，高出野人數倍，皆以窮悴不傳，到今幾無有知其人者。士不幸終困膠庠，並一二詩之傳後，尚有數阨焉，不深可痛乎！嗚呼！野人其真厚幸也已。

陋軒詩四刻　見夏退菴筆記。

夏　荃

陋軒詩，以周櫟園司農所刻爲最初本。康熙改元，司農來揚州，因汪舟次知野人，爲序其詩，梓而行之，名曰陋軒詩，司農所命也。同時作序者，有計甫草、王阮亭。阮亭時官揚州推官，順治十七年任。因司農知野人，雪夜被酒，爲作詩序，翼明，走急足寄陋軒，當在是時。康熙六年，錢塘汪芾斯分司東淘，雅重先生，爲裒其全集，得詩四百首，續梓以行。吴周祚序言之甚詳。汪公當自有序，惜不傳。厥後方于雲鴻逵合先生前後詩，重付剞劂，汪蛟門序，稱其刊刻精好。今世所傳陋軒詩原刻，即方本。余家藏二部，一爲先君子所遺，今歸家仲。余所藏，乃妻大父仲松嵐先生圈評本，内子巾箱中物也。周、汪兩刻，余未見。其最後者，嘉慶時，栟茶場繆竹癡所刊，刻手遠遜於前。且原詩六卷，離爲十二，失其舊矣。然其表章前哲之功，正不可没。此陋軒詩四刻之原委也。頃選先生詩入海陵詩徵，爲國朝詩人之冠，特詮次其説。

陋軒未刻詩 夏荃

見夏退菴筆記。

吴野人先生陋軒詩，自栟茶繆君竹癡重刊後，稍知先生者，幾家置一編矣。然先生詩實不止此。東淘施丈井亭，藏陋軒未刻詩二册：一爲孫豹人手訂，一爲陋叟自鈔。乾隆戊子，宫丈節溪游東淘，於井亭處見之，攜鈔本歸，丈有讀陋軒未刻遺稿五言古，及陋軒續集小引，稱其手書楷字，筆法古拙可寶。宫丈文孫枚波，與余爲僚婿，取此本贈余。前二十三葉先生自鈔，體兼隸楷，古趣盎然；即此寥寥數十葉，而先生之精神面目，幾於活現紙上，古物可貴如此。後五十葉，他人書；計詩三百六十餘首，其已見陋軒詩刻者，約十之一，餘詩多可傳。宫丈曾三選，得詩百七首，擬另録附陋軒詩刻後。頃余取全帙，詳加遴選，得詩百二十餘首，與宮丈選小異。竊謂鈔不如刻，擬取所選另刻單行本，名曰陋軒詩補遺，與全集相輔而行。

陋軒詩續序

見青溪舊屋文集。

劉文淇

吾友夏君退庵，既購得繆氏所刻陋軒詩集板，又獲陋軒未刻詩册，輯爲兩卷，刻成未及印行，遽歸道山。哲嗣子猷以集見示，並乞爲之序。余謂野人先生詩，前人序之已詳，復何俟鄙人贊説。而續刻始末，則固不可不序也。先是東淘施君井亭藏陋軒未刻詩二册：一爲孫豹人手訂，一爲陋軒自鈔。乾隆戊子，宮君節溪遊東淘，於井亭處見之，攜歸。其孫文波爲退庵僚婿，取以相贈。計詩三百六十餘首，其已見陋軒詩刻者，約十之一，餘皆世所未見；又得周櫟園、孫豹人序兩篇，亦前集所未有。退庵詳加遴選，得詩百二十餘首，分爲上下卷，以付諸梓，將與初集並行。此事詳退庵所著筆記中。退庵所得詩册，余未之見。然觀初集，猶間有酬應之篇，而續集則皆陶寫性靈之作，以是嘆退庵抉擇之精也。余猶憶辛丑閏三月間，退庵自郡城歸，舟已將發，過禪智寺，於壞壁石刻中，録得先生二絶句云：「長公詩句在香臺，六百餘年没草萊；片石不愁零落久，琅琊居士會尋來。」「拭盡寒烟舊蘚痕，新題陳迹共相存。老僧漫説因緣事，綠草春風滿寺門。」此詩蓋爲漁洋先生獲東坡石刻而作，初集、續集皆未載。退庵得之狂喜，遍以告諸同人。情景宛然在目，因並記之，以見其搜輯之勤如此。退庵博雅多才，著作甚富，所輯海陵文徵、詩徵，尤有關鄉邦文獻。倘有好事者取以付梓，庶不負退庵辛苦綴輯之意也。

陋軒詩跋　見夏本。

夏嘉穀

吴野人先生陋軒詩，以周櫟園司農所刻爲最初本。康熙前壬寅，司農來揚州，因汪舟次知野人，爲序其詩，梓而行之，名曰陋軒，司農所命也。同時作序者，有計甫草、王阮亭兩公。阮亭時官揚州推官，因司農知野人，雪夜被酒，爲作詩序，翼明，走急足寄陋軒，當在是時。今集中並無王序，即帶經堂集亦未編入，殊不可解。康熙丁未，錢塘汪苇斯分轉東淘，雅重先生，爲裒全集，得詩四百首，續梓以行。吴周祚序言之甚詳。厥後方于雲鴻逵合先生前後詩重付梓人。汪蛟門序稱其刊刻精好，此語信然。余家藏陋軒詩，爲先君子所遺，乃方刻也，近亦罕有。汪、周二刻都未及見。嘉慶時，栟茶繆竹癡中復爲剞劂，刻工較遜於前；且原詩六卷分爲十二，失其舊矣。然其表彰前人之功，自不可没，此陋軒詩四刻之原委也。道光辛卯，繆板歸富安徐氏，頃又展轉出售，余即購回，但字多漫漶，重加校訂，闕者補之，譌者正之，閲五月而蕆事，因詮次其説於簡末。鄉後學夏嘉穀謹識。

案此跋文字與退庵陋軒詩四刻一文略同。

重刻吴野人先生陋軒詩序

見絶妙好辭齋本。

方碩甫

曩者讀新建王文成公集，於泰州得識一王心齋先生，鹽丁中之麟鳳也。不百年而吴野人先生又繼之起焉，亦泰州鹽丁也。抱道食貧，超然雲表，人仰之如青天立鶴，高不可攀。胸有所觸，輒隨意吟詠，調不師古，亦不法今，寂寂焉獨彈無絃之琴，以自適其性情而已。茅屋一椽，不蔽風雨，晏如也。殁後遺有陋軒詩稿，自存者半，散存於各親友者亦半。大都抒寫其忠孝節義之懷，借以箴世，與才士騷人之作異焉。一時賢士大夫先後爲之搜輯刻行，僅成七册，膾炙人口久矣！兵燹後版灰燼，原詩罕有存者。後之人咸以不及誦讀爲憾。歲民國八年己未，吾友楊繩武茂才，偶於荒肆中購得之，珍如拱璧，集友復加校讎，亟謀重梓印行。發幽光而著潛德，誠古君子之用心也。攜詩示余，屬爲序。輔深愧不文，辭不獲已。誦其詩纏綿悱惻，言淺而意深。可以示懲，可以示勸，三百篇温柔敦厚之旨，先生其獨有會心乎！自號野人，孔子從先進之意也，野人而更進乎君子者也。名其詩曰陋軒，顏子樂簞瓢之意也，愈陋而愈賢者也。於戲！若兩先生者，均以極貧之鹽丁，而一念自克，遂能奮起庸俗之中，上與孔子爲徒。王子能傳孔子之道者也；吴子能傳孔子之詩者也。殊塗同歸，後先一轍。謂野人先生之詩爲詩者可也，謂野人先生之詩即心齋先生之道，亦無不可也。吾讀吴野人之詩，吾益嘆三百篇之有功於世道人心爲匪淺也，宜乎吾友楊君之亟謀梓行也。民國九年夏曆庚申三月禹縣方碩甫撰於揚州。

重刻陋軒集跋　見絶妙好辭齋本。

楊程祖

安豐距今東臺縣治南二十五里，予家以業鹺僑居斯土，於今五世。先廣文湛波府君，自幼耽吟詠；古今名家别集，搜羅惟恐不及，而於陋軒尤篤好之。春秋佳日，恒間與二三同志，訪陋軒故居，所謂「野水虚明，鳧鷗出没」者。此中有人，呼之欲出，恒流連不忍去。蓋生長是鄉，關於鄉之文獻，故家遺俗，餘韻流風，景行倍摯也。屢擬重刻以廣流傳，奈坊刻訛誤太多，苦無善本資校勘，用是中輟。今府君捐館垂廿載，程祖迺於江都肆中，購得信芳閣藏本六卷，點畫完好，紙精墨良，洵爲初印。嗣又於儀徵程子青岳處，獲睹夏氏退庵所輯陋軒詩續鈔本上下二卷，卷首有周櫟園、孫豹人、劉孟瞻三家序，及汪蛟門所撰吴處士墓誌，皆信芳閣本所無也。喜不自勝，爰假歸，合爲正續集八卷，亟籌刊資。一依信芳閣板式付梓，以成府君未竟之志；且使海内詩家瓣香吴先生者，獲睹爲快焉。工既蕆，特書其涯略於後。民國九年，夏曆庚申三月，丹徒楊程祖繩武謹跋。

四庫全書總目提要·陋軒詩提要

陋軒詩四卷（江蘇巡撫採進本），國朝吴嘉紀撰。嘉紀字野人，泰州人。泰州多以煮海爲業，嘉紀獨食貧吟詠，屏處東淘，自銘所居曰陋軒，因以名集。其詩頗爲王士禛所稱。後刊板散佚，此本乃其友人方于雲裒集重刻者也。其詩風骨頗遒，運思亦復劖刻；而生於明季，遭逢荒亂，不免多怨咽之音。

桑園讀書記

鄧之誠

吴野人陋軒詩六卷，信芳閣活字本，爲清初十家詩鈔之七。據康熙十八年汪懋麟序，野人詩初集，爲周櫟園所刻。汪芾斯分司東淘，爲再刊其集。方于雲復裒其前後詩刊之，懋麟所序即此本也。計東序初集之刊，在康熙戊申，先於于雲凡十二年。吴周祚序于雲所刊，案「于雲」當爲「汪芾斯」之誤。共四百餘首。今六卷本，蓋野人没後，其友程岫所刊者，後於于雲凡五年。陸廷掄江邨詩序：「甲子秋客廣陵，再過雲家，則野人已前死數月，遺稿多放失未梓，雲家悉捃拾排纘，付其友汪悔齋太史發梓，爲陋軒集六卷。」凡一千十二首。甲子爲康熙二十三年。江邨詩者，岫所撰。雲家，岫之字。信芳既複刻，又稱泰州繆氏有重刊本。蓋繆中竹癡刻陋軒集，依汪刻强分十二卷，時在嘉慶甲戌。刻成未印行，後其族弟錦，爲之補板行世，則道光庚寅矣。繆刻集板，後歸夏退菴。退菴又得東淘施井亭藏陋軒未刻詩二卷，三百六十餘首，選出百二十餘首，編爲續集，分上下二卷，附刻集後，劉文淇爲之序。然則野人之詩，先後凡七刻矣。讀野人詩，如沁寒泉，如沃冰雪，如飲甘露，如觸幽香。然肝腸甚熱，急人之飢，過己之飢；急人之溺，過己之溺。是真有情，不能從形迹求也。程岫江村詩二卷，袁承福嘯竹詩鈔八卷，皆號高逸，能衍野人之緒餘。野人名嘉紀，字賓賢，泰州東淘人。

陋軒江村集合刻八卷

見王心齋先生全集後所附書目。　袁承業

陋軒字賓賢，號野人，明遺老。氣節文章，當時無輩。遺書前清已數刻板，風行海内。凡忌諱之詩，多數删去。今得清初鈔本，與諸刻本迥異，予略加箋注，并撰年譜一卷附後。又將所藏墨迹，攝影刻銅印附。江村集，程岫撰。岫字雲家，亦明遺老，與野人爲莫逆交。野人詩則傳播海内，雲家詩則湮没無聞。予心醉其詩，多方搜求，始得鈔本二卷。卷首有興化遺老陸廷掄序，謂其詩「真至古樸，刮盡浮靡，置陋軒集中不能辨」。足徵雲家詩實與陋軒相伯仲也。并將野人雲家蒹葭并立圖遺像，及諸名人題跋，攝影鑄銅，印之卷顛，此集誠稀世之寶也。

案此書搜訪已久，惜未見傳本，惟陋軒墨迹像贊二卷，陸廷掄江村詩序及蒹葭并立圖，曾先後影印刊載於國粹學報中。據袁氏書目前之識語云：「年來抱病家居，搜羅先哲遺殘數十種，日夕編纂，謄清脱稿者計有數十種，已付手民陸續排印。預將各種書目刊列於左，以供好學君子争先購睹爲快。伯勤於壬子秋病卧床中識。」或此集即當時未及脱稿排印者，亦未可知。

附録五　吴嘉紀事迹輯存

予居揚州三年，而後知海陵吴嘉紀。嘉紀貧士，所居瀕海斥鹵之地，老屋敗瓦，苦竹數畝蔽虧之；蛇虎蒙翳，鼪鼯啼嘯，人迹晝絶，四方賓客之所不至。嘉紀苦吟其中，不求知於人，而名亦不出百里之外。廣陵去海陵百里。嘉紀所居，去海陵又百里；雖見其詩，而無由見其人。一夕雪甚，風籟窌寥，街鼓寂然，燈下檢篋中故書，得嘉紀詩，讀且嘆，遂爲其序。明日，遣急足馳二百里，寄嘉紀於所居之陋軒。嘉紀感余意，爲余刺舟一來郡城，相見極歡。始余知嘉紀，以前户部侍郎浚儀周公，周公知嘉紀則以汪楫。汪楫字舟次，嘉紀所爲賦管鮑篇者也。竊以爲真賞日稀，有才如嘉紀，天下之人不知之，鄉曲之人不知之，及其妻孥亦且駭異唾棄之，舉世無知之者，而獨有一汪楫知之，然則楫之爲人何如也？王士禛悔齋詩集序○案漁洋居易録亦紀其事云：

「泰州布衣吴嘉紀，居東淘，苦吟，不交當世。余見其爲五言詩，清泠古淡，雪夜被酒，爲其詩序，馳使三百里致之；嘉紀大喜過望，買舟至廣陵謁謝，遂定交。」

處士名嘉紀，字賓賢，一字野人。其先世載家乘中。居泰州安豐場，地濱海斥鹵，煮鹽爲業。處士生而穎異，好讀書，以上三十一字，百尺梧桐閣文集作「泰州人，家州之安豐場，地濱海斥鹵，居人煮鹽爲業，性剽悍喜鬭，遇凶歲或天下多故，即起爲盜，平居無事，口舌憤怨輒殺人。處士」。獨以温然儒者居其鄉。初學科舉，後遂棄去，閉門窮居，蓬蒿土室，名所居曰陋軒。終日把一卷，苦吟自娱。晚年善病，或并日一食，不以告人，里人不知也。近海多暴風疾雨，水湧數丈，鹵地爲魚場，人絶粒，動稱凶年。處士廬舍污窪，每歲水至，常及半扉，井竈盡塌，苦吟不輟。其爲詩，工爲嚴冷危苦之詞，所撰今樂府，尤淒急幽奥，皆變通陳迹，自爲一宗。近代巖棲之作，鮮有過之者。積既久，稍稍流傳於時，爲周櫟園、王阮亭兩公所知。兩公官省郡，强致之，力疾一出，布衣草履，低頭座上，終日不出一語。兩公善談論，每説詩樹議鈎致，處士數語微中而已。兩公雅重之，即送歸海濱。處士生平不妄與人交，所善惟三原孫豹人枝蔚、郃陽王幼華又旦、休寧汪舟次楫、歙縣郝羽吉士儀。處士時飢寒不給，舟次、羽吉時緩急之。其見知於周、王兩公也，則舟次延譽焉。此下百尺梧桐閣文集有「王公既得處士，大悦，戲謂舟次云：『野人固冷，今因君熱矣！』」處士篤於孝友，其諸兄有死於鬭者，竭力以斂其遺孤。逋場税爲州吏所搒掠，處士匍匐營救，州吏聞其名，即省釋。處士生數子，皆不學。或舂賃無以自資，百尺梧桐閣文集，作「給」。故百尺梧桐閣文集下有「處士」。閉門以窮老終。處士生於前明萬曆戊午九月二十二日，殁於國朝康熙甲子春三月，以上二十七字，百尺梧桐閣文集無。年六十有七。百尺梧桐閣文集作「八」。所爲陋軒詩若干卷，板行於世。處士既卒之明年，幼華以都給事中典廣東鄉試返命，紆道揚州哭之，留金其家。時舟次亦以翰林奉使海外，憂歸，爲經紀其葬。葬於梁垛開家舍之原，爲之書碣曰：「東淘布衣吴野人先生之墓。」以上二十五字，百尺梧桐閣文集所無。遠近義之。余交處士稍晚，常屬余序其詩。至是百尺梧桐閣文集作「今」。余兄舟次命爲墓誌，不獲辭，處士素謂余知之也。

論曰：據百尺梧桐閣文集補録。歷代處士亦紛紛矣！或被徵不屈，或拜爵還山。若周党伏而不謁，樊英應對無奇；而范升、張楷之徒輒有異議，不亦難乎！惟終始巖穴，束帛不加，没身而後，挹其高風，斯爲絶俗矣！嗚呼延陵，庶無譏焉！汪懋麟吴處士墓誌○見夏本，據百尺梧桐閣文集校。

癸亥季秋，天都程雲家至自南梁，訪予於海陵，兼攜野人詩箋以來，予識雲家自此始。甲子秋，客廣陵，再遇雲家，則野人已前死數月矣。予出詩箋，與雲家相對嗚咽者久之。先是野人死，乏殮具，雲家實佐佑之。野人所居故湫隘，時有水潦之災；一棺在殯，幾陸沉。雲家慨然曰：「是予責也。」顧雲家貧甚，於是醵金於同人，舉其未葬之三喪，同歸窀穸，且爲樹豐碑墓側。又野人遺稿多放失未梓，雲家悉捃拾排纘，付其友汪悔齋太史發梓，爲陋軒集之六卷，凡數十百篇，無一字放失者。予乃不覺矍然起拜雲家曰：「吾子賢乎哉！吾子非今之人，古之人也！」於時雲家客舍，去余館咫尺，朝夕過從，揚搉詩文；言及野人，輒流涕，予頗抑譬之。雲家曰：「岫遇他人固不爾也！獨晤先生，則念亡友，故不禁涕若綆縻耳！」其篤於友誼如此。已乃出江村集視予，真至古樸，刮盡浮靡；置陋軒集中，不能辨！予又不覺矍然拜雲家曰：「吾子獨非今之人，詩亦非今之詩也！」予自客廣陵，見汪子閑先、吴子後莊、郝子羽吉、乾行諸詩，皆簡潔得野人度矩；最後讀雲家詩，尤心折。昔昌黎以古文辭鳴於唐，其後李翺、皇甫湜、張籍、孫樵之屬，踵接而起，而翺名尤盛，故當時有韓、李之目。然則江村一帙，當與陋軒並傳千古無疑也。野人之後復有野人，盛矣！雖然雲家之與野人，可並傳於世者，獨詩也乎哉？（陸廷掄江村詩序○見國粹學報第五十三期。）

泰州處士吴賓賢，居東淘滷澤中，善病工詩，與汪舟次密。汪言之於周櫟園司農，且代贊其詩；周急欲一見，曰：「使賓賢病且死，而吾終不得識面，豈非生平一大缺事！」比相見，乃極歡，且選梓其詩以行，賓賢由是知名當世。鄧孝威愼墨堂筆記

吴嘉紀字賓賢，别號野人。幼負異姿，成童時，習舉子業，操觚立就，見地迥出人意表。無何，輒棄去，曰：「男兒自有成名事，奚必青紫爲！」自是遂專工爲詩，至今將三十年，絶口不談仕進。蓬門蒿徑，樂以忘饑。其爲詩，五七律並驅高、岑，至古體則直逼漢、魏。集中最著者七歌諸作，即起工部於今日，弗能易也。性不喜近軒冕，久之，聲聞籍甚。海内鉅公名流，咸樂與訂交，如龍眠、櫟下、宛陵、新城，以及潁州、郃陽諸君子，先後造訪馳函無虚日，以得識其人爲快。孝弟出於天性，交朋友，不以死生易慮。歙邑程琳，客死揚州；東淘王衷丹，窶死虎墩；二人皆無後，嘉紀不憚跋涉，爲經理其喪葬。其生平高誼多類此。所著有陋軒詩集，周櫟園爲梓以行世。最後分運汪公芾斯，復録其近稿。康熙重修中十場志。○案嘉慶東臺縣志，雍正、道光泰州志所紀與本傳同，兹從略。

吴野人嘉紀，字賓賢，泰州東淘里人也。東淘固産鹽地，人擁高貲，家不蓄書，間有書，輒以覆瓿，或以拭盆牢；而嘉紀獨好書，嘗擁書居陋軒。陋軒者，草屋一楹，環堵不蔽，與冷風涼月爲鄰，荒草寒烟爲伍，故人盡呼嘉紀曰「野人」，而野人因以自號焉。野人每晨起，即攤書枯坐，少頃，起立，徐步室中；忽操筆疾書，書已，輒細吟；吟已，或大聲誦；誦已，復操筆疾書。或竟日苦思，數吮毫不下。又善病咯血，血竭，髯盡白，體稜稜骨立，終亦不廢；而塵封釜數日夕，勿問也。如是者終年歲。居人相與目笑之曰：「若何人者？若不煮素而固食澹者耶！」皆斥爲怪物，野人終弗顧。東淘蓋舊有鹺運分司使署，一使者至，詢左右：「此間有能文士否？」屬胥對曰：「某不識何者爲能文士也！第見破屋中，有手一編，終日向之絮語；忽作數十字，自以爲得意，或者其是乎？」使者急召之，不至；數召，數辟去。使者大駭曰：「此固賢者，烏可召？」乃造廬頓首請見，見輒大悦，以爲真能文士，固無出其右者。東淘人群駭之，以爲淡食者固可與鹺長吏揖耶！自是望野人若不及，漸有過其廬者，野人終閉户不納，竟老死陋軒。案此傳與周櫟園陋軒詩序中述龔野遺語文字多雷同，意留溪取材周序。外史氏曰：野人著陋軒詩一卷，字字如入冰雪窖中，讀之令人畏冷。嗚呼！野人固爲賢士也，而當日之分司使者，亦賢者也！今之吏，聞詩人隱士之名，莫不疾首痛心，斥爲

怪物，惟恐望見其顏色；乃使者竟能造廬下士，非賢者不克至此也。陳鼎留溪外傳

徐州閻梅，字古古，嘗同吳野人過鄧尉山，遇崔兔牀於梅花下，相持大慟。時花開正燦，遊賞者雲集，皆陳殽核雜坐呼飲，聞三人哭極哀，俱色然而駭，挈榼散去。惟靈巖山樵徐枋低徊不退，久之，至前從容請問其故。乃曰：「吾輩生天地間，毫無補於世道人心，對此梅花，素心相感，是以悲耳！」枋識其高，遂留宿山中，豪吟七日夕而去。陳鼎留溪外傳三逸傳　○案閻古古白耷山人詩及年譜皆不載其事；考嘉紀生平似未嘗至鄧尉，留溪此傳，不知何據？

先生姓吳氏，名嘉紀，號野人，揚之東淘人也。四世祖顯卿，仕元爲提舉，至正間，歸隱安豐，遂家海上。七世祖汝寧，有奇行，能代兄罪死，家道式微。先生以前明萬曆戊午年生，幼而穎異，好讀書，不事生業，以故境愈窮而詩愈工。與杜于皇、方盦山、孫豹人一時諸名士分執壇坫，殆有過之而無不及。然先生賦性孤介，不喜奔競。王文簡公任揚州推官，召號名流，大江左右攀龍附鳳之英，無不收名定價，争出公門。獨先生近隸宇下，不自投刺，一衒其技。後文簡於周司農座上得先生詩，恨相知之晚

也：「我官揚州三年，曾未知海陵有吴子。」嗚呼！先生之志，亦可以概見矣！乾隆丁亥年，余分司泰州，弔先生之墓，哀其詩而讀之，於七哀、祀母諸篇，見先生之篤天倫；於王太丹、吴雨臣哀辭，見先生之崇友誼；於淒風行、海潮嘆、臨場歌諸什，見其忠愛之悃，纏緜悱惻，居然小雅遺音矣。他若嘉孝婦之割肉，紀賢母之易書，劉昇以老僕而撫孤，張啓以小妻而守節，尤足以風勵綱常，宣揚郅治，爲守兹土者之所愛敬弗諼也。余姪廷炳官安豐大使時，訪先生之孫某，斂錢爲婚，以延先生之嗣。今年夏，儀之文學胡子正坊，崇古好學，捐貲復修其墓。舊有檢討汪舟次先生題名。胡子懼先生之行久而泯也，以余曾官其地，請記於余，余固樂道先生之善者也，因並揭其始末於阡云。東臺文徵張景宗吴野人先生墓碑記

吴嘉紀字賓賢，號野人。自題其居曰陋軒，故又號陋軒，泰州安豐場人。安豐場爲王心齋故里，多生偉人，野人其一也。野人生於貧家，自幼即好讀書，長而吟詠，蓋其天性不事舉業，安貧樂道，終日抱膝高吟於破屋中，以古人爲師範。門外鹽筴紛紜，富商大賈往來叢雜，塵芥視之蔑如也。所爲詩多自寫其性情，每憫窮竈之辛苦墊隘，其狀如繪，百世可以瞭然，少陵詩史不是過。五七言詩既追配古作者，而所爲今

樂府，尤能即事寫情，變化漢、魏，痛鬱朴遠，自成一家，蓋古之人，非今人也。不妄交遊，獨與汪方伯楫善。楫誦詩於周司農亮工，後有汪分司爲刊全集，名漸達於京師。周櫟園篤好之。王阮亭士禛云：「我官揚州三年，不知海陵有吴子，今乃從周司農知之。」其爲人之介可知。已行世詩，即名陋軒集。沈默發幽録

明吴嘉紀字賓賢，一字野人，泰州人，家州之安豐場。地濱海斥鹵，居人煮鹽爲業，性剽悍，喜鬭；遇凶歲，即起爲盜；平居無事，口吻憤怨輒殺人。嘉紀獨以温然儒者居其鄉，初事制舉業，明亡，遂棄去；閉門窮居，蓬蒿土室，名所居曰陋軒。終日把一卷，苦吟自娱。晚年善病，或并日一食，不以告人，里人不知也。近海多暴風疾雨，水湧數丈，廬舍窪汙，每歲水至，常及半扉，井竈盡塌，苦吟不輟。其爲詩，工爲嚴冷危苦之詞，所著今樂府，尤悽急幽奥；當時遁迹巖棲之作，鮮有過之者。所著有陋軒詩若干卷。明遺民録

吴嘉紀字賓賢，一字野人，家泰州東淘，爲濱海斥鹵之區，鄉人以魚鹽爲業，駔儈雜居，習尚凌競，野人一鶴孤騫，翛然雲表。名所居曰陋軒。蓽門圭竇，草萊不翦，旁

有野水虚明，鳧鷗出没。日惟鍵户一編，吟嘯自若。即缾無儲粟，弗恤也。最工爲危苦嚴冷之詞，所撰今樂府，尤淒急幽奥，皆變通陳迹，自立一宗，近代巖栖之作，罕有過之者。性孤狷，不諧俗。獨與汪舟次、孫豹人數君子善。舟次嘗誦其詩於周櫟園司農所，司農大嘆賞，亟招之至城邑，而王阮亭先生爲之作序，聲名大起，凡四方名士，冠蓋來遊，與邦君牧伯之以建節剖符至者，罔不式廬恐後。阮亭先生嘗戲謂舟次曰：「好一箇冰冷底吴野人，被君輩弄得火熱。」又言其出游後，詩亦漸失本色，不終其爲魏野、楊朴。今取其集讀之，一卷冰雪文，澄敻獨絶。如蔡君謨品能仁院茶，如段田夫攜琴就松風澗響之間，如王摩詰夜登華子岡，輞水淪漣，與月上下，氣專容寂，初終一致，異於不能唱渭城者。且野人晚節，固大有聞於時，而篤行潛修，卒甘心窮餓以死，其品概何等。前説云云，先生蓋别有爲言之也。鄭方坤陋軒詩鈔小傳

吴野人名嘉紀，居泰州之東淘。其先世竈户也。有兄世其業，苦草場累日窮窘。野人授經里門，時時以所得金濟其兄，自食恒不給，而恬然安之。爲歌詩，刻意苦吟，不求聲譽。王貽上爲揚州推官，重其詩，延致之，于是一時知名之士，無不願交野人而恐不得矣。既死，友人哀其遺稿梓之，名陋軒集。吴德旋初月樓聞見録

吴嘉紀字賓賢，號野人，守來孫，一輔五子也。幼負異姿，成童時，習舉業，操觚立就，見地迥出人意表。州試第一，入國朝，輒棄去。曰：「男兒自有成名事，何必區區學舉業也？」自是專工爲詩，歷三十年，絶口不談仕進。隱居海濱，家貧，破屋數椽，不蔽風雨，蓬門蒿徑，樂以忘饑。顔其門曰陋軒，苦吟其中。久之，聲聞海内。鉅公名流，咸樂與交。爲兩淮鹽運使周亮工、揚州推官王士禛所知，再三强召，始肯一出，未幾辭歸。由是東南名士，先後造訪郵筒無虚日，争識其人以爲快。如三原孫枝蔚、郃陽王又旦、休寧汪楫、廣東屈大均、歙縣郝士儀、程琳等，屢造其門。有同里同隱者孝廉季來之，處士沈聃開、王言綸、王衷丹、王劍、周莊、程岫、周京等，得共談論，稱莫逆交，其他多不得而見也。先生崇孝弟，敦倫紀，交友無間死生。程琳死揚州，王衷丹死富安，二人皆無後。先生不憚跋涉，爲經理其喪葬，並以詩哭之，其高義多類此。康熙二十二年五月卒，年六十九，葬梁垛之開家舍。程岫、汪楫經理其葬事。岫囑其子曰：「吾死，當附葬於此。」後果如之。先生氣節文章，當時無輩。善書法，宗六朝碑。余曾見先生題袁右川像贊，鬱朴古勁，令人神逸。著有陋軒集行世。純廟讀「白頭竈户低草房」絶句詩，發國帑卹竈。同郡阮文達奏入國史館文苑列傳。袁承業王心齋弟子師承表季來之大來，號綺里。吴嘉紀賓賢，號野人，著有陋軒詩集。王大經有獨善堂文集。周莊元度，一字蝶園，有桴窩草、蝶園詩鈔，未刻。沈聃開亦季，有汲古堂詩。王言綸鴻寶，有棘人草，未刻。王衷丹太丹，著有朝尋集，未刻。今僅得詩十餘篇。王劍水心，鼎革後爲僧，名殘客。有逃禪集，未刻。傅瑜琢山，有雨軒集，未刻。徐發薁蕢階，有嶺雲集，未刻。周京洊吉，又字柳隱，有默庵詩，未刻。右諸子皆爲明儒，萃生於萬曆年間，同處東淘左右。國變後，隱居不仕，沈冥孤高，與沙鷗海鳥相出入。結社於淘上，所有懷抱，寄托詩文。其流風餘韻、德行文藝，三百年來，猶膾炙人口。袁承業擬刻東淘十一子姓氏〇見國粹學報第八十一期。

附録六　諸家品題評論輯存

吾友十一人，君獨拔其類。邱壑見性情，苦吟多至醉。何以知詩工？取老不取媚。時而如空山，漫漫無可攀。時而如古木，亭亭氣自肅。時而如清流，澮澮入新秋。時而如怪石，冷冷輕烟積。復聞窮餓不關心，購詩弗惜床頭金。胸中日空闊，所以字字無近今。我好文，君好詩；文易令人老，詩能令人思。高人顔色如可惜，我願從吟松樹下！周京閲賓賢社兄詩集因懷之

古人好爲詩，嘯歌抒性情；今人好爲詩，辛苦師嚶鳴。五字與七字，投刺恒相并；道路盛剞劂，卷帙争縱横。詩歌小道耳，所重在生平；丈夫能自立，豈必多友聲。吁嗟吴野人！東海掩□濱；賃舂寄人廡，著書羞時名。呼我爲知己，出詩令我

評。峻嶒冰雪骨，對之泠泠清；諷詠見哀怨，取舍無逢迎。但令不可朽，百篇亦已盈；不然徑尺書，何足爲重輕？汪楫悔齋詩選陋軒詩

吴野人詩格日長，其意便欲多毀却從前詩，弟謂却似不必也。譬如舂米，精粗不同，要之皆是米，粒粒從辛苦中得來，何忍棄之？若是稗子，則斷不可存耳！足下以爲何如？孫枝蔚溉堂文集與汪舟次書

野人詩腔板打定矣。只看得一二首，以作壽文無暇也，容細細讀之以復。黄心甫到青，推野人爲王、孟一流。僕向不喜此老，因其喜野人詩，遂大喜此老。青屬諸城縣有李生名澄中，字渭清，僕從衆中與之目成，亦如在揚之得野人。但渭清詩尚氣色，與野人兩路，却是尚氣色之佳者，故僕喜之。渭清讀僕爲野人序而墮淚，其人可知。故急急令足下知其姓字，足下亦當説與野人也。周亮工賴古堂集與汪舟次書

讀吴野人詩，想見此老彳亍東淘，空墻落日，攢眉索句，路人作鬼聲唧唧揶揄時。昔宋登春見謝榛詩，唾曰：「何乃津津諛貴丐活？」展此老詩竟卷，如入冰雪窖中，使

人冷畏。賴古堂尺牘新鈔吴介兹復汪舟次書

承惠野人詩，其澹遠處殆學陶而未至者。然下筆一路蕭疏，無半毫朝市烟火氣，真有野才。先生刻其詩而行之，豈胸中無野趣者所能耶？藏弆集黄國琦與周櫟園書

海濱有吴野人，苦吟追郊、島，櫟園每與舟次並稱，屬舟次至交。舟次之詩，切磋於友生者久矣！方拱乾山聞集序

吴嘉紀字野人，家泰州之安豐鹽場，地濱海，無交遊，而獨喜爲詩。其詩孤冷，亦自成一家。其友某，家江都，往來海上，因見其詩，稱之於周櫟園先生，招之來廣陵，遂與四方之士應酬倡和，聲氣浸廣，篇什亦浸繁，然而寒瘦本色自在。今陋軒集中佳者，故不減郊、島風格。或有謂其詩品稍落，不終其爲魏野、楊朴者，似非篤論也。王士禛分甘餘話

東淘詩太苦，總作斷腸聲；不是子鵑鳥，誰能知此情？哀猿相叫嘯，落月未分

明；夜夜同淒絶，教人白髮生！○江南與江北，秋總在君家。一片蕭條意，含陰作海霞。何須雲際雁，不必雨中花；已自堪腸絶，聲聲入暮笳。屈大均翁山詩外讀吴野人東淘集

余每謂今之爲詩者，管擊楮摩而成就者三家耳：新城之秀雅，翁山之雄偉，野人之真率。其他雲蒸霞蔚者，未嘗不盛，而丹候似猶未圓，猶不足主盟一代也。孔尚任題居易堂文集屈翁山詩集序後

錢湘靈嘗言：「自王于一死，而揚州無古文；自吴野人死，而揚州無詩。」張符驤閔賓連墓表

吾州之荒鄙而代有聞人。今即不遑遠引，如王心齋之理學，沈鳳岡之忠讜，華南畹之天官，吴陋軒之詩，黄童之弈，柳敬亭之説書，與俞公之制藝，皆卓卓名家，海内承學者未之或先也。張符驤俞其武詩序

泰州野人吴嘉紀，一生貧苦數何奇？我訪朱襄坐書室，偶於架上得其詩。詩中情思何淒絶？讀之細細生涼颸。調高句古人莫及，巉巖絶壁枯松枝。野人之面人不識，野人之詩世所奇。野人處世隱其身，謝世何能隱其辭？我爲付梓傳百世，當與李杜相追隨。與之同時不同遊，嗚呼此恨何能有已時？岳端玉池生稿題陋軒集

跌宕似杜，雋永似劉；野人即少陵之野老，陋軒即夢得之陋室乎？王爾綱名家詩永

樂府新題繼雅風，東淘苦語最能工。長城若墮文房壘，合讓堂堂杜水東。李必恒樗巢詩選論詩絶句

東淘吴野人，吟苦效郊島。崛起魚鹽中，海濱知者少。我行讀其集，奉持若瓌寶。鈔謄失寒燠，吟諷錯昏曉。長者或嗤予：「所見毋乃矯！性情貴和平，此亦太枯槁！」長跪謝長者，兹理本微渺。同嗜有殷生，名玉嶧，字樊桐，同里人，有能詩聲。可爲知者道！○大雅久不作，俗調何靡靡？蚓唱與蛙鳴，一倡而百隨。折楊悦里耳，白雪

和者希。嗟予沉溺久，既乃悟其非；譬彼失路子，中道始得歸。僞體應見裁，風雅良在兹；清詩近道要，少陵豈吾欺！李必恒樗巢詩選讀陋軒詩

陋軒詩最善説窮苦，惜其山水不多，接交不廣，華貴一無所有。所謂一家言，未可爲天下才也。鄭燮板橋集板橋自序

吴嘉紀字賓賢，更字野人，江南泰州布衣，著有陋軒詩。野人居泰州之安豐鹽場，瀕於海。刻苦成詩，人無知者。自周櫟園侍郎盛稱其詩，人争重之，由是陋軒之名，與諸家相埒。○漁洋詩以學問勝，運用典實，胸有鑪石，故多多益善而不見痕迹。陋軒詩以性情勝，不須典實，而胸無渣滓，故語語真樸而越見空靈，然終以無名位人。予持此論，而衆人不以爲然。然其詩具在，試平心易氣讀之，近人中有此孤懷高寄者否？沈德潛清詩别裁

偶然落筆並天真，前有寧人後野人；金石氣同薑桂氣，始知天壤兩遺民。洪亮吉更生齋詩論詩截句

也。悔齋先生與吴野人先生齊名。野人詩清而冷，悔齋則清而腴，所謂同工而異曲

汪文著百尺梧桐閣遺稿序

汪舟次楫與郃陽王幼華、泰州吴野人、江都孫豹人、郝羽吉五人，皆以詩文相友

善，屬戴倉作五子樽酒論文圖，各有題句。阮元廣陵詩事

泰州吴野人嘉紀，以陋軒名其詩。野人稱詩淮、揚間甚久，而廓功案魏衛字廓功。

名不出白沙。陋軒朴勁有法，少生新之意；西陴詩鬱鬱古色，而阡陌町畦，不甚就界

畫。若夫不事璵繢而品高，成其爲處士之詩則一也。廓公、野人皆産廣陵，其生時相

知與否未可知；死而陋軒、西陴之詩并有録本，雖隱約以殁世，可傲然而常存！先著

西陴詩稿序

東淘有處士吴野人，窮居海濱，吟詠自適。與君按指戴勝徵。友善，常相與冥搜幽

討於蓽門陋室、寒蘆野水間。其詩幽冷淒清，如蟬嘶雁唳，令人聞之，興當秋之感也。

程士椷石桴詩鈔序

吴野人陋軒集，沈歸愚選入國朝詩别裁，朱竹垞則入明詩綜，猶昔宋書、南史各有陶靖節傳也。其詩字字入人心腑，殆天地元氣所結。予專選一百餘首，朝夕諷玩，以爲陶、杜之真衣鉢，猶恨竹垞、歸愚之不盡。人以其窮約而少之，指爲山林一派，豈知詩之根本者！潘南村意境相似，規模較狹，非其敵也。潘德輿養一齋詩話

吴野人，嘉紀。本泰州安豐場人。自分縣後，安豐籍隸東臺。野人著陋軒詩鈔十二卷。其歌行之妙，直逼老杜；餘詩亦如九秋唳鶴，三峽啼猿，布衣之中，罕有其匹。薄游郡城之日，與諸君詩篇倡和，未改耿介之行。而王貽上獨譏之曰：「吾一箇冰冷的吴野人，亦弄得火熱。」不知野人何開罪於貽上，而詆諆若是也。野人之詩集自在，人品亦自在，固無俟鄙人爲之昭雪而言之喋喋也。康發祥伯山詩話後集

吴野人布衣，沈歸愚别裁集小傳以爲詩筆刻苦，語語真樸，不得以名位少之。平心易氣讀其詩，試問近人有此孤懷高寄否？歸愚昔持此論，余亦深韙其言。集中名作，不能備舉。余最愛其玉鈎斜云云。白塔河云云。董嫗詩云云。落葉云云。新僕云云。仁人長者之言，横見側出，一時隱逸，未之或先。康發祥伯山詩話後集

程孟陽嘉燧、吳非熊兆、邢孟貞昉三君詩自有可傳，然較之吳野人，竊恐不逮。而漁洋於程、吳、邢則譽之，於吳則譏之，於此知門户之見，詩人不免。余以爲布衣之詩，吳爲第一，匪獨重桑梓之誼，抑以見公道之不泯。如予言不信，則新安二布衣詩、石臼集、陋軒詩鈔俱在，取而觀之可也。康發祥伯山詩話後集

「瓜步江空微有樹，秣陵天遠不宜秋。」「烟中小市開晴翠，樹杪重泉帶雨聲。」此孟陽句也。「維舟登岸先尋寺，入境逢人即問山。」「游過山川常在夢，別來朋舊久無書。」此非熊句也。「桃花一夜飄還剩，燕子今年到故遲。」「城邊月出還聞角，水上雲來始見秋。」此孟貞句也。三君之詩，非不淵雅雋永，然老氣橫九州，究不如陋軒之苦心孤詣也！康發祥伯山詩話後集

瀕海荒寒處，天風浩蕩來；不知詩意苦，但聽鶴聲哀。斥鹵盤清氣，乾坤老逸才。謝翱晞髮集，如見哭西臺。康發祥伯山詩鈔讀吳陋軒詩集

不傲公卿不苟同，閒閒自放海陵東。人當在野名偏著，陋可名軒學不窮。一老

荒涼蘆荻外，半生淒楚亂離中。浣花若使尋蹊徑，得列門墻是此翁。范崇簡題吴野人集後

一字一成淚，因悲季世身。産愁老後破，詩到亂離真。七子才應揜，三家學並純。如何陋軒後，來者絶無人？徐可讀吴野人陋軒集

野人先生詩，幽澹似陶，沈痛似杜，孤峭嚴冷似賈、孟。其至處恐漁洋亦不能到。漁洋當雪夜被酒，爲作詩序，翌明，馳急足寄野人，可謂神交吻合。後又論野人居廣陵，與四方之士交游倡和，漸失本色，兼爲讕語，頗傷忠厚。以余觀汪蛟門撰野人墓誌，稱其在周、王二公座中，布衣草履，低頭無言，終日不出一語；蓬户朱門，塵土軒冕，野人有焉，尚得謂之漸失本色乎？若夫交游倡和，詩人所有事，孤冷如野人，詎能廢此？漁洋乃欲并絶其交游倡和，是何説乎？夏荃退菴筆記

周侍郎櫟園有言：「國朝詩推寧人、野人二家。」野人姓吴，名嘉紀，江南泰州人，詩名陋軒集。寧人先生以經濟考證名天下，詩之工拙，姑無深論。余讀陋軒集，喜其

曠懷孤寄，静夜披讀，如對高僧，如聞異香。其哀羊裘爲孫八賦云云；新僕云云。野人落拓布衣，不事聲華，微侍郎，夫孰知菰蒲中大有人在耶？録二首以存梗概。陸鎣問花樓詩話

海陵吴野人，名所居曰陋軒，甘心窮餓，其吾廬詩云云。與吴鱗潭祭酒善，鱗潭官京師，夜夢野人索棉布十丈。詰朝，寄詩與布。野人得之曰：「神交哉！」報以詩。見金會公所爲吴祭酒傳。漁洋謂野人出游後，詩亦漸失本色。要其志節，固初終一轍也。楊鍾羲雪橋詩話○案金德嘉吴祭酒傳有云：「海陵吴野人，詩友也。官京師，夜夢野人索棉布十丈，詰朝，憶夢中語，寄以詩與布。野人得之曰：『神交哉！』報以詩。」

吴野人僻壤云云。水退後同戴岳子晚步因過季園時季秋九日云云。初冬云云。途中贈吴子遠云云。泊船觀音門云云。吴介兹謂讀野人詩，如入冰雪窖，使人冷畏。可謂確評。楊鍾羲雪橋詩話

海上吟詩到白頭，菱花滿地一沙鷗。一生不出東淘路，自有才名十五州。王苹讀

吴野人詩

字字流從肺腑真，乾坤清氣幾遺民？更生別具千秋眼，前數寧人後野人。郭曾炘匏廬詩存雜題國朝諸名家詩集後

陶杜而還有此詩，漁洋確士未真知。苦吟落得身貧賤，殘燼應關鬼護持。上座敝衣名士會，荒丘宿草故交悲。篝燈録罷重尋諷，益信潘翁不我欺。潘四農詩話，謂野人詩字字入人心腑，殆天地元氣所結。○郭曾炘匏廬詩存鈔吴野人陋軒詩一册書後

野人精飲莽，秋士喜飲烟；赤貧皆至骨，獨此未能捐。一當鼎革際，一值太平年，生世迥不同，乃同一迍邅。昔聞野人名，遺書購乏緣。一瓻昨借得，愛玩忘食眠；晨書兼暝寫，密點復濃圈。遍覽並時作，幾無可差肩！篋中秋士集，舊得自吴船。雖然邊幅窘，愛其天真全；合鈔成一册，尚覺臭味聯。平生不解詩，安敢論前賢！顧於烟與莽，亦有癖嗜偏。兩君復愛菊，詠菊詩聯篇。東籬正敷英，把卷坐其前；金薰吹管馥，花乳浮甌圓。菊影畫四壁，秋聲詩一天。二語秋士原句。臨風時諷

誦，百慮爲之湔；可爲知者道，難與俗人宣。郭曾炘匏廬詩存鈔彭秋士詩與舊鈔野人集合裝成卷書後

陋軒古詩，序事得之史公，沈痛得之少陵；五七律俊爽，亦不失爲元遺山。明末詩家，可與孟貞按指邢昉。抗行。陳田明詩紀事

泰州吴野人詩，純是天籟，隨手拈來，都成妙諦。偶記其夜發云云。次韻答黄鳴六見懷云云。贈歌者云云。林昌彝海天琴思録

泰州吴嘉紀，字賓賢，號野人，居泰州安豐場。地濱海，斥鹵煮鹽爲業。家貧，豐年亦乏食。穎異，好讀書，以歌詩自娱。所爲詩，老辣嚴畏，有薑桂之氣，然出於天籟，不待作爲。近代詩家境界，如紅爐點雪者，吾於野人見之。讀其受侮詞，可爲窮士吐盡鬱濇之氣。詩曰：「此揶揄，彼睚眦，水上風來波浪生，鸞鷟無端集於枳。時俗計較苦不休，赤丸白刃争報讎。江海納水千萬里，就下那擇清濁流。山麋擁大角，隴羫擁小角；長者襟懷自坦夷，異類相逢任抵觸。」又送公調歸

白門云云。此詩非天籟乎？待王太丹云云。此詩肯著一字乎？相卿移居云云。此詩極見渾成，無斧鑿迹。又同鴻寶季康南梁重訪柴丈云云。秋懷云云。林昌彝海天琴思録

樂有天籟、地籟、人籟，詩亦有天籟、地籟、人籟。近代國初諸老詩，吴野人，天籟也；屈翁山、顧亭林，地籟也；吴梅村、王阮亭、朱竹垞，人籟也。此中精微之境，難爲不知者言也。林昌彝海天琴思録

本朝吴野人詩多辣，屈翁山多超，顧亭林多鬱，朱竹垞多雅。林昌彝海天琴思録

鍾嶸詩品論詩，以骨氣奇高爲詩品第一。余謂元代之藍山，近代之吴嘉紀其庶幾乎！然藍明之雄處多，吴野人淡處多。林昌彝海天琴思録

天留一遺老，詩酒將情陶；知音得櫟下，骨格何孤高？時移局屢變，終守冰霜操。胸中積傀儡，筆底含風騷。漁洋亦傾倒，舟次真同袍。陋軒集以外，金盡沙空

洶。施峻雲樵詩賸讀陋軒詩

曾見滄桑劇可哀，側身天地老奇才；貌枯直與秋巖並，詩冷如從雪窖來。幸有宗工傳此作大梁周櫟園先生曾刻其集。不知襟抱向誰開？陋軒風月依然好，消恨難憑酒一杯。施峻雲樵詩賸題陋軒詩後

翩然高舉謝華紳，竹杖芒鞵只守貧。禾黍悲歌千古淚，乾坤俯仰一吟身。浣花溪後添新史，種菊籬邊老逸民。試與婁東提並論，詞章節義屬何人？楊謙題吴陋軒詩

閱盡滄桑鍛鍊精，不求聞達重公卿。能傳陶杜真衣鉢，自得風騷古性情。僻處海隅終卻掃，孤吟盛世竟知名。零珠斷璧珍希代，把卷公前一告成。費文彪讀吴陋軒詩書後

予推之案指杜于皇。與屈翁山、顧亭林、吴野人、彭仲謀並，殆五霸不足六耶！譚獻復堂日記

野人詩在玉川、東野之間。諸人序之，未有一言及者，但稱好好而已。然則野人終無知音也。王闓運湘綺樓日記

自明都傾覆，□□交侵，江、淮之間，□騎若織。史公以一旅之師，畫淮而守，軍孤糧竭，兵弱□强，戰而不克，以死繼之。土著士民，殞身湛族，而罹屠戮之慘者，以高孝纘、戴子蕃爲最烈。若夫惓懷故國，形之詩歌，所南心史之編，皋羽西臺之哭；則吴氏詩刊禁目，徐氏誅連宗親，文網之嚴，於今爲烈。讀揚州十日記、陋軒集諸書，而嘆吾郡受禍之烈矣。悲夫！劉光漢揚州前哲畫像記

丹徒趙彦修，字季梅，喜聚書，近數年間已散出。其收藏以明、清人著述爲多，蓋寒士無力購求古本者也。余前收其陋軒詩六卷，首頁批曰：「野人學杜學陶，幾於具體。其直率處，與陶尤近。余謂彭澤替人，二千餘年只有野人耳！」此語頗耐人思。昔洪北江論詩，以亭林、野人並稱；謂亭林有金石氣，野人有薑桂氣，實爲確論。野人以古體詩名天下；其近體淡而彌永，清初諸老中，亦別開生面。如贈方爾止云：「出郭北風吹敝裘，亭皋東望使人愁；隋宫緑酒離前飲，魯國青山老去遊。寒雁背群

飛夕照，霜砧何處搗殘秋？欲攀堤柳增惆悵，黄葉蕭蕭落馬頭。」内人生日云：「潦倒丘園二十秋，親炊藜藿慰余愁。絶無暇日臨青鏡，頻過凶年到白頭。海氣荒涼門有燕，谿光摇蕩屋如舟；不能沽酒持相祝，依舊歸來向爾謀。」賣書祀母云：「母没思今日，兒貧過昔時；人間無樂地，地下共長飢。白水當花薦，黄粱對雨炊。莫言書寡效，今已慰哀思。」學者賣書悲矣！賣而祀母，其悲可知。宜其言之痛也。神州舊主獨樹齋見聞隨筆

附録七　同時諸家酬贈題詠輯存

與賓賢過虎墩訪曹僧白，同楊二集之、楊四倫表、沈亦季、家弟訒次集中弟爲憲齋中

王鴻寶

移此亦已久，慚余未到門。爲來尋白羽，僧白别字。相向坐黄昏。七子生淘上，三更聚虎墩；貧中難得爾，敬共舉君樽。

賓賢招集，適符同玉與太丹叔至

王鴻寶

素士清溪啓陋軒，自宜處處與言言；一尊秩爾才當午，二客翩然忽入門。夙約亦難爲是集，新詩直欲可俱存。貧中晤語能如此，春日秋風豈可諼！

送吳野人歸海濱，兼柬徐次源

汪　楫

乙巳三春天不雨，五月六月雨不住，七月三日雨更奇，大風拔起園中樹。城郭只怕洪濤入，大野茫茫更何措？昨朝我過邵伯鎮，累累浮屍聚無數；應知白浪無所逃，自縛妻孥作一處。復聞泰州煎鹽場，萬人頃刻隨烟霧。海濱空有避潮墩，百丈狂瀾那得度？我友吳叟家安豐，却望城東淚如注；縱使敝廬依舊在，鄉里多應少親故。乞食吾甘粟里翁，授餐誰是淮陰嫗？吳叟吳叟勿復慮，君不見雪滿陋軒人肯顧，吳秀芝米郝鬚布。憐才更有徐次源，淒涼窮海且歸去。

聞吳野人就館角斜却寄

汪　楫

老友不得意，擔簦走角斜。片氈初爲客，一歲幾還家？春去無青草，湖迴盡白沙。苦吟堪自慰，且勿怨天涯！

雨中吴野人至

汪　楫

不雨竟三月，吴陵先断流；懸知凶歲至，又使老人憂。日暮聞清溜，門開見白頭；相逢且歡笑，兵革未全休。

陋軒詩爲吴野人賦

汪　楫

高士生窮海，結廬蘆葦前。人過元旦節，門閉甲申年。野水白浮月，瓦苔青接天。徒勞吴楚客，詩句競相傳。

宿陋軒留别野人

汪　楫

偶向清溪住，論交得野人。種花常自傲，對客耻言貧。只此鬚眉古，聊存天地真。悲歌千里共，揖别莫逡巡！

送陋叟　汪楫

田田荷葉香，陋叟上歸航；垂老親妻子，安貧累藥囊。帆開如快馬，酒熟正端陽；歲歲悲佳節，明朝在故鄉。

懷吴野人　汪楫

急遽掛滿帆，經旬少報緘。樵風隨短褐，海月照長鑱。運米河方竭，煎茶水定鹹；那堪正饑渴，乳燕共誦諵！

送吴五賓賢　汪楫

霜林棲烏啼，蕪城天不曉；行子急道路，仰視參與昴。年年歸此時，芒履踏枯草；寒冰結髭鬚，朔氣令人老。歸家常苦遲，出門常苦早。子廉有賢妻，餔糜共亦好。郊原結冰雪，日出光泠泠；萬物苦閉塞，只待春風生。君今已皓首，毋庸嘆飄零。在天亦有雲，在水亦有萍。丈夫惡饑寒，何以垂令名？飲水被鶉衣，高節誠可貞！

懷安豐吴野人

汪　楫

陋軒老子近何如？二百里天無尺書。挂杖青錢應罷數，勝簪白髮若爲梳？秋來穀賤誰舂米，雨過溪深合打魚。聞道孫生來卜宅，孫八豹人謀僦居東淘。分明比屋得長沮。

題五子樽酒論文圖

渭北王幼華來江東，與吴野人、孫豹人、郝羽吉、汪舟次交，命曰五友，繪圖以歸，分賦。

汪　楫

汪子無才負傲骨，尋常出門少親暱。僻壤相逢吴野人，風塵意氣膠投漆。野人之友亦落落，論詩共許孫與郝。幾處歌聲向一燈，吴陵新安與焦穫。焦穫自昔多名家，孫郎動向人前誇；眼中難見李叔則，户外忽來王幼華。王生結交殊不苟，屈指素心惟五友；預愁他日走長安，不似於今時聚首。西湖戴蒼能寫真，遊子不顧囊中貧；却將渭北江東意，圖成樽酒共論文。更有黄山江天際，畫水畫石多生氣；援筆添寫兩株松，百尺寒岡接蒼翠。裝來卷軸喜同看，皓首孫郎酒不乾，郝子撚鬚時欲笑，吴生抱膝動長嘆，汪子把卷苦抑鬱，王生惜别何辛酸！王生王生勸爾且盡尊前歡，明日徒從紙上觀！

題吴賓賢處士陋軒

孫枝蔚

幽徑小河通，海邊環堵宫。烹茶勤貯雨，種樹預愁風。鄰舍販鹽叟，往來驅犢童。莫笑英俊少，楚屈宅相同。

鸜鵒迎賓語，梅花應節香。陋軒陋何有？陋巷陋相當。掃地雙椶帚，堆書一草堂。是予曾卧處，月色更難忘。

坐久常多愧，誰知遠客心？結廬須近墓，求食便投林。浩浩江湖闊，悠悠歲月深。何時守故土？亦得學狂吟。

送吴賓賢歸東淘

孫枝蔚

茱萸灣畔夕陽微，回首高城雁正飛。遮莫清霜船外落，故人新贈布袍歸。賓賢有謝羅生贈棉布袍詩。

雨歇家家刈稻忙，柴門開處對漁航。教成鸜鴿能言語，先報東籬菊蕊黄。

已過重陽溪最滿，大魚網得應躊躇。海風愁捲層茅去，老人於此坐讀書。

懷吴賓賢

孫枝蔚

重遊東海上，竊喜近吴生；十日不相見，秋風無限情。雨餘流水急，寺裏晚鐘鳴；爲有扁舟約，踟躕立古城。

過安豐鹽場作

孫枝蔚

我自攜琴東海濱，相逢半是賣鹽人；論詩近有吴生好，三十場中一隱淪。

過吴賓賢陋軒因題碾坊一絶

孫枝蔚

伯鸞不道賃舂苦，元亮偏因看菊忙；能兼二子惟吾友，菊在東籬稻在場。

問吴賓賢成二絶

孫枝蔚

相見酒盈壺，倉中有稻無？旱乾三十里，誰最念潛夫？

肺病今何似？君言病漸稀。茶烟出茅屋，但見彩雲飛。

客中苦熱寄懷吴賓賢

孫枝蔚

陰陽成萬物，雲如炭與銅；當其流爍時，誰頌造化功？遊子更堪哀，奔走忘西東。避暑豈無地，芭蕉映簾櫳。舍之來江南，揮汗糞埃中。朱門臭酒肉，席上無野翁。野翁詩數卷，氣與冰雪同；急歸且把讀，煮茶聽松風。先洗昏眵眼，徐開煩悶胸；何必崑崙頂，赤脚拄青筇！

爲吴賓賢題行路圖

孫枝蔚

瓶中米無幾，煩君出門去；妻子待君歸，同立垂釣處。似聞向維揚，嶺頭梅正香。借問往來人，或恐知其詳。答云遇一叟，行吟道路旁；似是林和靖，復類孟襄陽。梅花滿驢背，未可充飢腸。充腸雖不可，無花俗熬我。只愁天氣暖，綻盡枝頭朵。

賓賢自號野人，舟次自號耻人，希韓戲予曰：君詩便可合刻，當名三人集。予笑而答之

孫枝蔚

盧仝馬異句相當，名字參差復不妨；得號三人誠忝竊，會稽曾説有三康。

賦得梅花，送吴賓賢歸東淘

孫枝蔚

玉樹映窗紗，幽人句每誇；織成機上素，曾比鬢邊花。影伴三更月，香傳一水涯；歸途劇煩惱，吹笛是誰家？

懷吴野人

孫枝蔚

寄書東海上，長怪報書遲。連夜夢全少，百年身各衰。寡歡嫌魯酒，多病想秦醫；準擬歸來日，朝朝不相離。

望隔墻冬青樹，有懷吴賓賢

孫枝蔚

冬青隔墻看，看罷增嘆息；無人知懷抱，但謂愛樹色。松竹不在眼，此樹復難即。嘆息謂固宜，聽之心益惻。故人卧海濱，守拙艱衣食；本是歲寒交，别來歲非一。冬青覆墻頭，舉首輒在側；與子各一方，爲鄰安可得？

寄吴賓賢

孫枝蔚

歲歲素心稀，日日朱顔毁。合密尚嫌疏，況隔千餘里。佳作看無繇，好音亦寂爾；寂爾自何時？兩見楊花起。豫章饒賈客，未曾絶行李；端坐自躊躇，不覺淚如水。求田問舍心，應爲高人鄙。學稼誠小人，謀食非得已！君貧如延之，誰繼王公子？勸君當治生，復恐輕啓齒。在陳有絃歌，先死曾不死。雖飢幸免寒，日暖陋軒裏。

雪中憶賓賢

孫枝蔚

故人有茶癖，不合生長海之涯；積雪寒如此，妻兒乞食向誰家？高賢受餓亦尋常，且復烹雪賞梅花。平生不識孟諫議，何人爲寄月團茶？

東淘吳賓賢，貧病工詩。汪舟次手録其近作相示，頗有同調之感。舟次且爲予言：賓賢近札，有夕陽殘照，於時寧幾之語。櫟下生痛賓賢或真死不及見矣，爲賦一詩，急令舟次寄示賓賢

周亮工

無意閒從汪舟次，把君詩卷淚交承。同調於今寧幾見？斯人當世未有稱。老病行藏一徑菊，亂離兒女滿床冰。頗恐傳聞真即死，新詩呼朋細細謄。

汪舟次每見予輒言賓賢不置，予既爲一詩寄賓賢，感舟次於賓賢纏綿悱切，復作此與舟次

周亮工

暮得一士朝相告，爾與吴生交有神。細寫新詩急示我，惟恐當世失此人。五字七字聞謦欬，清酒濁酒共咨詢。大笑國門多知己，㜕㜕亦解嫌其真。

吴賓賢爲予至，飲汪舟次齋中

周亮工

亂覺良朋贅，君來道路長。江風吹敝帽，海氣滿奚囊。酌酒心爲動，論文意轉傷。斜陽猶未落，及見老夫狂。

歌吹揚州地，寒梅不肯花。人憐關塞返，客嘆夕陽斜。垂老真相見，傳詩各有嗟。同君從世好，深夜醉琵琶。

聞君買藥至，似爲老夫來。遽啓殘詩篋，休停濁酒杯。蒙羞從世網，忍死待予回。莫便尋歸棹，寒花次第開。

吴賓賢力疾爲予至，至則病益甚，不能晨夕。賓賢既以病留邗上，予乃先歸

周亮工

力疾爲予至，依然見面疏。空江殘歲棹，遠夢野人廬。此地難爲客，何時更寄書？歧途頻握手，五十見君初。

答吴五賓賢

王又旦

古柏厲霜雪，蜒蜿百尺景。志士多苦懷，俯仰發深省。斯世重丹臒，吾道同斷梗。夫子奮獨往，觀書得要領。正始力可追，冥搜氣何猛？攘臂剸蛟鼉，無心逐鼃黽；潛迹絶城市，結架傍鹵井。澥氣野茫茫，天風樹冥冥。餔糜共萊娰，歌嘯存箕潁。依人計誠拙，適己興自迥；將學任公釣，從子泛漁艇。

次豐城得汪檢討書，知吴野人已卒，詩以哭之

王又旦

颶母盪迅飈，茫茫暗斥鹵。結交苦難合，夫子竟貧窶。藜羹寡一斟，力盡皋橋

廡。吁嗟王侯門，不易海陵土。平生獨往心，百夫挽强弩。唯餘五株梅，色映青苔古。淒涼五男兒，與梅守環堵。客子下南州，蘆叢聽柔艣；鳴雁有哀音，淚盡洪都府。

地暖君亦寒，歲豐君亦飢；耕作苦無地，西域寧有時？海日上柴門，清暉羅四垂。滌彼齋中硯，供此八口炊。五字追黄初，流播江之涯。長貧復何憾？造物若爾私。傷哉志士心，終埋蒿與藜。巋然三尺墓，高與狼山齊！

東吳處士賓賢　吳周

日暮暑氣徂，柴門有餘清；遥遥沙際月，泛泛波中明。榆柳既垂陰，藻荇亦交横；莎雞出岸草，振羽如欲鳴。時移樂幽棲，多病懷友生；倉卒歧路别，浩蕩滄洲情。向老會面難，寸心何繇傾？愁坐東軒下，獨夜秋泉聲。

陋軒　吳麐

伯鸞居廡下，元亮老籬邊；隱矣吳夫子，高風齊二賢。賃舂常作客，采菊始歸田。想見行吟處，溪流繞數椽。

贈吴賓賢

張　謙

朝暮多悲風，吹君海上屋；君當未衰時，早已謝榮辱。吟詩二十年，空齋苔蘚緑。賤子苦風塵，古道蒙相屬：君釣槎頭魚，我侶澗邊鹿。萬里歲寒心，相望慰幽獨。

贈汪舟次兼懷吴野人

陳維崧

旅舍愁無那，濃秋把汝詩。驛樓臨水處，涼月掛城時。更憶東淘客，吟成老淚垂。乾坤二子在，蕭瑟莫深悲。

答吴野人以詩見懷

喬雲漸

垂楊生水涯，春鳥鳴高枝；相望隔烟水，煩子縈遐思。曰予淡蕩人，爰寄招隱詩。研慮晚雲薄，擷藻朝霞披。蕉展青乍引，籜解緑初垂；有景不能肖，庶幾彷彿之。揣予慚酬答，工拙寡所施；繞樹行千匝，一日盡六時。昨夢過瀟湘，旋復上峨嵋；瀟湘飲小雨，峨嵋啖靈芝。恍然識浮生，勞勞胡喧卑？願言成把臂，吾道其在斯！

過陋軒 吴野人居。 喬雲漸

宛轉垂楊岸，柴門自一家；細流通曲澗，小圃隱疏花。風外眠吟榻，烟中老釣艖。終年忘盥櫛，不問鬢雙華。

陋軒爲吴賓賢賦 汪士裕

聞君棲隱處，蘆荻繞幽居。隙地留鋤菜，長竿學釣魚。秋風吹褐短，夜月到窗虛；寂寞無來客，窮愁好著書。

泛舟平山下，送吴賓賢歸東淘 汪士裕

何事陋軒叟，含愁對酒巵？無錢飄短髮，多病憶齊眉。白水青荷長，紅橋緑柳

垂；臨歧重分首，歸棹夕陽遲。

懷吴賓賢

汪士裕

東淘西岸是君家，溪水逶迤繞户斜；橋畔飛來鷺鷥鳥，庭前開遍蜀葵花。一春苦旱嗟無麥，五月連陰好試茶。我欲片帆相問訊，難憑雲樹隔天涯。

喜吴賓賢過訪

汪士裕

杜門成懶僻，偏喜故人來。夜静開茶竈，談濃罷酒杯。林風吹緑樹，城月下蒼苔；此地淹留慣，新詩達曙裁。

寄懷吴賓賢

丁日乾

丘園有勁鞠，巖壑無卑枝。彼美綣中懷，秋月揚我眉。芒鞋悔識長安路，衣上沙塵落無數。自挽鹿車見君詩，欲行欲止始無誤。潦田無廩食無魚，四顧君如安樂廬。何日海鷗更相見？篋中應有虞卿書。

柬吴野人

王士禄

心知吴處士，未厭古人風。短褐逃塵外，柴門閉鹵中。露涼深警鶴，秋老急吟蟲。此際抽思好，新詩定不窮。

答吴野人見訪

錢陸燦

故人雲端墮，汪子與吴子；又偕一友來，海陵野人是。曰余夙所欽，拾衣不及履。掀髯見古貌，揮麈乃譚止。曩者讀叟詩，性情拓於紙。食淡鹽焰中，苦吟東淘市。揭來舊京洛，蒼然定交始。何處可論心？青蓮有遺址。

送吴野人、汪秋澗、舟次、吴仁趾還廣陵

錢陸燦

江船遽催發，兩足先感腓。昨意猶未決，今朝果成歸。去去各攜手，予留獨何依？百草炎中長，群卉芳日違。離人背孤□，原缺，疑是「帆」字。回翔鳥鳴悲。真州渺烟霧，柳下停斜暉。酒家繫漁船，早發無嫌遲。青燈話此夕，寄詩不我遺。

晒書檢出吴野人詩

錢陸燦

野人詩二册，食半蠹魚飛。巷口鹽烟漲，床頭稚子饑。苦寒因鍊句，疏濬在忘機。揚州掃足迹，對此尚依依！

贈賓賢

汪懋麟

風吹疏雨來，瑟瑟梧桐響；獨坐把君詩，一室動秋爽。大雅久淪喪，遺音在草莽。君居窮海邊，海水孰蒼漭；日月常昏黑，蛇龍自激盪。原野草木稀，白晝見魍魎。年來歲苦凶，何以慰俯仰？老弱甘凍餓，直道不肯枉；白首耽詩歌，孤懷在天壤。

過安豐訪賓賢陋軒不遇

汪懋麟

到此忽相憶，安豐老布衣。過橋逢野市，隔水問荆扉。鹽井孤烟起，魚罾落日微。可憐栖隱處，乞米不曾歸。

留别吴野人

錢肅圖

君家客安豐，予往鄭城隅，一水僅相越，人情千萬殊。昔年經安豐，風俗何夸腴！壯者賈齊楚，高閈吹笙竽。次亦競魚鹽，婦女垂秦珠。君胡行偏僻，辛苦事爲儒？清夜燈熒熒，白晝神癯癯。爲儒亦有得，金紫榮其軀。君胡慕柴桑，四壁日疏蕪？俯仰多古今，涕淚交衣襦。詩篇何嬌好，力足挽衰婾！讀書汪子園，户限不肯踰。多君謬推分，與我情相需。我今苦飄零，老眼何時娱？感兹遠行邁，含悽向前衢。丈夫慎末路，離别何時無！

吴野人、程雲家、孫豹人過松菊山房

汪士鋐

高興留佳客，新寒典一裘。談詩過夜半，聯榻話深秋。老至珍朋舊，心閒愛獻酬。明朝無斗酒，歸向室人謀。

送吴陋軒

王雅

知己聯吟可判年，問君何事理歸鞭？應愁鸜鵒饑無米，約伴山僧種野田。

杪冬吴賓賢夜話

冷士嵋

江上逢君晚，蕭條歲暮陰。高齋對寒雨，剪燭共論心。香燼爐猶熱，尊空酒復斟。莫將容易別，今夜鼓瑶琴。

吴野人

冷士嵋

野人家貧，處東海之濱，屢遭昏墊，困於衣食，蕭然四壁，而清吟自若，不以間也。

抱病菰蘆四十秋，布衣終老海西頭。一生憤世難爲俗，八口無田莫自謀。只與酒瓢相白首，獨將吟卷付滄洲。七歌讀罷江天晚，何日偕登北固樓？

題陋軒

程　岫

瀰瀰流水，海鷗飛下。蓽門不關，塵氛自寡。錦瑟朱絃，且鼓且吟；調高聲悲，風動寒林。黄金何爛，賤於魯連。居食不憂，遐哉子淵！渚鴻肅肅，哀鳴何急？羽翼雖微，爰求我匹。

訪吴野人

程　岫

蕭艾不自榮，得近芝蘭芳。嗟我與夫子，中歲始徜徉。相思輒望遠，雞鳴樹蒼蒼。聚會每不樂，預憂别路長。晴雲雖可娱，臨風苦飄揚。扁舟還自楫，兩岸垂緑楊。

寄懷吴野人三首

程　岫

庭樹冬發榮，折以遺所思。所思在何處？渺渺長河湄。我欲往從之，日暮舟楫稀。野風何蕭蕭，海月照我懷。躑躅步庭隅，仰視明星垂。萍蓬各無根，東西詎有期？

冉冉歲云暮，冰雪道途長。鴻雁遠依依，辛苦謀稻粱。時向蘆葦栖，懶隨鷗鷺翔。寧知鷗與鷺，故渚得徜徉。逝將起雙翼，高舉還我鄉。鄉里隔雲山，江湖復渺茫。徘徊不能去，引領心自傷。

刈薪無斧柯，多受荆棘欺，澗道既傾仄，狐狸高下馳。中懷暗無歡，戚戚歸巖扉。澄淵不肯濁，孤岫不可移；物情有如此，所貴惟自己。不見嚴霜降，草木同時衰。瞻彼青松樹，慰我平生思！

喜雨兼寄吴野人

程岫

曉雨隨風至，冥冥暗海西。蛙聲才出草，鴨掌已沾泥。巷僻聞人過，樽空看僕攜。明朝舟楫便，獨自泛江溪。

廡下梁夫子，新苗盼遠疇。茆茨拚盡濕，杵臼復何憂？顧影勸醇酒，忘形親白鷗。菊叢看漸長，摵摵草堂秋。

雨中寄吴野人 二首

程岫

風雨送寒至，獨處懷百憂。遥思海上翁，白髮披羊裘。杵臼寂無聲，礱磨繞舍遊。乞米焉得飽？開帙聊消愁。咫尺不相見，還如客他州。濁醪徒滿樽，何人共勸酬？

將歸只夢家，久客仍懷侶。去住意茫然，思欲尋君語。雪霜前路多，離索殘冬苦。三載共歡娱，百年同出處。别後應掩扉，何人立環堵？勸君更加餐，烟火難頻舉。相視囊俱空，殷勤亦奚補？

贈吴野人次來韻

姚潜

舊讀陋軒集，風騷賴爾存。兵戈星短鬢，塵海閉閒門。白雨城東寺，青楓江上村。邗濤秋正好，爲别各消魂！

喜吴野人至

田雯

甓社湖頭蓮葉津，輕鷗柔鱅水粼粼；白髭拄杖斜陽下，知是詩人吴野人。

家野人以陋軒集見貽，賦詩奉答，兼送歸東淘

吴苑

東海有孤鴻，天際自翺翔；俯仰矜毛羽，不妄啄稻粱。高潔莫與並，白雲相頡頏。偶來棲竹西，竹木生秋光。

頭白陋軒中，操綆獨汲古；挹得萬斛泉，可濯人肺腑。結交十年餘，同心而異土。寄迹在菰茭，爲我入州府。何以叙契闊，詩歌慰風雨。

海濱歲大歉，君無儋石儲。長策惟閉户，可以讀異書。此來未盈旬，乃復歸舊廬。輕帆背夕陽，蘆葦正蕭疏。君歸且足慰，我留當何如？

登清凉臺同吴野人賦

汪洪度

極目向何處？狂歌登此臺。秋聲隨葉下，山色過江來。宫闕餘殘照，園陵盡草

萊。年年懷古意，今日倍生哀。

送吴野人先生歸東淘

汪洪度

庭前月落盡，熒熒燈燭光。不悟所□思，今夕共一堂。絲竹紛然陳，爲樂夜未央。座中奏别鶴，清琴何琅琅！聽者皆愉悦，我心獨徬徨。此日膠與漆，來日參與商。黄鵠思舊棲，北風戀枯桑；出郭東向望，海天雪茫茫！

寄懷吴野人

黄生

海濱有高士，素懷在樂饑；樂饑但高歌，金石聲其辭。自我歸山中，十載相與揆。偶讀新知詩，如瞻故人眉。芳蘭與芝草，臭味無參差。置卷望停雲，悠悠深我思。

贈汪舟次兼寄吴野人

曾傳燦

大儒惜口珠，群蟻慕羶肉。竊名因竊鉤，殺身苦不足。釀成盜賊區，甘受排墻戮。汪君獨愴懷，讀書破萬斛。倚柱二十年，雙趺猶在目。名動公卿間，柴荆滿華轂。槐阪企林宗，草屏羡元叔；直視如等夷，不以愧幽獨。于時有高士，寄居淮海曲；身不入州府，何從及榮辱？唯君能與游，素交久彌篤；唱和盈百篇，一一歸老樸。君爲揚扢之，裝潢連卷軸。吁嗟今之人，噂沓紛相逐！但食五侯鯖，安知貴菽粟？

贈吴野人

張紹良

東淘有高士，著作無人京。語語發幽性，才思何縱横！海隅藏其迹，天下欽其名。我與君同里，澹然無俗情。願得偕隱遁，爲結烟霞盟。乾坤無可親，鹿豕相與行。世事莫復問，悠然此班荆。

哭吴野人先生

吴寅

東淘凶問至，竟夕雨瀟瀟。肺病何時劇？詩魂不可招。日暄新草木，月冷舊溪橋；今日鄰翁碾，還歌野叟謡？

過陋軒再哭　　徐發英

七載追隨地，今來涕淚多。鄰雞翻菊圃，簷雀啄梅柯。日食蒼黄照，風聲衰颯過。不堪重伫立，户外湧寒波。

拜吴野人先生墓碑　在南梁道中。　　徐發英

卓然碑獨立，名勒布衣香。海内存遺稿，墳前種野棠。生前頻旅食，葬死復離鄉。草際躊躇久，寒風動夕陽。

吴先生野人小影贊　有序　　陸廷掄

先生予畏友也。文章氣節，當今無輩，不幸以夏五死。越數月，故人程雲家奉圖索贊，予爲嗚咽久之。圖作荻花一片，先生洎程離立范堤之最高處，若盱衡狀。予既悼吴，兼重程請，援筆作贊，亦識予之傾倒於先生者至矣！

蒹葭蒼蒼，離立高岡，欲去不去，躑躅相羊。天都程生，與君同德；跫跫距𧾷虚，何

時暫析？暘谷在眼，若木無枝；長歌遠望，泣下沾衣。嗟彼東淘，無異培塿！松柏何來？亭亭直峙。前有心齋，後有吴子，歷年三百，與國終始。此以節鳴，彼以學植。借問來者：是一是二？

吴嘉紀年表

楊積慶

一六一八　明神宗萬曆四十六年戊午　一歲。

九月二十二日嘉紀生於東淘(一名安豐)。嘉紀字賓賢,號野人。祖鳳儀,字守來,號海居,泰州庠生。父一輔,生五子,嘉紀其第五也。

吴雨臣生。楊敏芳生。

一六一九　萬曆四十七年己未　二歲。

程守生。

一六二〇　光宗泰昌元年庚申　三歲。

孫枝蔚生。

一六二一　熹宗天啓元年辛酉　四歲。

一六二二　天啓二年壬戌　五歲。

一六二三　天啓三年癸亥　六歲。

喬雲漸生。黄生生。

一六二四　天啓四年甲子　七歲。

陳其年生。

一六二五　天啓五年乙丑　八歲。

一六二六　天啓六年丙寅　九歲。

魏衛生。

一六二七　天啓七年丁卯　十歲。

一六二八　思宗崇禎元年戊辰　十一歲。

一六二九　崇禎二年己巳　十二歲。

一六三〇　崇禎三年庚午　十三歲。

三月二十五日王西樵生。

一六三一　崇禎四年辛未　十四歲。

一六三二　崇禎五年壬申　十五歲。

郝羽吉生。汪士鋐生。

一六三三　崇禎六年癸酉　十六歲。

一六三四　崇禎七年甲戌　十七歲。

汪玠生。鄭旼生。汪鎬京生。閏六月二十八日王士禛生。

一六三五　崇禎八年乙亥　十八歲。

田雯生。文點生。

一六三六　崇禎九年丙子　十九歲。

王又旦生。汪楫生。

一六三七　崇禎十年丁丑　二十歲。

一六三八　崇禎十一年戊寅　二十一歲。

嘉紀是年婚。娶泰興王三重女，名睿，字智長。

案卷十二哭妻王氏詩，王氏卒於康熙二十二年癸亥。詩序有「歸余四十五年」之句，自癸亥逆數四十五年，當爲戊寅。

吳苑生。

一六三九　崇禎十二年己卯　二十二歲。

一六四〇　崇禎十三年庚辰　二十三歲。

汪懋麟生。

一六四一　崇禎十四年辛巳　二十四歲。

嘉紀次子瑶琴生。

案卷六辛亥孟夏二十八日三兄嘉經歸葬東淘有「次男名瑶琴，繦褓兄愛惜；衆謀立爲嗣，此支庶不歇。四歲離所生，命仰伯母活」等語。嘉紀三兄嘉經於甲申遭讎家所害，以瑶琴立嗣亦當爲是年，時瑶琴四歲，生當於辛巳。

一六四二　崇禎十五年壬午　二十五歲。

一六四三　崇禎十六年癸未　二十六歲。

一六四四　清世祖順治元年甲申　二十七歲。

福王立於江南，高傑兵縱掠揚州。

三兄嘉經爲讎家所害。

案卷六辛亥孟夏二十八日三兄嘉經歸葬東淘有「嗚呼甲申歲，兄禍生倉卒。

身飽强横手，命盡少壯日」之語。

一六四五　順治二年乙酉　二十八歲。

四月，清師下江南，揚州城破，史可法死之。

一六四六　順治三年丙戌　二十九歲。

汪洪度生。

一六四七　順治四年丁亥　三十歲。

汪洋度生。

一六四八　順治五年戊子　三十一歲。

孫枝蔚客安豐，爲嘉紀題陋軒。

一六四九　順治六年己丑　三十二歲。

是年大水，河堤決。

有與王鴻寶書，内有「淫雨滂沱，凶荒驅至」之語。

一六五〇　順治七年庚寅　三十三歲。

有庚寅除夕詩卷十三。

一六五一　順治八年辛卯　三十四歲。

有歲首書懷、入歲三日答吴雨臣卷十三等詩。

一六五二　順治九年壬辰　三十五歲。

孫枝蔚客富安場。是年苦旱。

吴雨臣解金趣行賈，嘉紀販薪糴麥於白駒場、清江浦等地。

案卷二哭吴雨臣有「壬辰歲云凶，盡室命如縷；君解囊中金，趣我出行賈。販薪白駒場，糴麥清江浦」云云。

有酬公調諸子見過不遇之作、題壁上畫菊、送公調歸白門、初八日雨中送公調、夢公調卷十三等詩。

一六五三　順治十年癸巳　三十六歲。

有寄吴公調詩卷一。

一六五四　順治十一年甲午　三十七歲。

曹僧白卒。

一六五五　順治十二年乙未　三十八歲。

冬，與王體仁、程琳仙盟會。

案卷十三哭王體仁有「猶憶乙未冬，同盟偕程郎。蕭寺對白水，歡期百年長」之語。

一六五六　順治十三年丙申　三十九歲。

歲暮，與吴周趨揚州治程琳仙喪。

案卷四哭吴周詩，其三有云：「丙申赴友難，周也願相隨；冒雪攜裝出，租驢讓我騎」等語。汪楫悔齋詩有贈吴後莊詩，内云：「賓賢有友程琳仙，客死邗關無賻錢。老人淚枯不得赴，其時臘盡河冰堅。君乃奮臂扶驢韉，肩馱襆被手執鞭；冰霜着指指欲墮，三百里路相周旋。」即指丙申葬程琳仙事。

一六五七　順治十四年丁酉　四十歲。

九月四日吴雨臣四十初度，嘉紀作詩寄懷。

有九月四日懷吴雨臣卷十五、送人歸黄山卷一等詩。

有哭琳仙、丙申除夕卷十四等詩。

一六五八　順治十五年戊戌　四十一歲。

王又旦中進士。孫枝蔚遊泰州，在泰州度歲。

有答贈王幼華詩卷一。

一六五九　順治十六年己亥　四十二歲。

春，泰州饑，分司高勃勸賑。夏六月，鄭成功破瓜洲，入鎮江，沿場戒嚴。八月，洪水至，霪雨爲災，民田盡没。

九月十日，嘉紀始遇汪楫於東亭汪虚中齋中。

有汪虚中齋中喜晤汪舟次、送孫無言令弟象五遊汝南卷十五、淒風行卷一等詩。

一六六〇　順治十七年庚子　四十三歲。

王士禛任揚州推官。孫枝蔚遊東臺，泛舟西溪，又過安豐。

冬，嘉紀與郝羽吉遊攝山。羽吉寄贈宛陵棉布。

案汪楫悔齋詩壽郝羽吉三十有云：「相攜千里上棲霞。」「十日狂歌驚道路，一朝分手宛陵去。綈袍幾見憂故人，窮冬忽寄一束布。」「無端受贈方咨嗟，春來又寄敬亭茶。」汪詩作於辛丑冬，上棲霞、贈棉布，當在庚子。

有短歌爲豐溪吳節婦賦卷十三、六朝松卷十四、郝羽吉寄宛陵棉布卷一等詩。

一六六一　順治十八年辛丑　四十四歲。

夏，江都、如皋等地伐木造海船。七月十六日夜，海潮至，淹廬舍無數。周亮工獄事得解，南還至揚州。梁木天歸上唐。

冬，嘉紀應周亮工之招，至揚州，病甚。

有古意寄周元亮先生、訪周櫟園先生兼呈汪耻人、抵邗集汪耻人齋次韻答周元亮先生卷十五、爲木天題畫、送木天卷十四、江邊行、鄰翁行、風潮行卷一、答櫟下先生卷二等詩。

一六六二　聖祖康熙元年壬寅　四十五歲。

孫枝蔚遍遊東臺、安豐各場，過陋軒，爲題碾坊詩。

秋，嘉紀與孫枝蔚同舟赴揚州，七夕泊舟海陵城下。立冬前一日，與孫枝蔚、郝羽吉、吴麐泛舟至平山。

案孫枝蔚溉堂集有過吴賓賢陋軒因題碾坊一絶、七夕同賓賢泊舟海陵城下諸詩，均編入壬寅。

有題梁鴻賃舂圖、程烈婦詩、送孫無言之吴門、吴爾世四十贈以詩卷十五、題張良進履圖、題卓文君當壚圖卷一、難婦行、東家行卷二等詩。

一六六三　康熙二年癸卯　四十六歲。

周亮工任青州海防道。二月四日，汪玠舟覆皖江。王又旦自揚州歸秦。孫枝蔚遊金陵，二月始歸。春，嘉紀在揚州，郝羽吉庭前梅花不開，與孫枝蔚、汪楫作詩催之。

案溉堂集有郝羽吉庭前梅花不開與賓賢舟次作詩催之，編入癸卯。

有送孫八遊金陵、烈女詩、九月桃花卷十五、汪大生日卷一、得周僉憲青州書卷二、送王幼華歸秦、傅谿孤子行卷三等詩。

漸江卒。

一六六四　康熙三年甲辰　四十七歲。

八月，海潮上漲，凡六至，沿場廬舍漂溺。春，林茂之至廣陵，年八十五。孫枝蔚之屯留省其兄枝蕃，復遊句容。九月十日，吴雨臣覆舟皖江溺死。十月六日，程在湄卒。

嘉紀在揚州。春，與林茂之、錢肅圖、陳維崧、程邃、孫默等酬聚，詩酒倡和。秋，與汪楫泛舟至平山。重陽前別揚州東歸，九日抵家。

有贈汪生伯先生、哭程在湄、除日懷孫豹人卷十五、送吴仁趾卷一、一錢行、冶春絶句和王阮亭先生、客中七夕時與汪長玉别、送孫豹人、寄孫八豹人、哭吴雨臣卷二、送程翼士、姪女割股詩卷三等詩。

一六六五 康熙四年乙巳 四十八歲。

七月，颶風作，拔樹；海潮高數丈，漂没亭場廬舍及竈丁男女數萬人，凡三晝夜，風雨始息，草木咸枯死。王士禛司理揚州五年，内遷，諸詩老七夕送别禪智寺。

嘉紀在揚州。上巳，遊汪氏愛園，登見山樓。七夕，禪智寺送别王士禛。風潮後歸東淘。

有海潮嘆卷二、上巳集汪叔定季角見山樓、題亡友江天際畫、七夕送王阮亭先生、七夕同諸子集禪智寺碩公房再送王阮亭先生、葭園讌集、歸後贈菊、十月十九日贈王黄湄、送王季鴻之西泠卷三等詩。

一六六六 康熙五年丙午 四十九歲。

王又旦寒食後去揚遊豫章。汪楫下第後遊攝山。周亮工擢江南江安督糧道，八月還江寧。

嘉紀在揚州。寒食，與諸子宴集康山，送王又旦遊豫章。歲暮，與汪楫、吴麐同赴金陵，訪錢陸燦，遊清涼臺、燕子磯諸勝。

有康山宴集送王黄湄遊豫章、送汪二楫遊攝山、郝母詩、題程飛濤獨坐抱琴圖、題王西樵司勳桐陰讀書圖、歲暮送汪舟次遊匡廬、晚發白沙、渡揚子、送吴冠五還屯谿卷三、鳳凰臺訪錢湘靈贈詩二首、登清涼臺、登燕子磯、爲錢湘靈題潁川君絶筆二種後、栝園詩四首贈周雪客卷四等詩。

林茂之卒，年八十七。

一六六七　康熙六年丁未　五十歲。

四月，蝗蔽天，泰州分運汪芾斯購捕蝗，數日後盡死。汪懋麟中進士。八月十二日，楊敏芳五十初度，嘉紀贈以詩。季大來八月十五日卒，年七十五。

嘉紀在揚州，八月間偶歸東淘。

有曬書日作卷三、秣陵酒徒歌贈吴介兹、送吴仁趾、送王司勳四首、偶歸東淘茅屋寄楊蘭佩二首卷四、范公堤行呈汪芾斯先生卷五等詩。

一六六八　康熙七年戊申　五十一歲。

汪懋麟過安豐訪陋軒不遇。

案汪懋麟百尺梧桐閣集有過安豐訪賓賢陋軒不遇詩，編入戊申。

二月，嘉紀自揚州歸東淘，爲其子娶婦。

案溉堂集有吴野人歸東淘爲其子娶婦屢月不來江都戲寄此詩，詩編入戊申，首句有云：「江頭二月桃花紅，野人别我歸安豐。」

有吴仁趾復移家來廣陵卷三、答贈羊山先生二首、懷汪二、七月初六夜贈吴仁趾移居二首、九日冒雨登康山草堂寄汪舟次卷四等詩。

一六六九　康熙八年己酉　五十二歲。

方文、吴周卒。孫枝蔚遊潛江，王又旦時任潛江令。秋，汪懋麟赴京。

嘉紀是年秋在揚州，見山樓餞别汪懋麟，曾賦絶句贈之。

案汪懋麟百尺梧桐閣集有諸兄弟同友人攜酒餞余見山樓下聽妓度曲賓賢舟次家兄各賦絶句依韻率答二首，詩編入己酉。嘉紀所賦詩今集中未見。

有哭吴周卷四、挽方爾止、秋日懷孫八豹人六首卷五等詩。

一六七〇　康熙九年庚戌　五十三歲。

五月，淮揚大水。十二月，淮揚大雪，連陰三十餘日，嚴寒積冰，饑民數萬，屯住揚州四郊。

有流民船、題易書圖贈蘇母、題荷山草堂圖贈徐仲光卷五等詩。

一六七一　康熙十年辛亥　五十四歲。

春潦，六七月間復旱，瘟疫行，人多死。歲歉，米石價一兩八錢。

四月二十八日，嘉紀歸葬三兄嘉經於東淘。

歲暮，孫枝蔚雪中舟過姜堰，訪黃雲兄弟，宿秋佳館。

有辛亥孟夏二十八日三兄嘉經歸葬東淘、汪芾斯先生四十初度、歸里與胡右明二首卷六等詩。

一六七二　康熙十一年壬子　五十五歲。

春，周亮工渡江至揚州，諸詩老招集玉持堂。六月，周亮工卒於江寧。

案周亮工賴古堂集有壬子春正渡江汪長玉舟次招同程穆倩汪秋澗孫豹人吴野人冠五仁趾集玉持堂七律一首。

嘉紀是年春在揚州，同孫枝蔚遊方園，並與諸詩老集玉持堂。

案卷十一田綸霞先生見示方園雜詩次韻奉答八首，其七自注云：「壬子春，同孫豹人遊方園，時堂前牡丹發花一百枝。」

有德政詩五首爲泰州分司汪公賦、病中哭周櫟園先生卷六等詩。

一六七三　康熙十二年癸丑　五十六歲。

有贈汪長玉卷六。

七月二十二日王西樵卒，年四十四。

一六七四　康熙十三年甲寅　五十七歲。

正月，汪汝蕃七十初度，嘉紀與孫枝蔚有題圖詩贈之。鄧漢儀在揚州選詩觀二集。三藩兵變，烽達沅湘，揚州震驚，士女奔竄。金鎮知揚州府，民心始定。

案百尺梧桐閣文集贈揚州知府金公序有云：「皇帝十三年春，滇、閩叛亂，東南震驚。揚人多惑易擾，譌言道聽，家室朋奔，城門夜開，填衢泣路。我公甫下車，不急不縱，既溫且和，徐告吾民曰：『爾毋遽往，曷與歸來？盜伺於郊，寇在萬里。』於是聞者感泣，去者悉返，自夏徂秋，遂告無事。」

有題喬雲漸小像卷六、題圖詩十二首卷七等詩。

一六七五　康熙十四年乙卯　五十八歲。

金鎮遷江寧參憲。汪如江九十初度，嘉紀贈以詩。泰州分司汪芾斯丁艱歸錢塘。孫枝蔚遊豫章。

有贈郡伯金長真先生二首、贈汪觀瀾先生時九十初度、送分司汪芾斯先生歸錢塘卷七等詩。

一六七六　康熙十五年丙辰　五十九歲。

汪懋麟母憂服闋入京。王又旦徵拜給事中。汪觀瀾十二月五日卒，年九十一。

嘉紀長子大年十月病殁。

有汪扶晨自新安之吴門遇於竹西奉送四首、程節婦、送汪蛟門、送瑶兒卷七等詩。

一六七七　康熙十六年丁巳　六十歲。

汪楫任贛榆教諭。汪士裕任太湖教諭。孫枝蔚自南昌歸揚州。

嘉紀是年春由東淘至揚州。

有送汪左嚴之太湖教諭任、自淘上至竹西送汪舟次之贛榆教諭任、汪舟次別後詩二首、送汪三于鼎歸新安、八月十二日寄楊蘭佩、郡城未得一晤彭爰琴將歸東淘題其山中獨坐圖寄之卷八等詩。

一六七八 康熙十七年戊午 六十一歲。

五月二十八日，孫默卒於揚州，年六十六。秋，鄧漢儀、孫枝蔚應詔入都。

一六七九 康熙十八年己未 六十二歲。

汪楫、鄧漢儀、孫枝蔚等舉博學鴻詞。汪楫授翰林院檢討；鄧漢儀、孫枝蔚以年老授中書舍人，放歸。

有十月六日羅母初度詩六首卷二、送汪扶晨卷九等詩。

一六八〇 康熙十九年庚申 六十三歲。

秋，安豐場堤決，平地水高數尺。五月五日，黄周星投錢塘江死。六月，田雯督學江南。孫枝蔚在泰州。冬，郝羽吉卒。崔華任揚州知府。

嘉紀是年秋在東淘。七月十四日，東淘西堤決，水深三尺，嘉紀全家坐立波濤中，歷五晝夜。九月九日，與戴勝徵遊季園。

有送吴仁趾北上卷一、送程飛濤遊茅山、贈程隱菴、堤決詩卷九、呈四兄賓國、悲髯公、移菊復歸陋軒喜戴岳子過訪、水退後同戴岳子晚步因過季園時季秋九日、寄學憲田綸霞先生卷十等詩。

一六八一　康熙二十年辛酉　六十四歲。

嘉紀是年春在東淘。

有江都池烈女卷九、燕子巢陋軒十年矣今春余適在家值雙燕來內人顧之色喜乞余賦詩、雨中栽菊、李家孃、王解子夫婦、吴氏、嗟老翁、茶絶懷郝二卷十等詩。

一六八二　康熙二十一年壬戌　六十五歲。

四月，學使田雯卸事。汪楫册封琉球正使，出使琉球。張蔚生任泰州分司。吴苑中進士。

嘉紀是年春在揚州。

有訪田綸霞先生、贈趙雷文儀部、田綸霞先生見示方園雜詩次韻奉答、送汪悔齋使琉球、贈張蔚生先生、過郝乾行青葵園卷十一等詩。

一六八三　康熙二十二年癸亥　六十六歲。

三月，奉旨進貢揚子江鰣魚入京，沿途立竿懸燈，晝夜傳遞。孫枝蔚在武昌，依總督董衛國幕中。十二月，汪楫自琉球歸。汪生伯卒。

四月，嘉紀在泰州與陸廷掄定交。十一月一日，妻王氏卒。

鄭旼卒。

有贈陸懸圃、挽崔凌岳先生卷十一、題圖詩十首贈吴君仲述、打鮹魚、哭汪生伯先生、哭妻王氏、醉竹先生歌贈汪長玉卷十二等詩。

一六八四　康熙二十三年甲子　六十七歲。

五月，嘉紀卒，葬梁垛開家舍。

案嘉紀辭世年月，諸家紀載不一。汪懋麟吴處士墓誌云：「殁於國朝康熙甲子春三月。」陸廷掄江村詩序：「甲子秋，客廣陵，再遇雲家，則野人已前數月死矣。」又吴先生野人小影贊序（國粹學報第五十三期影印）云：「先生，予畏友也。文章氣節，當今無輩，不幸以夏五死。」袁承業王心齋弟子師承表云：「康熙二十二年五月卒，年六十九。」乾隆兩淮鹽法志及道光泰州志則皆作「年六十八卒」。兹從墓誌及江村詩序，「五月」姑從陸説。

吳嘉紀詩箋校徵引書目

嘉慶重修一統志　四部叢刊本

江南通志　乾隆元年丙辰刊本

畿輔通志　光緒十年刊本

陝西通志　康熙十三年刊本

兩淮鹽法志　陳時夏修　雍正六年官刊本

兩淮鹽法志　吉慶等輯　乾隆十三年官刊本

兩淮鹽法志　佶山等輯　同治九年揚州書局重刊本

重修中十場志　楊大經纂輯　影抄本

揚州府志　崔華修　張萬壽纂　康熙二十四年刊本

重修揚州府志　張世浣修　姚文田纂　嘉慶十五年重修本
江都縣志　李蘇修纂　康熙五十六年刊本
江都縣志　陸朝璣等纂修　雍正七年刊本
泰州志　褚世暄等纂修　雍正六年刊本
泰州志　陳道坦修　劉鈴纂　道光七年刊本
東臺縣志　周右纂修　嘉慶丁丑刊本
如皋縣志　鄭見龍修　周植纂　乾隆十五年刊本
如皋縣續志　范仕義修　道光十七年刊本
高郵州志　馮馨修　王念孫纂　嘉慶二十年增修本
寶應縣志　孟毓蘭修　成觀宣纂　道光庚子刊本
山陽縣志　金秉祚纂修　乾隆十三年刊本
贛榆縣志　王豫熙纂修　光緒十四年刊本
六合縣志　謝延庚修　賀廷壽纂　光緒十年刊本
興化縣志　梁國棣修　薛樹聲纂　咸豐壬子重修本
徽州府志　丁廷楗修　趙吉士纂　康熙三十八年萬青閣本

歙縣志　靳治荆修　吴苑纂　康熙二十九年刊本
歙縣志　張佩芳修　劉大櫆纂　乾隆三十六年刊本
歙縣志　石柱國修　許承堯纂　民國二十六年鉛印本
休寧縣志　廖騰煃修　汪晉徵纂　康熙三十二年刊本
寧國府志　魯銓修　洪亮吉纂　民國八年影印嘉慶本
太湖縣志　高壽恒修　民國十一年刊本
江寧府志　吕燕昭修　姚鼐纂　光緒六年重刊本
上元江寧合志　汪士鐸纂　同治甲戌刊本
句容縣志　曹襲先纂　光緒重刊本
丹徒縣志　貴中孚修　蔣宗海纂　嘉慶乙丑刊本
蘇州府志　習寯纂　乾隆十三年刊本
常昭合志　王錦修　言如泗纂　光緒戊戌重刊本
江陰縣志　季念詒纂　光緒四年刊本
杭州府志　鄭澐修　邵晉涵纂　乾隆四十九年刊本
潛江縣志　劉焕修　朱戴震纂　光緒五年刊本

盱眙縣志稿　王錫元纂修　光緒二十九年重刊本
讀史方輿紀要　顧祖禹　中華書局排印本
天下郡國利病書　顧炎武　四部叢刊本
黄山志定本　閔麟嗣編纂　康熙十八年刊本
黄山志續集　汪士鋐等纂　安徽叢書本
攝山志　陳毅纂　乾隆庚戌蘇州府署刊本
京口山水志　楊棨纂　道光二十七年刊本
揚州畫舫録　李斗　乾隆乙卯自然盦刊本
揚州鼓吹詞序　吴綺　揚州叢刻本
揚州足徵録　焦循輯　榕園叢書本
廣陵覽古　顧鑾　嘉慶研經室刊本
休寧碎事　徐卓輯　嘉慶十六年刊本
白下瑣言　甘熙　民國十五年江寧甘氏刊本
讀畫録　周亮工　讀畫齋叢書本
印人傳　周亮工　翠琅玕館叢書本

書影　周亮工　中華書局排印十卷本
今世説　王晫　原刊本
留溪外傳　陳鼎　康熙戊寅刊本
皇明遺民傳　朝鮮闕名撰　北京大學影印本
明遺民録　孫静庵編　民國元年新中華圖書館排印本
昭代名人尺牘小傳　吴修編　道光六年刊本
國朝名家詩鈔小傳　鄭方坤　寫刻本
國朝先正事略　李元度編　湖南刊本
國朝詩人徵略　張維屏　嘉慶己卯刊本
文獻徵存録　錢林輯　咸豐八年有嘉樹軒刊本
汪氏學行記　汪中　江都汪氏叢書本
王心齋弟子師承表　袁承業　東臺袁氏排印本
皖志列傳稿　金天翮纂　民國二十五年蘇州鉛印本
大清歷朝實録　實録館　影印本
天下名家詩觀初二三集　鄧孝威輯　康熙刊本

漁陽感舊集　王士禛選　康熙十三年寫刻本
篋衍集　陳維崧輯　康熙壬申寫刻本
皇清詩選　孫鋐選評　康熙戊辰刊本
盛朝詩選　顧施禎選輯　康熙二十八年心耕堂刊本
離憂集　陳瑚輯　峭帆樓叢書本
明詩綜　朱彝尊選輯　康熙乙酉刊本
明遺民詩　卓爾堪選輯　中華書局排印本
名家詩永　王爾綱評選　民國二十五年至德周氏影印本
清詩別裁　沈德潛纂評　國學基本叢書本
海虞詩苑　王應奎輯　乾隆己卯刊本
淮海英靈集　阮元輯　文選樓叢書本
國朝詩　吴翌鳳輯　新陽趙氏刊本
江蘇詩徵　王豫輯　道光元年焦山詩徵閣本
金陵詩徵　朱緒曾輯　光緒壬辰刊本
明詩紀事　陳田輯　萬有文庫本

崇川各家詩鈔彙存　王藻編輯　咸豐七年有嘉樹軒刊本
二南遺音　劉紹攽輯　同治癸酉刊本
國朝詩鐸　張應昌選輯　同治乙巳刊本
程氏所見詩鈔　程鴻緒纂輯　嘉慶丁卯刊本
先我集　陳文田輯　海陵叢刻本
續甬上耆舊詩　全祖望輯選　民國七年四明文獻社
衆香詞　徐敏樹等選　大東書局影印本
海陵文徵　夏荃輯　光緒癸未刊本
東臺文徵　袁承業輯　稿本
東臺詩徵　袁承業輯　稿本
海叟詩集　袁凱　宣統三年江西石印本
顧與治詩　顧與治　金陵叢書本
悔齋詩　汪楫　手稿本
悔齋集　汪楫　刊本
賴古堂集　周亮工　康熙乙卯刊本

尺牘新鈔　周亮工　賴古堂本
溉堂集　孫枝蔚　初刊本
黄湄詩選　王又旦　康熙辛酉刊本
艾陵詩文鈔　雷伯籲　康熙十六年莘樂草堂本
帶經堂全集　王士禛　七略書堂刊本
翁山詩外　屈大均　家刻本
疑庵詩　喬雲漸　順治刊本
湖海樓集　陳維崧　康熙己巳刊本
施愚山全集　施閏章　國學扶輪社石印本
適園詩鈔　汪士裕　嘉慶刊本
栗亭詩集　汪士鋐　康熙刊本
曝書亭集　朱彝尊　康熙戊子刊本
百尺梧桐閣集　汪懋麟　康熙刊本
古歡堂詩集　田雯　康熙五十二年田氏叢書本
調運齋集　錢陸燦　抄本

魏叔子文集　魏禧　易堂刊本
獨善堂文集　王大經　嘉慶丁丑刊本
緑雪堂詩略　夏九叙　康熙刊本
湛園未定稿　姜宸英　乾隆刊本
息廬詩　汪洪度　乾隆壬辰五世讀書園本
湖海集　孔尚任　古典文學出版社排印本
玉池生稿　岳端　康熙三十五年刊本
居業堂文集　王源　金陵劉文楷家刻本
江村詩　程岫　傳鈔本
江泠閣詩集　冷士嵋　道光庚申横山草堂刊本
樸學齋文稿　林佶　道光乙酉刊本
道古堂集　杭世駿　光緒戊子刊本
樗巢詩選　李必恒　嘉慶乙巳刊本
鄭板橋集　鄭燮　中華書局一九六二年排印本
洪北江全集　洪亮吉　授經堂重刊本

所宜軒詩　王敬之　高郵王氏小言叢書本
雲樵詩賸　施峻　刊本
鐵珊小草　費文彪　光緒六年刊本
匏廬詩存　郭曾炘　民國十六年刊本
居易録　王士禛　帶經草堂本
廣陵詩事　阮元　嘉慶辛酉刊本
柳南隨筆　王應奎　乾隆五年刊本
初月樓聞見録　吴德旋　道光三年刊本
養一齋詩話　潘德輿　道光十六年刊本
雪橋詩話　楊鍾羲　民國吴興劉氏校刊本
伯山詩話　康發祥　泰州康氏叢書本
問花樓詩話　陸鎣　陸氏傳家集本
硯桂緒録　林昌彝　同治丙寅刊本
海天琴思録　林昌彝輯　同治三年嶺南刊本
退庵筆記　夏荃　海陵叢刻本

復堂日記　譚獻　光緒庚辰刊本
湘綺樓日記　王闓運　民國十六年商務鉛印本
桑園讀書記　鄧之誠　三聯書店排印本
明清之際黨社運動考　謝國楨　商務史地小叢書本
海陵叢刻　韓國鈞輯　海陵韓氏鉛印本
南莊輯略　周應芹輯　民國九年排印本
國粹學報

龔自珍詩集編年校注	[清]龔自珍著　劉逸生、周錫䪖校注
水雲樓詩詞箋注	[清]蔣春霖著　劉勇剛箋注
人境廬詩草箋注	[清]黄遵憲著　錢仲聯箋注
嶺雲海日樓詩鈔	[清]丘逢甲著　丘鑄昌標點

龔鼎孳詞校注	[清]龔鼎孳著　孫克强、鄧妙慈校注
吴嘉紀詩箋校	[清]吴嘉紀著　楊積慶箋校
陳維崧集	[清]陳維崧著　陳振鵬標點　李學穎校補
屈大均詩詞編年校箋	[清]屈大均著　陳永正等校箋
秋笳集	[清]吴兆騫撰　麻守中校點
漁洋精華録集釋	[清]王士禛著　李毓芙、牟通、李茂肅整理
聊齋志異會校會注會評本	[清]蒲松齡著　張友鶴輯校
敬業堂詩集	[清]查慎行著　周劭標點
納蘭詞箋注	[清]納蘭性德著　張草紉箋注
方苞集	[清]方苞著　劉季高校點
樊榭山房集	[清]厲鶚著　[清]董兆熊注　陳九思標校
劉大櫆集	[清]劉大櫆著　吴孟復標點
儒林外史彙校彙評(增訂版)	[清]吴敬梓著　李漢秋輯校
小倉山房詩文集	[清]袁枚著　周本淳標校
忠雅堂集校箋	[清]蔣士銓著　邵海清校　李夢生箋
甌北集	[清]趙翼著　李學穎、曹光甫校點
惜抱軒詩文集	[清]姚鼐著　劉季高標校
兩當軒集	[清]黄景仁著　李國章校點
惲敬集	[清]惲敬著　萬陸、謝珊珊、林振岳標校　林振岳集評
茗柯文編	[清]張惠言著　黄立新校點
瓶水齋詩集	[清]舒位著　曹光甫點校
龔自珍全集	[清]龔自珍著　王佩諍校點

白蘇齋類集	[明]袁宗道著　錢伯城校點
袁宏道集箋校	[明]袁宏道著　錢伯城箋校
珂雪齋集	[明]袁中道著　錢伯城點校
喻世明言會校本	[明]馮夢龍編著　李金泉點校
警世通言會校本	[明]馮夢龍編著　李金泉點校
醒世恒言會校本	[明]馮夢龍編著　李金泉點校
隱秀軒集	[明]鍾惺著　李先耕、崔重慶標校
譚元春集	[明]譚元春著　陳杏珍標校
張岱詩文集(增訂本)	[明]張岱著　夏咸淳輯校
陳子龍詩集	[明]陳子龍著 施蟄存、馬祖熙標校
夏完淳集箋校(修訂本)	[明]夏完淳著　白堅箋校
牧齋初學集	[清]錢謙益著　[清]錢曾箋注 錢仲聯標校
牧齋有學集	[清]錢謙益著　[清]錢曾箋注 錢仲聯標校
牧齋雜著	[清]錢謙益著　[清]錢曾箋注 錢仲聯標校
牧齋初學集詩注彙校	[清]錢謙益著　[清]錢曾箋注 卿朝暉輯校
李玉戲曲集	[清]李玉著 陳古虞、陳多、馬聖貴點校
吴梅村全集	[清]吴偉業著　李學穎集評標校
歸莊集	[清]歸莊著
顧亭林詩集彙注	[清]顧炎武著　王蘧常輯注 吴丕績標校
安雅堂全集	[清]宋琬著　馬祖熙標校

放翁詞編年箋注(增訂本)	[宋]陸游著　夏承燾、吴熊和箋注 陶然訂補
渭南文集箋校	[宋]陸游著　朱迎平箋校
范石湖集	[宋]范成大撰　富壽蓀標校
范成大集校箋	[宋]范成大撰　吴企明校箋
于湖居士文集	[宋]張孝祥著　徐鵬校點
稼軒詞編年箋注(定本)	[宋]辛棄疾撰　鄧廣銘箋注
辛棄疾詞校箋	[宋]辛棄疾著　吴企明校箋
姜白石詞編年箋校	[宋]姜夔著　夏承燾箋校
後村詞箋注	[宋]劉克莊著　錢仲聯箋注
劉辰翁詞校注	[宋]劉辰翁著　吴企明校注
瀛奎律髓彙評	[元]方回選評　李慶甲集評校點
雁門集	[元]薩都拉著 殷孟倫、朱廣祁校點
揭傒斯全集	[元]揭傒斯著　李夢生標校
高青丘集	[明]高啓著　[清]金檀注 徐澄宇、沈北宗校點
唐寅集	[明]唐寅著　周道振、張月尊輯校
文徵明集(增訂本)	[明]文徵明著　周道振輯校
震川先生集	[明]歸有光著　周本淳校點
海浮山堂詞稿	[明]馮惟敏著 凌景埏、謝伯陽標校
滄溟先生集	[明]李攀龍著　包敬第標校
梁辰魚集	[明]梁辰魚著　吴書蔭編集校點
沈璟集	[明]沈璟著　徐朔方輯校
湯顯祖詩文集	[明]湯顯祖著　徐朔方箋校
湯顯祖戲曲集	[明]湯顯祖著　錢南揚校點

歐陽修詞校注	[宋]歐陽修著　胡可先、徐邁校注
蘇舜欽集	[宋]蘇舜欽著　沈文倬校點
嘉祐集箋注	[宋]蘇洵著　曾棗莊、金成禮箋注
王荆文公詩箋注(修訂版)	[宋]王安石著　[宋]李壁箋注　高克勤點校
王令集	[宋]王令著　沈文倬校點
蘇軾詩集合注	[宋]蘇軾著　[清]馮應榴注　黄任軻、朱懷春校點
東坡樂府箋	[宋]蘇軾著　[清]朱孝臧編年　龍榆生校箋
東坡詞傅幹注校證	[宋]蘇軾著　[宋]傅幹注　劉尚榮校證
欒城集	[宋]蘇轍著　曾棗莊、馬德富校點
山谷詩集注	[宋]黄庭堅著　[宋]任淵、史容、史季温注　黄寶華點校
山谷詩注續補	[宋]黄庭堅著　陳永正、何澤棠注
山谷詞校注	[宋]黄庭堅著　馬興榮、祝振玉校注
淮海集箋注(修訂本)	[宋]秦觀撰　徐培均箋注
淮海居士長短句箋注	[宋]秦觀著　徐培均箋注
清真集箋注	[宋]周邦彦著　羅忼烈箋注
石門文字禪校注	[宋]釋惠洪撰　周裕鍇校注
石林詞箋注	[宋]葉夢得著　蔣哲倫箋注
樵歌校注	[宋]朱敦儒著　鄧子勉校注
李清照集箋注(修訂本)	[宋]李清照著　徐培均箋注
吕本中詩集箋注	[宋]吕本中著　祝尚書箋注
陳與義集校箋	[宋]陳與義著　白敦仁校箋
蘆川詞箋注	[宋]張元幹著　曹濟平箋注
劍南詩稿校注	[宋]陸游著　錢仲聯校注

韓昌黎文集校注	[唐]韓愈著　馬其昶校注 馬茂元整理
劉禹錫集箋證	[唐]劉禹錫著　瞿蜕園箋證
白居易集箋校	[唐]白居易著　朱金城箋校
柳宗元詩箋釋	[唐]柳宗元著　王國安箋釋
柳河東集	[唐]柳宗元著　[宋]廖瑩中輯注
元稹集校注	[唐]元稹著　周相録校注
長江集新校	[唐]賈島著　李嘉言新校
張祜詩集校注	[唐]張祜著　尹占華校注
三家評注李長吉歌詩	[唐]李賀著　[清]王琦等評注 蔣凡校點
樊川文集	[唐]杜牧著　陳允吉校點
樊川詩集注	[唐]杜牧著　[清]馮集梧注
温飛卿詩集箋注	[唐]温庭筠著　[清]曾益等箋注
玉谿生詩集箋注	[唐]李商隱著　[清]馮浩箋注 蔣凡校點
樊南文集	[唐]李商隱著　[清]馮浩詳注 錢振倫、錢振常箋注
皮子文藪	[唐]皮日休著　蕭滌非、鄭慶篤整理
鄭谷詩集箋注	[唐]鄭谷著 嚴壽澂、黄明、趙昌平箋注
韋莊集箋注	[五代]韋莊著　聶安福箋注
李璟李煜詞校注	[南唐]李璟、李煜著　詹安泰校注
張先集編年校注	[宋]張先著　吴熊和、沈松勤校注
二晏詞箋注	[宋]晏殊、晏幾道著　張草紉箋注
樂章集校箋	[宋]柳永著　陶然、姚逸超校箋
梅堯臣集編年校注	[宋]梅堯臣著　朱東潤編年校注
歐陽修詩文集校箋	[宋]歐陽修著　洪本健校箋

蕭繹集校注	[南朝梁]蕭繹著　陳志平、熊清元校注
玉臺新咏彙校	吴冠文、談蓓芳、章培恒彙校
王績集會校	[唐]王績著　韓理洲校點
王梵志詩校注(增訂本)	[唐]王梵志著　項楚校注
盧照鄰集箋注	[唐]盧照鄰著　祝尚書箋注
駱臨海集箋注	[唐]駱賓王著　[清]陳熙晉箋注
王子安集注	[唐]王勃著　[清]蔣清翊注
陳子昂集(修訂本)	[唐]陳子昂撰　徐鵬校點
孟浩然詩集箋注(增訂本)	[唐]孟浩然著　佟培基箋注
王右丞集箋注	[唐]王維著　[清]趙殿成箋注
李白集校注	[唐]李白著　瞿蜕園、朱金城校注
高適集校注(修訂本)	[唐]高適著　孫欽善校注
杜詩趙次公先後解輯校	[唐]杜甫著　[宋]趙次公注　林繼中輯校
新刊校定集注杜詩	[唐]杜甫著　[宋]郭知達輯注　聶巧平點校
新定杜工部草堂詩箋斠證	[唐]杜甫著　[宋]魯訔編　[宋]蔡夢弼會箋　曾祥波新定斠證
杜詩鏡銓	[唐]杜甫著　[清]楊倫箋注
錢注杜詩	[唐]杜甫著　[清]錢謙益箋注
杜甫集校注	[唐]杜甫著　謝思煒校注
岑參集校注	[唐]岑參著　陳鐵民、侯忠義校注
戴叔倫詩集校注	[唐]戴叔倫著　蔣寅校注
韋應物集校注(增訂本)	[唐]韋應物著　陶敏、王友勝校注
權德輿詩文集	[唐]權德輿撰　郭廣偉校點
王建詩集校注	[唐]王建著　尹占華校注
韓昌黎詩繫年集釋	[唐]韓愈著　錢仲聯集釋

《中國古典文學叢書》已出書目

詩經今注	高亨注
楚辭集注	[宋]朱熹撰　黄靈庚點校
楚辭今注	湯炳正、李大明、李誠、熊良智注
司馬相如集校注	[漢]司馬相如著　金國永校注
揚雄集校注	[漢]揚雄著　張震澤校注
張衡詩文集校注	[漢]張衡著　張震澤校注
阮籍集	[魏]阮籍著　李志鈞等校點
陸機集校箋	[晉]陸機著　楊明校箋
陶淵明集校箋(修訂本)	[晉]陶潛著　龔斌校箋
世説新語箋疏(修訂本)	[南朝宋]劉義慶撰　余嘉錫箋疏　周祖謨等整理
世説新語校釋(增訂本)	[南朝宋]劉義慶撰　[南朝梁]劉孝標注　龔斌校釋
鮑參軍集注	[南朝宋]鮑照著　錢仲聯增補集説校
謝宣城集校注	[南朝齊]謝朓著　曹融南校注集説
江文通集校注	[南朝梁]江淹著　丁福林、楊勝朋校注
文心雕龍義證	[南朝梁]劉勰著　詹鍈義證
詩品集注(增訂本)	[梁]鍾嶸著　曹旭集注
文選	[梁]蕭統編　[唐]李善注

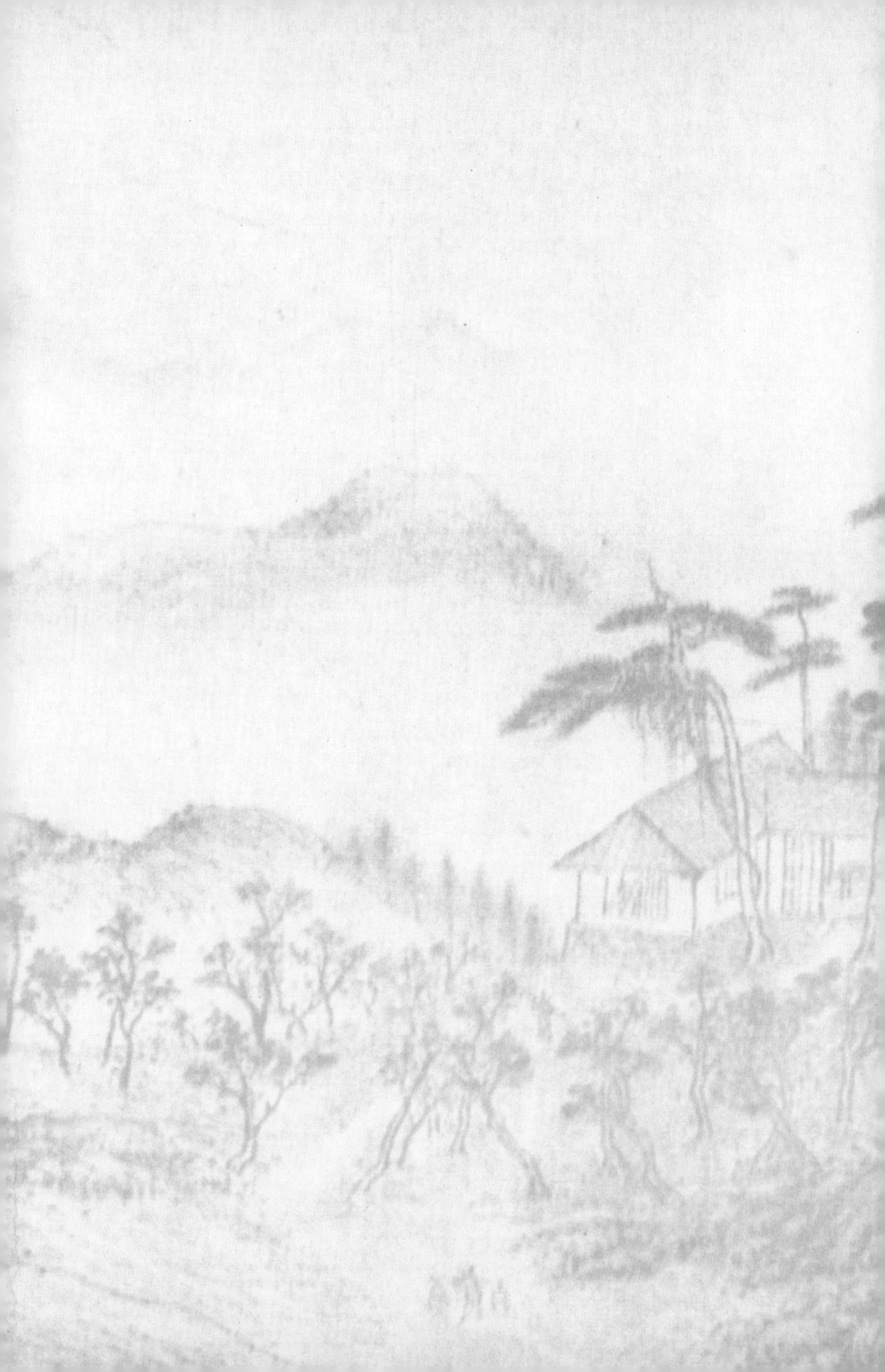